新日檢最大變革：等化

● 什麼是「等化計分」？

2010 年起，日檢考試採行新制。「新制日檢」最大的變革，除了「題型」，就是「計分方式」。

【舊日檢】：每個題目有固定的配分，加總答對題目的配分，即為總得分。

【新日檢】：改採「等化計分」（日語稱為「尺度得点」しゃくどとくてん）

（1）每個題目沒有固定的配分，而是將該次考試所有考生的答題結果經過統計學的「等化計算」後，分配出每題的配分。加總答對題目的配分，即為總得分。

（2）「等化計算」的配分原則：

> 多人錯的題目（難題） ➡ 配分 高

> 多人對的題目（易題） ➡ 配分 低

●「等化計分」的影響

【如果考生實力足夠】：

多人錯的題目（難題）答對較多 ＝ 答對較多「配分高的題目」，

→ 總得分可能較高，較有可能 合格 。

【如果考生實力較差】：

多人對的題目（易題）答對較多 ＝ 答對較多「配分低的題目」，

→ 總得分可能偏低，較有可能 不合格 。

● 如何因應「等化計分」？

因此，在「等化計分」之下，想要應試合格：

（1）必須掌握「一般程度」的題目 → 多數人會的，你一定要會！

（2）必須掌握「稍有難度」的題目 → 多數人可能不會的，你也一定要會！

答對多人錯的難題是得高分的關鍵！ （*等化計分圖解說明，請參考下頁）

「等化計分」圖解說明

● **配分方式**

> 假設此 10 題中：
>
> 【多人錯的題目】：2、4、7（定義為難題）
>
> 【多人對的題目】：1、3、5、6、8、9、10（定義為易題）
>
> 經過等化計算後：
>
> ■ 2、4、7 會給予【較高配分】　■ 其他題則給予【較低配分】

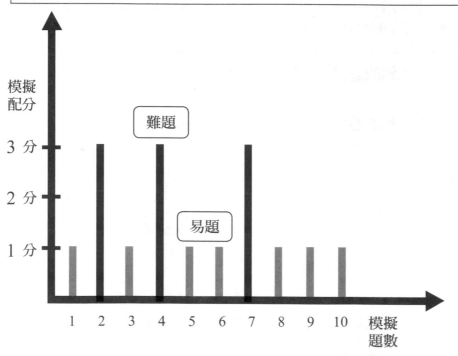

● **得分結果**

> ■ 考生 A：答對 3 題配分高的【難題】，其他都答錯，
> 　　　　獲得 3 x 3 = **9** 分
>
> ■ 考生 B：答對 7 題配分低的【易題】，其他都答錯，
> 　　　　獲得 1 x 7 = **7** 分
>
> 【結論】
>
> 答對題數多，未必得分高；答對多人錯的難題，才是高分的關鍵！

本書因應「等化計分」的具體作法

● **根據最新【JLPT 官方問題集】，精研新制考題真實趨勢，力求100%真實模擬！**

日檢考試自 2010 年採行新制後，主辦官方除依循自訂的命題原則，也會統計歷年考試結果，並結合國際趨勢，不斷調整命題方向。

本書由兩位具 10 年以上教學經驗，同時是日檢考用書暢銷作家的日籍老師，精研最新【JLPT 官方問題集】，反覆研究命題趨勢、分析命題原則，並特別納入與「日本人日常生活緊密結合」的各類詞彙、慣用表達，具體落實新日檢「有效溝通、靈活運用、達成目標」之命題原則。精心編寫 5 回全新內容、最吻合現行日檢考試的標準模擬試題。用心掌握新日檢題型、題數、命題趨勢，力求 100% 真實模擬！

● **以「日本生活常見，課本未必學到」為難題標準！**

新日檢考試重視「能夠解決問題、達成目標的語言能力」。例如，能夠一邊看地圖一邊前往目的地；能夠一邊閱讀說明書一邊使用家電；能夠在聽氣象報告時，掌握「晴、陰、雨」等字彙，並理解「明天天氣晴」等文型結構。因此考題中所使用的文字、語彙、文型、文法，都朝向「解決日常生活實質問題」、「與日本人的實際生活緊密相關」為原則。測驗考生能否跳脫死背，將語言落實應用於日常生活中。

但學習過程中，教科書所提供的內容，未必完全涵蓋日本人生活中全面使用的文字，書本所學語彙也可能在生活中又出現更多元的用法。為了彌補「看書學習，活用度可能不足」的缺點，作者特別將「日本生活常見」的內容納入試題，而這也是新日檢命題最重視的目標。包含：

※「日本人們經常在說，課本未必學到」的詞彙及慣用表達
※「日本生活經常使用，課本未必學到」的詞彙及慣用表達
※「日本報紙經常看到，課本未必學到」的詞彙及慣用表達

● **各題型安排20%～30%難題，培養考生「多人錯的難題、我能答對」的實力！**

在等化計分的原則下，「答對多人錯的難題是得高分的關鍵」！本書特別以此為「模擬重點」。「言語知識、讀解、聽解」各科目，各題型均安排 20%～30% 難題，讓考生實際進考場前，能夠同時模擬作答「多數人會的＋多數人可能不會的」兩種難易度的題型內容。

【試題本：全科目 5 回】
完全根據最新：JLPT官方問題集

各題型「暗藏」
20%～30% 難題：
● 模擬正式考試樣貌，
  難題不做特別標示

根據新制命題趨勢
題型、題數，
100% 真實模擬！
重視：
● 有效溝通、靈活運用
● 題型更靈活
● 強調「聽・讀」能力

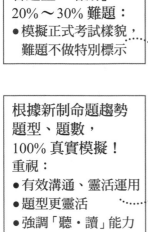

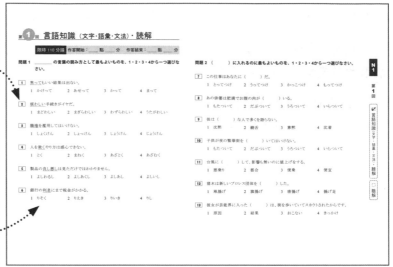

【解析本：題題解析】
加註：難題標示・難題原因

各題型「明示」
20%～30% 難題：
● 如該題型題數 6 題
  →安排 2 題難題

● 如該題型題數 10 題
  →安排 2-3 題難題

難題標示
難題：
以特別顏色做出標示

難題原因
包含：
● 歸屬難題的原因
● 解題關鍵
● 延伸補充重點內容

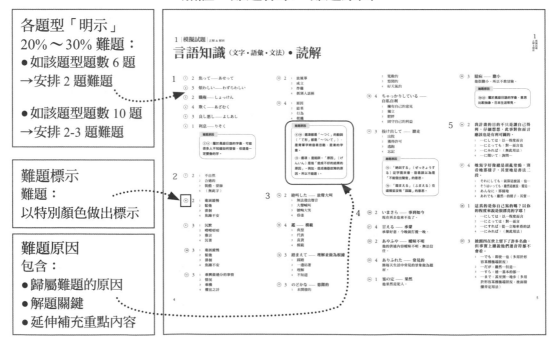

● **【試題本】：模擬正式考題樣貌；【解析本】：標示出難題原因、詳述解題關鍵！**

【試題本】：模擬正式考題的樣貌，「難題」不做特別標示。
【解析本】：將「難題」用特別顏色標示，考前衝刺重點複習也非常方便！
◎〔非難題〕：題題解析，剖析誤答陷阱，詳盡易懂
◎〔難　題〕：說明屬於難題的原因、困難點、答題關鍵、並補充延伸學習內容

各題型均安排 20%～30% 難題，原則舉例說明如下：
※ N1【問題 1：漢字發音】：總題數 6 題 → 安排 1～2 題難題
※ N1【問題 5：句子語法】：總題數10 題 → 安排 2～3 題難題
※ N1【問題 9：內容理解】：總題數 9 題 → 安排 2～3 題難題

● **【聽解 MP3】逼真完備：唸題速度、停頓秒數、對話氛圍，真實模擬官方考題！**

　　因應新日檢「有效溝通、靈活運用」的命題趨勢，聽解科目也較舊制生動活潑。除了有「日本人生活中的常體日語對話」、「音便的省略說法」，也有難度較高的「新聞播報」、「人物訪談」、「論述性對話內容」等。

◎N1【聽解】科目包含 5 種題型：
問題 1【課題理解】：聽題目→實境對話→提示題目→最後作答
問題 2【重點理解】：聽題目→（時間暫停）看答案紙選項→實境對話→提示題目→最後作答
問題 3【概要理解】：實境對話→聽題目→最後作答
問題 4【即時應答】：聽短句日文→選出正確應答
問題 5【統合理解】：聽長篇實境對話→聽題目→最後作答

　　本書【聽解 MP3】內容逼真完備，唸題速度、停頓秒數、對話氛圍等，均100% 真實模擬【JLPT 官方問題集】。測驗時宛如親臨考場，藉由模擬試題完全熟悉正式考題的速度。應試前充分暖身，親臨考場自然得以從容應試，一次合格！

● **超值雙書裝：【試題本】＋【解析本】，作答、核對答案最方便！**

　　本書特別將【試題本】及【解析本】分別裝訂成兩本書，讀者可單獨使用【試題本】作答，單獨使用【解析本】核對答案及學習，使用時更加輕巧方便。

新日檢考試制度

　　日檢考試於 2010 年 7 月起改變題型、級數、及計分方式，由原本的一到四級，改為一到五級，並將級數名稱改為N1～N5。滿分由 400 分變更為 180 分，計分方式改採國際性測驗的「等化計分」，亦即依題目難度計分，並維持原有的紙筆測驗方式。

　　採行新制的原因，是因為舊制二、三級之間的難度差距太大，所以新制於二、三級之間多設一級，難度也介於兩級之間。而原先的一級則擴大考試範圍、並提高難度。

1. 新日檢的【級數】：

2009 年為止的【舊制】		2010 年開始的【新制】
1 級	→	N1（難度略高於舊制 1 級）
2 級	→	N2（相當於舊制 2 級）
	→	N3（難度介於舊制 2 級和 3 級之間）
3 級	→	N4（相當於舊制 3 級）
4 級	→	N5（相當於舊制 4 級）

2. 新日檢的【測驗科目】：

級數	測驗科目（測驗時間）		聽解
N1	言語知識（文字・語彙・文法）・読解（110分鐘）		聴解（60分鐘）
N2	言語知識（文字・語彙・文法）・読解（105分鐘）		聴解（50分鐘）
N3	言語知識（文字・語彙）（30分鐘）	言語知識（文法）・読解（70分鐘）	聴解（40分鐘）
N4	言語知識（文字・語彙）（30分鐘）	言語知識（文法）・読解（60分鐘）	聴解（35分鐘）
N5	言語知識（文字・語彙）（25分鐘）	言語知識（文法）・読解（50分鐘）	聴解（30分鐘）

　　另外，以往日檢試題於測驗後隔年春季即公開出版，但實行新制後，將每隔一定期間集結考題以問題集的形式出版。

3. 報考各級參考標準

級數	報考各級參考標準
N1	**能理解各種場合所使用的日語** 【讀】1. 能閱讀內容多元、或論述性稍微複雜或抽象的文章，例如：報紙、雜誌評論等，並能了解文章結構與內容。 　　　2. 能閱讀探討各種話題、並具深度的讀物，了解事件脈絡及細微的含意表達。 【聽】在各種場合聽到一般速度且連貫的對話、新聞、演講時，能充分理解內容、人物關係、論述結構，並能掌握要點。
N2	**能理解日常生活日語，對於各種場合所使用的日語也有約略概念** 【讀】1. 能閱讀報紙、雜誌所刊載的主題明確的文章，例如話題廣泛的報導、解說、簡單評論等。 　　　2. 能閱讀探討一般話題的讀物，了解事件脈絡及含意表達。 【聽】日常生活之外，在各種場合聽到接近一般速度且連貫的對話及新聞時，能理解話題內容、人物關係，並能掌握要點。
N3	**對於日常生活中所使用的日語有約略概念** 【讀】1. 能看懂與日常生活話題相關的具體文章，閱讀報紙標題等資訊時能掌握要點。 　　　2. 日常生活中接觸難度稍大的文章時，如改變陳述方法就能理解重點。 【聽】日常生活中聽到接近一般速度且連貫的對話時，稍微整合對話內容及人物關係等資訊後，就能大致理解內容。
N4	**能理解基礎日語** 【讀】能看懂以基本詞彙、漢字所描述的貼近日常生活話題的文章。 【聽】能大致聽懂速度稍慢的日常對話。
N5	**對於基礎日語有約略概念** 【讀】能看懂以平假名、片假名、或是常用於日常生活的基本漢字所寫的句型、短文及文章。 【聽】課堂、或日常生活中，聽到速度較慢的簡短對話時，能聽懂必要的資訊。

4. 台灣區新日檢報考資訊

（1）**實施機構：**財團法人語言訓練測驗中心（02）2362-6385
（2）**測驗日期：**每年舉行兩次測驗
　　　第一次：7月第一個星期日，舉行 N1、N2、N3、N4、N5 考試。
　　　第二次：12月第一個星期日，舉行 N1、N2、N3、N4、N5 考試。
（3）**測驗地點：**於台北、台中、高雄三地同時舉行。
（4）**報名時間：**第一次：約在4月初～4月中旬。
　　　　　　　　第二次：約在9月初～9月中旬。
（5）**報名方式：**一律採取網路報名 http://www.lttc.ntu.edu.tw/JLPT.htm

5. 報考流程：

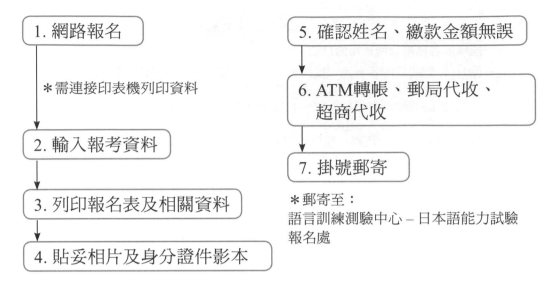

1. 網路報名

    ＊需連接印表機列印資料

2. 輸入報考資料

3. 列印報名表及相關資料

4. 貼妥相片及身分證件影本

5. 確認姓名、繳款金額無誤

6. ATM轉帳、郵局代收、超商代收

7. 掛號郵寄

＊郵寄至：
語言訓練測驗中心 – 日本語能力試驗
報名處

6. 考場規定事項：

(1) **必備物品**：准考證、國民身分證或有效期限內之護照或駕照正本、No.2或HB黑色鉛筆、橡皮擦。

(2) **考場內嚴禁物品**：不得攜帶書籍、紙張、尺、鉛筆盒、眼鏡盒、皮包，以及任何具有通訊、攝影、錄音、記憶、發聲等功能之器材及物品（如行動電話、呼叫器、收錄音機、MP3、鬧鐘/錶、翻譯機）等入座。若攜帶上述電子設備，須關閉電源並置於教室前面地板上。

(3) **身分核對**：進入試場後須依准考證號碼就座，並將准考證與身分證件置於監試人員指定處，以便查驗。

(4) **確認答案紙**：作答前，須核對答案紙及試題紙左上方之號碼是否與准考證號碼相符，如有錯誤，應立即舉手要求更換。並應確認答案紙上姓名之英文拼音是否正確，若有錯誤，應當場向監試人員提出更正。

(5) **入場時間**：【聽解】科目於開始播放試題時，即不得入場。其他科目則於測驗開始超過10分鐘，即不得入場。

(6) **其他**：測驗未開始不可提前作答，測驗中不得提前交卷或中途離場，也不得攜帶試題紙、答案紙出場，或意圖錄音、錄影傳送試題。

（＊規定事項可能隨時更新，詳細應考須知請至：財團法人語言訓練中心 網站查詢）

新日檢 N1 題型概要 （資料來源：2012 年「日本語能力試驗公式問題集」）

測驗科目 （測驗時間）			問題		小題數	測驗內容	題型說明頁碼
言語知識・讀解 （110分）	文字・語彙	1	漢字發音	◇	6	選出底線漢字的正確發音	P10
		2	文脈規定	○	7	根據句意填入適當的詞彙	P11
		3	近義替換	○	6	選出與底線文字意義相近的詞彙	P12
		4	詞彙用法	○	6	選出主題詞彙的正確用法	P13
	文法	5	句子語法 1 （語法判斷）	○	10	選出符合句意的文法表現	P14
		6	句子語法 2 （文句重組）	◆	5	組合出文法正確且句意通達的句子	P15
		7	文章語法	◆	5	根據文章脈絡填入適當的詞彙	P16
	讀解	8	內容理解 （短篇文章）	○	3	閱讀200字左右與生活、工作相關的短篇文章，並理解其內容	P17
		9	內容理解 （中篇文章）	○	9	閱讀500字左右與評論、解說、隨筆相關的中篇文章，並理解因果關係及理由	P18
		10	內容理解 （長篇文章）	○	4	閱讀1000字左右與解說、隨筆、小說相關的長篇文章，並理解概要及作者中心思想	P19
		11	統合理解	◆	2	閱讀多篇文章（合計600字左右）並經比較、統合後理解內容	P20
		12	主張理解 （長篇文章）	◇	4	閱讀1000字左右與社論、評論相關的抽象性・理論性文章，理解整體的主張與訴求	P21
		13	資訊檢索	◆	2	從廣告、傳單、簡介、商業書信等資料（約700字左右）找尋答題必要資訊	P22
聽解 （60分）		1	課題理解	◇	6	測驗應試者是否理解解決具體課題的必要資訊，並理解何者為恰當因應（2010～2012 年部分題目為有圖題）	P23
		2	重點理解	◇	7	事先會提示某一重點，並圍繞此一重點不斷討論，測驗應試者是否全盤理解	P24
		3	概要理解	◇	6	測驗應試者是否理解說話者的意圖與主張	P25
		4	即時應答	◆	13	聽到簡短的問話，選出恰當的應答	P26
		5	統合理解	◇	4	聽取長篇內容，測驗應試者是否能統合、比較多種資訊來源，並理解內容	P27

※ 表格內符號說明：

◆：全新題型　　○：舊制原有題型　　◇：舊制原有題型，但稍做變化。

※「小題數」為預估值，正式考試可能會有所增減。

※「讀解」科目也可能出現一篇文章搭配數個小題的題目。

新日檢 N1 題型說明 & 應試對策

| 文字・語彙　問題 1 | 漢字發音 |

● 小題數：6 題
● 測驗內容：選出底線漢字的正確發音

【問題例】

> **2** 煩わしい手続きがイヤだ。
> 　　1　まどわしい　　　2　まぎらわしい　　　3　わずらわしい　　　4　うたがわしい
>
> **3** 職権を濫用してはいけない。
> 　　1　しょくけん　　　2　しょっけん　　　3　しょうけん　　　4　じょうけん

【應試對策】

面對題目要「快答」：
新制考試中，單字發音已非考題重點，【文法】【読解】中有許多靈活的題型會耗費你較多時間，所以【問題 1】這種單純的考題一定要「快答」，不要猶豫太久而浪費時間，不會的題目先跳過。

要注意「濁音、半濁音、拗音、促音、長音」
這些發音細節一定是必考題，面臨猶豫、無法確定時，通常，相信自己的第一個直覺答對的機率較高。

「發音有三個以上假名的漢字」是舊制常考題，新制應該也不例外。
「煩わしい」、「欺く」都是屬於這一類的漢字，一個漢字的發音有三個假名。平常準備時就要注意假名的前後順序，不要漏記任何一個假名。

新日檢 N1 題型說明 & 應試對策

文字・語彙　問題 2	文脈規定

● 小題數：7 題
● 測驗內容：根據句意填入適當的詞彙

【問題例】

> **7** 雑音に（　　　　）、電話の声が聞こえない。
>
> 　　1　もみ解されて　　2　もみ消されて　　3　かき消されて　　4　吹き消されて
>
> **8** 加奈子はデブだけど（　　　　）があって可愛い。
>
> 　　1　愛着　　　　　　2　感情　　　　　　3　愛想　　　　　　4　愛嬌

【應試對策】

必須填入符合句意的詞彙，主要是測驗你的單字量、單字理解力是否充足！
作答此題型，是否理解題目和選項的意義，是答對的關鍵。如果看不懂題目和選項，幾乎只能依賴選項刪去法和猜題的好運氣了。

N1 程度高、可命題的領域廣，選項甚至可能出現「慣用語」或「衍生語」。

四個選項中，如果有兩者的意義非常接近，可能是正解的方向！
如果有兩個選項意義非常接近，可能其中一個是正解，另一個是故意誤導你的。

如果四個選項皆為「漢字」，小心誤入意義陷阱！
本題型選項的漢字，通常會具有「與中文字意完全不同」的特質，所以千萬別以中文的思考來解讀，平常應多記一些這種「無法見字辨意」的漢字詞彙。

新日檢 N1 題型說明 & 應試對策

| 文字・語彙　問題 3 | 近義替換 |

● 小題數：6 題
● 測驗內容：選出與底線文字意義相近的詞彙

【問題例】

18　彼女は<u>ちゃっかりしている</u>。

1　自分の意見を持っている　　　　2　自立している
3　太っている　　　　　　　　　　4　自分の利益は守る

19　病院を<u>抜け出して</u>家に戻った。

1　退院して　　　2　許可をもらって　3　脱走して　　　4　忘れて

【應試對策】

──並非選出「可代換底線的字」，而是要選出「與底線意義相同的字」！
有些選項是屬於「可代換的字」，意即置入底線的位置，接續和文法完全正確，但這並非正解，務必選出與底線「意義相同的字」。

──先確認底線文字的意義，或從前後文推敲出底線文字的意義。

──平時可透過自我聯想，在腦中累積「同義字資料庫」！
此題型宛如「選出同義字」。為了考試合格，平時不妨善用聯想法，先想一個主題字，試試自己能夠聯想到哪些同義字。或建立「同義字資料庫」，先寫下主題字，再逐步紀錄、累積意思相近的詞彙，如此不僅能應付本題型，對於其他題型一定也大有助益。

新日檢 N1 題型說明 & 應試對策

文字・語彙 問題 4 詞彙用法

● 小題數：6 題
● 測驗內容：選出主題詞彙的正確用法

【問題例】

---

21 甘える

1 コーヒーに砂糖を入れて<u>甘える</u>。

2 あの母親は子供を溺愛して<u>甘えている</u>。

3 業務成績が<u>甘えて</u>困っている。

4 好意に<u>甘えて</u>、今晩は泊めていただく。

【應試對策】

考題會出現一個主題詞彙，從選項中，選出主題詞彙所構成的正確句子。
作答時必須先了解主題詞彙的意義，再從四個選項中，選出「使用無誤」的句子。

查字典時不要只看單字意義，還要看例句、了解用法！
本題型屬於「單字意義與用法並重」的題型，如果是死背單字、不深究用法的考生，一定會備感困難。平時查字典時，就要養成閱讀字意，也閱讀例句的習慣，同時了解意義與用法，本題型就難不倒你！

越常見的單字，用法越廣泛、字意越多樣，要特別注意！
越常見的詞彙，往往字意、用法越廣泛多樣。例如「まずい」這個字，就有「不好吃、技術不佳、不恰當」等三種含意，唯有「不死背單字，務求理解」才能突破此種題型。

新日檢 N1 題型說明 & 應試對策

文法　問題 5　句子語法 1（語法判斷）

● 小題數：10 題
● 測驗內容：選出符合句意的文法表現

【問題例】

> **28**　これ、本当に自分で書いたのですか？あなたに（　　　）上手な字ですね。
>
> 　　1　しては　　　　2　とっては　　　　3　すれば　　　　4　みれば
>
> **29**　ビートルズはたくさんの名曲を世に残したが、実は音符（　　　）読めなかったと言われる。
>
> 　　1　でも　　　　　2　だが　　　　　　3　すら　　　　　4　まで

【應試對策】

選項多為：接續詞、助詞（格助詞、副助詞…等）

考題的重點在於助詞與文法接續，是許多人最苦惱的抽象概念！
日語的助詞、接續詞等，往往本身只具有抽象概念，一旦置入句中，才產生具體而完整的意義，這就是本題型的測驗關鍵。一般而言，閱讀量夠、日語語感好的人，比較容易答對本題型。

做模擬試題時，不要答對了就滿足，還要知道「錯誤選項為什麼是錯的」！
本書針對模擬試題的錯誤選項也做了詳盡解析，逐一閱讀絕對能體會這些抽象概念的接續意涵，提升日語語感。

平時閱讀文章時，最好將助詞、接續詞特別圈選起來，並從中體會前後文的接續用法！

新日檢 N1 題型說明 & 應試對策

文法　問題 6　句子語法 2（文句重組）

● 小題數：5 題
● 測驗內容：組合出文法正確且句意通達的句子

【問題例】

```
36  彼女は ___★___ _____ _____ _____ 孤立している。
     1　強いので　　　2　中で　　　　3　我が　　　　4　会社の


37  風邪による _____ _____ ___★___ _____ は学級閉鎖になりました。
     1　超えたために　2　欠席者が　　　3　私たちのクラス　4　十人を
```

【應試對策】

──── 此為舊制沒有的新題型，必須選出「★的位置，該放哪一個選項」。

──── 建議 1：四個選項中，先找出「兩個可能前後接續」的選項，再處理其他兩個。

──── 建議 2：也可以先看問題句前段，找出「最適合第一個底線」的選項。
　　　處理後，剩下的三個選項再兩兩配對，最後一個選項則視情況調整。

──── 問題句重組完成後，務必從頭至尾再次確認句意是否通順。

──── 要記得，答案卡要畫的，是放在★位置的選項號碼。

新日檢 N1 題型說明 & 應試對策

文法　問題 7　文章語法

● 小題數：5 題
● 測驗內容：根據文章脈絡填入適當的詞彙

【問題例】

> しかし、それはごく一部の人にのみ必要とされる専門知識に過ぎない。
>
> 現在の学校教育は、一般人にはほとんど役に立たない科学技術ばかり
> 44-a 、心の栄養を 44-b と思う。
>
> これらの結果、生活に不必要な高等数学の問題が解ける 45 、心の貧しい
> 人が増えてきているのではないかと感じるのである。

【應試對策】

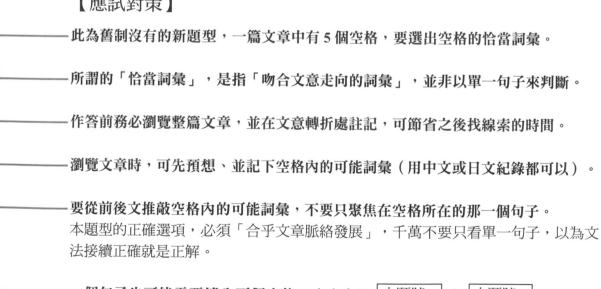

— 此為舊制沒有的新題型，一篇文章中有 5 個空格，要選出空格的恰當詞彙。

— 所謂的「恰當詞彙」，是指「吻合文意走向的詞彙」，並非以單一句子來判斷。

— 作答前務必瀏覽整篇文章，並在文意轉折處註記，可節省之後找線索的時間。

— 瀏覽文章時，可先預想、並記下空格內的可能詞彙（用中文或日文紀錄都可以）。

— 要從前後文推敲空格內的可能詞彙，不要只聚焦在空格所在的那一個句子。
本題型的正確選項，必須「合乎文章脈絡發展」，千萬不要只看單一句子，以為文
法接續正確就是正解。

— 一個句子也可能需要填入兩個空格，文中會以 小題號-a 和 小題號-b 的形式呈
現，這種情形一定要選擇同時吻合 a、b 兩個空格的選項，不要只判斷其中一個空
格就倉促作答。

新日檢 N1 題型說明 & 應試對策

読解　問題 8　內容理解（短篇文章）

● 小題數：3 題
● 測驗內容：閱讀 200 字左右與【生活、工作】相關的短篇文章，並理解其內容。

【問題例】（以下為部分內容）

　　以前は一人ひとりの知っている世界は地球規模の数千分の一だったが、未来的には地球人みんなが地球規模の出来事すべてを把握し、すべての人とコミュニケーションを取れる時代が来るだろう。

　　それはもう遠い日のことではないかもしれない。

（一文銭隼人「科学と生活」宇園出版より）

【應試對策】

建議先看題目和選項，再閱讀文章。
先看題目：能夠預先掌握考題重點，閱讀文章時，就能邊閱讀、邊找答案。
先看選項：有助於預先概括了解短文的內容。

閱讀文章時，可以將與題目無關的內容畫線刪除，有助於聚焦找答案。

務必看清問題、正確解讀題意，否則都是白費工夫。

本題型的題目通常會「針對某一點」提問，可能的方向為：
・作者最想陳述的是什麼？　作者對於…的想法是什麼？
・作者所強調的是什麼？　文章中的「…」是指什麼？

新日檢 N1 題型說明 & 應試對策

読解　問題 9 ｜ 內容理解（中篇文章）

● 小題數：9 題
● 測驗內容：閱讀 500 字左右與【評論、解說、隨筆】相關的中
　　　　　　篇文章，並理解因果關係及理由。

【問題例】（以下為部分內容）

> （2）私たちサーカスの芸人はいつも危険と隣り合わせだ。いつ猛獣に襲われるか、
> いつ危険な芸に失敗して命を落とすか、どんな危ないことが起こっても不思議ではな
> い。毎日それが当たり前の環境で仕事をしている。
>
> 　で、よく言われるのが①「本番前に神に祈ったりするのですか？」と言う質問であ
> る。確かに、本番前は神に祈りたくなるほど恐い。しかし、本番前に神に祈る人は私の
> 知る限りいない。神に祈るのは本番後なのである。

【應試對策】

一篇文章可能考三個問題，文章中的底線文字即為出題的依據。

建議一段一段閱讀，每一段先閱讀底線內容，再閱讀其他。
先讀底線，知道要考的重點，閱讀文章時，就能特別留意相關線索。

可從文章脈絡掌握重點
本題型的文章通常有一定的脈絡。第一段：陳述主題。中間段落：舉實例陳述、或
是經驗談。最後一段：結論。

本題型會針對底線提問，可能的方向為：
　·文章中的（底線文字）所指的是什麼？
　·文章中提到（底線文字），其原因是什麼？
　·文章中提到（底線文字），作者為什麼這樣認為？

新日檢 N1 題型說明 & 應試對策

| 読解　問題 10 | 內容理解（長篇文章）

● 小題數：4 題
● 測驗內容：閱讀 1000 字左右與【解說、隨筆、小說】相關的
　　　　　　長篇文章，並理解概要及作者中心思想。

【問題例】（以下為部分內容）

> 　しかし時が過ぎ、人気も盛りを過ぎると事情は変わってくる。何もしなくても売れていた絶頂期と反対に、どんなにがんばっても「元アイドル」という冷淡な視線と共にファンは離れていく。追っかけだった子供たちも大人になり、次の世代の若い子達は、同じ年頃のより現代的でカッコいい新しいアイドルに夢中になるからだ。その頃にはかつてのアイドルもいい年をしたおじさん・おばさんとなって、以前のような爆発的人気を甦らせるなど不可能に近いと、ようやくわかってくる。
>
> 　かつては持ち上げられいい気になっていたラッキーさんたちも、ここに来てようやく「②売れていたのではなく売ってもらっていた」と言う現実に気づく。

【應試對策】

一篇長文可能考四個問題，文章中的底線文字即為出題的依據。

雖然是長文閱讀，但作答技巧、底線提問方向都與中篇文章（問題 9）類似。記得耐心作答、持續專注力，才能應付將近 1000 字的大量文字。

建議每一段先閱讀底線內容，再閱讀其他；沒有底線的段落也要瀏覽，不能完全跳過，否則容易誤會文意。

由於文章脈絡較複雜，與底線無關的內容可畫線刪除，有助於聚焦找答案。

新日檢 N1 題型說明 & 應試對策

| 読解　問題 11 | 統合理解 |

● 小題數：2 題
● 測驗內容：閱讀多篇文章（合計 600 字左右）並經比較、統合
　　　　　　後理解內容。

【問題例】（以下為部分內容）

A

　　人は危急状況では理性的な判断が出来なくなり、生存本能を優先させる。いちいち理性的に考えていたら間に合わなくなるからだ。しかし理性的判断を失い生存本能のみを優先させると、例えば火事の時に飛び降りたら絶対に助からない高さのビルから飛び降りてしまったりする。

B

　　叩いたり殴ったりなどの女性の護身術などを教える道場やビデオがある。しかし実際には、それらが役に立つことは期待しないほうがいい。しかも「護身術を習ったから大丈夫」などと勘違いしてしまったらかえって危険だ。
　　どうしてだろう？

【應試對策】

— 此為舊制所沒有的新題型，藉由閱讀多篇文章後，測驗應試者是否具備彙整、比較、統合的理解能力。

— 雖然必須閱讀多篇文章，但文章難度和中長篇文章類似，不會特別困難。

— 與中長篇文章不同的，是沒有底線文字，問題會以「綜合性的全盤觀點」提問。

— 建議先閱讀題目，並稍微瀏覽選項，可以預先概括了解文章內容。

新日檢 N1 題型說明 & 應試對策

読解　問題 12　　主張理解（長篇文章）

● 小題數：4 題
● 測驗內容：閱讀 1000 字左右與【社論、評論】相關的抽象
　　　　　　性・理論性文章，理解整體的主張與訴求。

【問題例】（以下為部分內容）

> 　確かに、①高等教育を受けることは、教養を身につける手段の一つだ。そして多くの場合、「低学歴＝無教養」のように考える人がほとんどである。
>
> 　しかし、学歴と教養は必ずしも比例するものではない。
>
> 　高等教育で教養が身につくのは、主観的思い込みが通用しないからだ。思い込みのみで論文を書いても、客観的考察や証拠がかけていれば指導教授よりそれを厳しく指摘される。誰もが納得する論説を展開するには、より多方面からの考察が必要となる。学校の勉強自体は日常生活とは本来無関係だ。しかし、そうして思考を鍛えられると情動的・自己優先的行動が抑えられ、結果として「あの人は教育を受けているから教養がある」と言われるようになるのである。

【應試對策】

──── 一篇長文可能考四個問題，文章中的底線文字即為出題的依據。

──── 這是【読解】科目中最具難度的題型，文章字數多，並有抽象性、理論性的概念，
必須細心解讀。

──── 文章可能包含作者的主張、思緒、想法，並用隱喻、比喻的方式表達。

──── 因文章內容廣泛抽象，建議應瀏覽整篇文章再作答，不能只在乎底線文字的相關線
索。

新日檢 N1 題型說明 & 應試對策

読解　問題 13　資訊檢索

●小題數：2 題
●測驗內容：從【廣告、傳單、簡介、商業書信】等資料（約
　　　　　　700 字左右）找尋答題必要資訊。

【問題例】（以下為部分內容）

【急募】旅行記執筆ライターさん募集！

■内容■

季刊誌で使用する原稿執筆の案件です。

日本各地旅行記（寺社めぐり・グルメ・鉄道の旅など）を執筆していただきます。

文字数：３０００文字

取材が発生する可能性もあります。

【應試對策】

───── 此為舊制所沒有的新題型，必須從所附資料尋找答題資訊。

───── 測驗重點並非文章理解力，而在於解讀資訊的「關鍵字理解力」。

───── 建議先看題目掌握問題方向，再從所附資料找答案，不需要花時間鑽研全部資料。

───── 也不建議直接瀏覽所附的資料，最好一邊看題目，一邊從所附資料中找線索。

新日檢 N1 題型說明 & 應試對策

聽解 問題 1 課題理解

● 小題數：6 題
● 測驗內容：測驗應試者是否理解解決具體課題的必要資訊，並理解何者為恰當因應。

【問題例】

1番（ばん）

1 食事（しょくじ）をする。

2 トイレに行（い）くのを我慢（がまん）する。

3 うちで休（やす）む。

4 薬（くすり）を飲（の）む。

【應試對策】

—— 試卷上只有「選項」，沒有「圖」。

—— 全部流程是：

音效後開始題型說明 → 音效後題目開始 → 聆聽說明文及「問題」 → 約間隔 1 ~ 2 秒後聽解全文開始 → 全文結束，音效後再重複一次「問題」 → 有 10 秒的答題時間，之後便進入下一題。

—— 可能考的問題是「前後順序為何、有哪些地點、有哪些東西」等，記得一邊聽、並做筆記。

新日檢 N1 題型說明 & 應試對策

| 聽解 問題 2 | 重點理解 |

● 小題數：7 題
● 測驗內容：事先會提示某一重點，並圍繞此一重點不斷討論，
　　　　　　測驗應試者是否全盤理解。

【問題例】

1番
ばん

1 遅刻することをあらかじめ連絡しなかったこと。
　ち こく　　　　　　　　　　　　　れんらく

2 携帯電話をうちに忘れてきたこと。
　けいたいでん わ　　　　　わす

3 大事な約束の前に昼寝したこと。
　だい じ　やくそく　まえ　ひる ね

4 目覚まし時計をセットしなかったこと。
　め ざ　　　ど けい

【應試對策】

試卷上只會看到選項，沒有圖，某些題目的選項文字可能比較多。

全部流程是：
音效後開始題型說明 → 音效後題目開始 → 聆聽說明文及「問題」 → 暫停 20 秒
（讓考生閱讀選項）→ 音效後聽解全文開始 → 全文結束，音效後再重複一次「問
題」 → 有 10 秒的答題時間，之後便進入下一題。

前後各會聽到一次「問題」。聽解全文有單人獨白，也有兩人對話。

一定要善用說明文之後的 20 秒仔細閱讀選項、並比較差異。聆聽全文時，要特別
留意有關選項的內容。

新日檢 N1 題型說明 & 應試對策

| 聽解　問題 3 | 概要理解 |

● 小題數：6 題
● 測驗內容：測驗應試者是否理解說話者的意圖與主張。

【問題例】

もんだい
問題3 04

問題 3 では、問題用紙に何も印刷されていません。この問題は、全体としてどんな内容かを聞く問題です。話の前に質問はありません。まず話を聞いてください。それから、質問とせんたくしを聞いて、1 から 4 の中から、最もよいものを一つ選んでください。

―メモ―

【應試對策】

——試卷上沒有任何文字，問題、選項都要用聽的。

——「問題」只聽到一次，而且是在聽解全文結束後才唸出「問題」，並非先知道「問題」再聽全文，是難度較高的聽解題型。

——全部流程是：
音效後開始題型說明 → 音效後題目開始 → 聆聽說明文 → 約間隔 1 ～ 2 秒後聽解全文開始 → 全文結束，音效後唸出「問題」 → 問題之後開始唸出選項 → 4 個選項唸完後有 8 秒的答題時間，之後便進入下一題。

——聽解全文有單人或兩人陳述，多為表達看法或主張。聆聽全文時還不知道要考的問題為何，所以只能盡量多做筆記。

新日檢 N1 題型說明 & 應試對策

聽解　問題 4	即時應答

● 小題數：13 題
● 測驗內容：聽到簡短的問話，選出恰當的應答。

【問題例】

もんだい
問題4 ◎ 05

問題 4 では、問題用紙に何も印刷されていません。まず文を聞いてください。それから、それに対する返事を聞いて、1 から 3 の中から、最もよいものを一つ選んでください。

―メモ―

【應試對策】

―――――試卷上沒有任何文字，問題、選項都要用聽的。

―――――是舊制所沒有的新題型。先聽到一人發言，接著用聽的選擇「正確的回應選項」。

―――――全部流程是：
音效後開始題型說明 → 音效後題目開始 → 聽到一人發言 → 聽到選項 1 ～ 3 的數字及內容 → 8 秒的答題時間，之後便進入下一題。

―――――本題型主要測驗日語中的正確應答，並可能出現日本人的生活口語表達法。

―――――須留意「對話雙方的身分」、「對話場合」、「首先發言者的確切語意」，才能選出正確的回應。

新日檢 N1 題型說明 & 應試對策

| 聽解 問題 5 | 統合理解 |

● 小題數：4 題
● 測驗內容：聽取長篇內容，測驗應試者是否能統合、比較多種
　　　　　　資訊來源，並理解內容。

【問題例】

＿＿＿＿＿＿＿＿＿＿＿＿＿＿＿＿＿＿＿＿＿＿＿＿＿＿＿＿＿＿

もんだい
問題5 ◎ 06

もんだい　　　　なが　　はなし　き　　　　　　　もんだい　　れんしゅう
問題 5 では、長めの話を聞きます。この問題には練習はありません。

メモをとってもかまいません。

ばん　　ばん
【1番、2番】

もんだいようし　なに　いんさつ　　　　　　　　　　　はなし　き　　　　　　　　　しつもん
問題用紙に何も印刷されていません。まず話を聞いてください。それから、質問とせ
き　　　　　　　　　　なか　　もっと　　　　　　　　ひと　えら
んたくしを聞いて、1 から 4 の中から、最もよいものを一つ選んでください。

―メモ―

＿＿＿＿＿＿＿＿＿＿＿＿＿＿＿＿＿＿＿＿＿＿＿＿＿＿＿＿＿＿

【應試對策】

全部 4 題可能有兩種形式：（1）試卷上沒有任何文字（2）試卷上有選項。

（1）的流程與【聽解-問題 3】相同

（2）的流程是：

音效後開始題型說明 → 音效後題目開始 → 聆聽說明文 → 約間隔 1～2 秒後聽解
全文開始 → 全文結束，音效後唸出 2 個「問題」→（看試卷上的選項作答）有 8
秒的答題時間。

與【聽解-問題 3】一樣，「問題」只唸一次，而且是在聽解全文結束後才唸。

本題型的聽解全文以多方陳述為主，可聽到雙方或三方的意見，必須統合、比較、
並能理解。字數多，難度更甚於【聽解-問題 3】。

新日檢 N1｜標準模擬試題

目錄 ●

第 回

言語知識（文字・語彙・文法）・読解

—

P 30

聴解

—

P 60

言語知識（文字・語彙・文法）・読解

問題1 ＿＿＿＿＿ の言葉の読み方として最もよいものを、1・2・3・4から一つ選びなさい。

1 焦ってもいい結果は出ない。

1　かけって　　　　2　あせって　　　　3　かって　　　　4　まって

2 煩わしい手続きがイヤだ。

1　まどわしい　　　2　まぎらわしい　　3　わずらわしい　　4　うたがわしい

3 職権を濫用してはいけない。

1　しょくけん　　　2　しょっけん　　　3　しょうけん　　　4　じょうけん

4 人を欺くやり方は感心できない。

1　とく　　　　　　2　まねく　　　　　3　あざとく　　　　4　あざむく

5 製品の良し悪しは見ただけではわかりません。

1　よしわるし　　　2　よしあくし　　　3　よしあし　　　　4　よしいし

6 銀行の利息にまで税金がかかる。

1　りそく　　　　　2　りえき　　　　　3　りいき　　　　　4　りし

問題 2 （　　　　）に入れるのに最もよいものを、1・2・3・4から一つ選びなさい。

7 この仕事はあなたに（　　　）だ。

1 とってつけ　　　2 うってつけ　　　3 かっこつけ　　　4 もってつけ

8 あの俳優は肥満でお腹の肉が（　　　）いる。

1 もたついて　　　2 だぶついて　　　3 うろついて　　　4 いらついて

9 彼は（　　　）な人で多くを語らない。

1 沈黙　　　　　　2 饒舌　　　　　　3 寡黙　　　　　　4 沈着

10 子供が夜の繁華街を（　　　）いてはいけない。

1 もたついて　　　2 だぶついて　　　3 うろついて　　　4 いらついて

11 台風に（　　　）して、影響も無いのに値上げをする。

1 悪乗り　　　　　2 都合　　　　　　3 便乗　　　　　　4 便宜

12 猪木は新しいプロレス団体を（　　　）した。

1 凧揚げ　　　　　2 旗揚げ　　　　　3 唐揚げ　　　　　4 揚げ足

13 彼女が芸能界に入った（　　　）は、街を歩いていてスカウトされたからです。

1 原因　　　　　　2 結果　　　　　　3 おこない　　　　4 きっかけ

問題 3 _____ の言葉に意味が最も近いものを、1・2・3・4から一つ選びなさい。

14 彼女は恐怖で<u>絶叫した</u>。

1 声が出なくなった　　　　　　　2 大声で叫んだ
3 泣き喚いた　　　　　　　　　　4 失神した

15 彼女は日本女性の<u>鑑</u>だ。

1 典型　　　　2 代表　　　　3 本物　　　　4 手本

16 その辺を<u>踏まえて</u>、話を聞いてください。

1 踏みつけて　　　2 立ちながら　　　3 理解して　　　4 知らないで

17 あたり一帯に<u>のどかな</u>田園風景が広がっている。

1 未開発の　　　2 広々した　　　3 のんびりした　　　4 天気のいい

18 彼女は<u>ちゃっかりしている</u>。

1 自分の意見を持っている　　　　　2 自立している
3 太っている　　　　　　　　　　　4 自分の利益は守る

19 病院を<u>抜け出して</u>家に戻った。

1 退院して　　　2 許可をもらって　　　3 脱走して　　　4 忘れて

問題4　次の言葉の使い方として最もよいものを、1・2・3・4から一つ選びなさい。

20　いまさら

1　いまさら行かないともう遅れます。

2　いまさら行っても間に合いません。

3　いまさら彼は家に着く頃でしょう。

4　いまさらの流行はミニスカートです。

21　甘える

1　コーヒーに砂糖を入れて甘える。

2　あの母親は子供を溺愛して甘えている。

3　業務成績が甘えて困っている。

4　好意に甘えて、今晩は泊めていただく。

22　あやふや

1　このケーキはあやふやでやわらかい。

2　彼の供述はあやふやなので信用できない。

3　でかけるときにあやふやしていて時計を忘れた。

4　この道はあやふやで歩きにくい。

23　ありふれた

1　結果は定員にありふれた不合格だった。

2　酒を注ぎすぎたら、コップからありふれた。

3　その機械にありふれたら危険です。

4　毎日の生活の中にありふれた光景を題材にする。

24 案の定

　1　案の定、彼が犯人でした。

　2　案の定、雨が降ると思います。

　3　案の定、明日は行く予定です。

　4　案の定、試験はがんばります。

25 臆病

　1　今日は臆病で会社を休んだ。

　2　彼は臆病なので精神科医に行った。

　3　彼は臆病なので冒険はしない。

　4　臆病で咳が止まらない。

問題 5　次の文の（　　　　　）に入れるのに最もよいものを、1・2・3・4から一つ
　　　　選びなさい。

26　私だけが得をしようと画策しているのではない。よく考えてみれば、これはあなたに
　　（　　　　　）いい話であるはずだ。
　　1　しては　　　　　　2　とっても　　　　　3　みれば　　　　　4　聞いて

27　彼女はいつも乱暴な字ばかり書いているようだが、実は（　　　　　）書道二段なんだ。
　　1　それにしても　　2　そうはいっても　3　あんなに　　　　4　あれでも

28　これ、本当に自分で書いたのですか？あなたに（　　　　　）上手な字ですね。
　　1　しては　　　　　　2　とっては　　　　　3　すれば　　　　　4　みれば

29　ビートルズはたくさんの名曲を世に残したが、実は音符（　　　　　）読めなかったと言
　　われる。
　　1　でも　　　　　　　2　だが　　　　　　　3　すら　　　　　　4　まで

30　すでに正式な発注書を送ってしまった。（　　　　　）変更すると先方に迷惑がかかる
　　だろう。
　　1　どうにか　　　　　2　いつかは　　　　　3　言ってみれば　4　いまさら

31　運動神経抜群のあなたから（　　　　　）、彼はのろまだ。
　　1　しては　　　　　　2　なので　　　　　　3　とれば　　　　　4　みれば

32　はじめまして。私が山田（　　　　　）、何の用ですか。
　　1　ですので　　　　　2　でしたら　　　　　3　ですが　　　　　4　でも

33　司法試験は難しい。あれほど努力した（　　　　　）今年も不合格だった。
　　1　だけあって　　　　2　かいあって　　　　3　だけなのに　　4　にもかかわらず

34　私は感想を述べた（　　　　　）、特別に他意はない。
　　1　しかなく　　　　　2　といっても　　　　3　ばかりか　　　　4　だけで

35　状況証拠だけでは決定的要素がない。たとえ彼女が犯人（　　　　　）、確実な証拠が
　　ないと有罪にならない。
　　1　ではないが　　　　2　ではないので　　　3　だとしても　　4　のはずなので

問題6 次の文の___★___に入る最もよいものを、1・2・3・4から一つ選びなさい。

（問題例）

交通事故では、_____ _____ ___★___ _____ したほうがいい。

    1　なくても　　　2　レントゲンで　　　3　外傷が　　　4　検査を

（解答のしかた）

1．正しい文はこうです。

> 交通事故では、_____ _____ ___★___ _____ したほうがいい。
> **3外傷が　　1なくても　　2レントゲンで　　4検査を**

2．___★___ に入る番号を解答用紙にマークします。

    （解答用紙）

（例）	①	●	③	④

---

36 いかに _____ _____ _____ ___★___ 怪我が絶えない。

    1　シーンを　　　　　　　　　　2　俳優は
    3　撮るかと言う事で　　　　　　4　迫力ある

37 最近、_____ _____ ___★___ _____ 作られている。

    1　坂本竜馬が　　　　　　　　　2　多くの
    3　特集番組が　　　　　　　　　4　ブームで

38 その時を _____ _____ _____ ___★___ ものもある。

    1　アイディアと言う　　　　　　2　逃したら
    3　思いつかない　　　　　　　　4　一生

39 確かに ___★___ _____ _____ _____ 入力したデータがすべて消えていた。

    1　はずなのに　　　　　　　　　2　パソコンを
    3　再起動したら　　　　　　　　4　保存した

40　女「それって単なる仮説でしょ？」

　　男「いや、＿＿＿＿＿　＿＿＿＿＿　＿★＿＿　＿＿＿＿＿　らしいよ。」

1　立証された　　　　　　　　　2　実験で

3　精密時計による　　　　　　　4　正しいことが

問題7 次の文章を読んで、文章全体の趣旨を踏まえて、 41 から 45 の中に入る最もよいものを、1・2・3・4から一つ選びなさい。

「学問」の定義は人により異なるだろう。

私個人 41 「魂に素養を与えるもの」こそが学問であると思う。

音楽や絵画などの芸術や文学などは、直接生活の役に立つものではない。

しかし、それらに触れて理解しようとすることで内面の素養が 42 。

それに比べて数学や物理などの理数系は、単なる技術でしかない。

それらを学ぶことで魂に栄養が与えられ、精神的に豊かになったりするようなものではない。

ただし、近代文明の利器を多く発明し、生活を豊かにしてきたのは間違いない。問題は、生活が豊かになることと精神面の豊かさは比例するものではないということだ。それらを学んで身に 43-a 、心が豊かに 43-b 。

なので私にとっては、理数系は学問ではない。それらは単に「科学技術」と呼ぶべきだと思う。とは言え、科学技術が近代化に必要不可欠なことは間違いない。

しかし、それはごく一部の人にのみ必要とされる専門知識に過ぎない。

現在の学校教育は、一般人にはほとんど役に立たない科学技術ばかり 44-a 、心の栄養を 44-b と思う。

これらの結果、生活に不必要な高等数学の問題が解ける 45 、心の貧しい人が増えてきているのではないかと感じるのである。

（京郁夫「教育の実用価値について」中央正論社より）

41

1　からは　　　　　2　にしては　　　　3　としては　　　　4　のクセに

42

1　連なる　　　　　2　高まる　　　　　3　関わる　　　　　4　絡まる

43

1　a　しみても　　／　b　ならないはずがない

2　a　なっても　　／　b　なるはずがない

3　a　堪えても　　／　b　なるつもりはない

4　a　つけても　　／　b　なるわけではない

44

1　a　を忘れ　　　／　b　満たしている

2　a　に偏りすぎ　／　b　忘れてしまっている

3　a　を避け　　　／　b　おろそかにしている

4　a　を重視し　　／　b　与えている

45

1　頃には　　　　　2　からには　　　　　3　割には　　　　　4　事には

**問題 8　次の（1）から（3）の文章を読んで、後の問いに対する答えとして最もよいも
のを、1・2・3・4から一つ選びなさい。**

（1）拝啓

　　ペコ商事　国生様：

　　先日は発注内容を事前に変更して申し訳ございませんでした。

　　混乱をお招きしたことをお詫びいたします。

　　先日お約束どおり前金でお振込みいたしました。

　　海外からの送金なので、入金ご確認まで3〜7日ほどかかるそうです。

　　入金ご確認の後、商品を発送してください。

　　今回の取引を機に、ご縁が広がればと思っています。

　　以上よろしく。

敬具

株式会社ポコ商事　田村より

[46]　この手紙の概要はどれが正しいか。

　　1　発注内容および入金方法の確認

　　2　発注のお詫びと入金方法の確認

　　3　発注のお詫びと入金の報告

　　4　発注の変更と入金の報告

（2）諺に「孝行をしたいときには親はなし」と言う。しかし私はそうは思わない。「孝行とは親が生きているときだけしかできないもの」だとは思わないからだ。

　親が亡くなってからも楽しい思い出を思い出す、あるいは言われたことなどを思い返し人生の糧にする、それも孝行だと思うからだ。

　死んでからも子供に影響を残す、そっちのほうを親も望むだろうと思う。

（作者：ある高校生「賛成できないことわざ集」文成社より）

47　筆者は孝行をどう捉えているか。

　1　父母が生きているうちにつくすもの。

　2　父母が無くなってからはじめてしたくなるもの。

　3　親が死んでからも教訓などを生かすこと。

　4　自分も結婚して子供に影響を残すこと。

（3）最近、「地球がどんどん小さくなってきた」と感じないだろうか。

　交通の発展はもとより、世界中を繋げるインターネットの普及で、地球の裏側の情報までもが瞬時に入手できるようになったからだ。

　地球が小さくなるのと比例して、私たち個人個人の世界はどんどん大きくなっていく。

　以前は一人ひとりの知っている世界は地球規模の数千分の一だったが、未来的には地球人みんなが地球規模の出来事すべてを把握し、すべての人とコミュニケーションを取れる時代が来るだろう。

　それはもう遠い日のことではないかもしれない。

（一文銭隼人「科学と生活」宇園出版より）

48　「地球が小さくなると個人の世界が大きくなる」とはどういうことか。

　1　情報や交通が発達すると個人の知っていることや行ける所が増える。

　2　地球が縮小化すると人口密度が高くなる。

　3　人口が増えると地球に住んでいる人同士の距離が狭くなる。

　4　交通が発達するとあちこちでかけなくても情報が集まる。

問題 9　次の (1) から (3) の文章を読んで、後の問いに対する答えとして最もよいものを、1・2・3・4から一つ選びなさい。

（1）最近、「美人過ぎる〇〇」と言う表現が盛んだ。

　例えば「美人過ぎるバス運転手」、「美人過ぎる教師」、「美人過ぎる議員」など。

　しかしもちろん①「美人過ぎる女優」や「美人過ぎるモデル」などとは言わない。

　これは、女性蔑視、あるいは職業蔑視なのではないかと思う。

　確かに、美人の多い職業、少ない職業は存在する。しかし、「この美貌で〇〇をするのはもったいない」、「この容貌ならば〇〇程度の職にしか就けない」のような表現をするのは、人々の観念を誤った方向に導くと思う。

　まるでこれらの職業はすべて、容貌だけでなれたりなれなかったりするかのように聞こえるからだ。美人なら簡単にモデルや女優になれる反面、教師や議員や運転手は容貌に劣る人がするもの、と言っているような印象を与える。容貌に優る人は率先的に女優やモデルになり、それからこぼれた人が仕方なく教師になったり議員になったりするといわんばかりだ。公平であるべき大衆報道に、こんな個人的感情の入り込んだ表現は不適切だと言えよう。

　職業選択は個人の自由であり、あらゆるジャンルに容貌に恵まれた人と恵まれない人がいる。だから「美人バス運転手」「美人教師」「美人議員」これでいいのでないか。

（辺見仁栖人「日常に潜む蔑視表現」評験出版より）

[49]　筆者が「美人過ぎる」を褒め言葉と感じないのは何故か。

　　1　その形容詞を使う職業はブスばかりのように感じるから。

　　2　仕事の評価と美貌には何の関係もないから。

　　3　マスコミが特定の宣伝すると他の人に迷惑だから。

　　4　美人過ぎる人なんて存在しないと思うから。

50 ① 「美人過ぎる女優」や「美人過ぎるモデル」などとは言わないのは、どうしてか。

　1　これらの職業はいくら美人でも過ぎることはないから。

　2　元々美人がやる仕事だと言う偏見があるから。

　3　これらの職業についている人たちは美の基準が高いから。

　4　言うとほかの女優やモデルから抗議されるから。

51 筆者の考えと近いものはどれか。

　1　容姿に勝る人は率先的にモデルや女優になる。

　2　容姿に劣った人は教師とか議員になる。

　3　バス運転手が美人であっても意味がない。

　4　職業と容貌は元々関係がない。

（2）私たちサーカスの芸人はいつも危険と隣り合わせだ。いつ猛獣に襲われるか、いつ危険な芸に失敗して命を落とすか、どんな危ないことが起こっても不思議ではない。毎日それが当たり前の環境で仕事をしている。

で、よく言われるのが①「本番前に神に祈ったりするのですか？」と言う質問である。確かに、本番前は神に祈りたくなるほど恐い。しかし、本番前に神に祈る人は私の知る限りいない。神に祈るのは本番後なのである。

これはしきたりではないが、私たちがこうするには必然的な理由がある。

もし綱渡りの芸人が「落ちませんように」などと何百回何千回祈ろうが、足を踏み外せば物理原則が100％作用して落下する。例外はない。しかしキチンとバランスを保って足を運べば、祈らなくても無事に渡りきることができる。なので足を正確に運べるように練習することのほうが、祈ることよりもはるかに大切なのだ。だから本番前に祈っても無駄である。そのエネルギーは練習や安全点検に回すべきなのだ。

そうして本番が終わればホッとする。でもだからといって、「すべての成功はすべて自分のおかげ」などとは思わない。万全なはずの状態で事故に遭った人を、私たちは何人も見ているからだ。

つまり、人事を尽くしても無事で終われるのは幸運なのである。それは神のご加護のおかげだ。私たちはそう思って感謝をする。

だから、神に祈るのは本番後なのだ。

（伊達宗太郎編著「サーカス無名芸人列伝」より「あるピエロの独白」英星出版より）

52　①「本番前に神に祈ったりするのですか？」と言う質問をするのは何故か。

1　信仰心は人間として当然だと思うから。

2　祈りたくなるほど危険な仕事だと思うから。

3　芸人であっても敬う気持ちを失ってはいけないと思うから。

4　芸人の状況に同情しているから。

53 本番前に祈る人がいないのは何故か。

1 祈ることよりも練習することのほうが大事だと思うから。

2 練習時間でいっぱいで、祈る時間がないから。

3 根本的に神を信じていないから。

4 恐ろしくて神に祈ることすら忘れてしまうから。

54 本番後に祈るのは何故か。

1 安心してから神の存在を思い出すから。

2 本番後じゃないと時間が取れないから。

3 そうするのがしきたりだから。

4 成功は人の力だけではないから。

（3）最近ネットの普及で、ドラマなどに使われているロケ地がどこなのかと言う情報が一般に知られるようになった。

　ドラマの中では同じ場所と言う設定であっても、ロケ地は一箇所に固まっているわけではなくつぎはぎである。

　例えば全景は京都であっても、建物は東京のもので、部屋の中はスタジオ内のセットであったりと、①ドラマではバラバラなものを一つであるかのように見せる。

　見る人の頭の中ではすでに一つのまとまった世界として構築されているため、あるいは撮影技術や俳優たちの演技によって、それがあたかも同じ世界であるかのように錯覚してしまうかもしれない。しかし実際には、演じている人たちは現実世界での移動のさなかにも気持ちを切り替え、ウソの断片を本物であるかのようにつなぎとめようとする。そして撮影が終われば劇中のヒロインもただの抜け殻なり、日常生活に戻るのである。

　ドラマに夢を馳せた人たちが実際のロケ地を見て失望してしまうことを、私たちは最も恐れる。「夢は夢のままでいて」と思うこともある。

　夢のドラマとは大違いの現実のロケ地を見てガッカリ、ハリボテセットの裏側を見てゲンナリ、なんて幻滅だ。

　しかし逆から見れば、夢にも見えるキレイごとのドラマの裏ではなにが起こっているかを知って欲しいと思うこともある。

　現実を知った上で、それでもドラマに愛着を抱いてもらえたなら、演じるものとしてそれ以上の喜びはない。

（常磐貴子「女優魂」日本芸能社より）

55　①ドラマではバラバラなものを一つであるかのように見せるとはどういうことか。

1　散在しているロケ地を、編集で同じところに設定する。

2　それぞれの俳優の演技を、監督の指導でまとめる。

3　それぞれちがった役柄が、物語にうまく絡むように設定する。

4　ちがう時間に撮影された映像を、編集で一つにする。

56 視聴者が、バラバラなものを一つの世界だと感じるのは何故か。

1 ドラマを虚構の世界だと認識していないから。

2 視聴者は何も考えないで見ているから。

3 脚本が完璧に構成されているから。

4 ドラマの裏側を知らないから。

57 筆者はどのような気持ちで本文を書いたと思われるか。

1 ドラマはウソなのに本気にする人はバカだ。

2 夢を抱かず現実を見てガッカリして欲しい。

3 夢は夢のままでいて欲しい。

4 現実を知って、それでもドラマを愛して欲しい。

問題 10　次の文章を読んで、後の問いに対する答えとして最もよいものを、1・2・3・4から一つ選びなさい。

　シブがき隊の誰だったか忘れたが、以前「①『スシ喰いねぇ』が売れて全国のお寿司屋さんから感謝されて、よく差し入れにお寿司をもらいました。しかしその頃は天狗になってたもんで、『また寿司かよ』なんて平気で言ってました。」と言っていた。

　確かにそうだ。若くして売れてしまった、精神的には未成熟な子供たちだ。彼らに大人に感謝しろと言っても無理な話だ。下積みの苦労をしてやっと出てこれる人たちならば、若いアイドルスターなどになれるはずがない。ビートルズのようにデビュー前に苦労したなどと言っても、その苦労が人より短かったから若いうちに出てこられるのだ。それは、出てこられなかった人たちに比べたら数分の一の努力でしかない。苦労をしたなどと言っても、そうした人たちはみな例外なくラッキーボーイにラッキーガールばかりなのだ。

　しかし時が過ぎ、人気も盛りを過ぎると事情は変わってくる。何もしなくても売れていた絶頂期と反対に、どんなにがんばっても「元アイドル」という冷淡な視線と共にファンは離れていく。追っかけだった子供たちも大人になり、次の世代の若い子達は、同じ年頃のより現代的でカッコいい新しいアイドルに夢中になるからだ。その頃にはかつてのアイドルもいい年をしたおじさん・おばさんとなって、以前のような爆発的人気を甦らせるなど不可能に近いと、ようやくわかってくる。

　かつては持ち上げられいい気になっていたラッキーさんたちも、ここに来てようやく「②売れていたのではなく売ってもらっていた」と言う現実に気づく。

　彼ら彼女らは、裏方さんたちが作ってくれた舞台に立ち、照明さんたちが当ててくれるスポットを浴び、営業さんたちが集めてくれたお客さんの前で歌い踊り、それで人気を博していたのである。こうした功績全体から見ると、本人の貢献はいったい何分の一程度なのだろう？

　そこにまったく苦労が無いとは言わない。しかし若いアイドルは、そうした無数の人の後ろ盾があってはじめて自分がいると言う現実を、冷静に認知するには幼なすぎるのだ。その頃はわけもわからず、すべて自分の力でやってしまったと錯覚している。それのみならず、その力が永遠に持続するかのような妄想をも抱いてしまっている。そしてその心が言動に表れる。これが「天狗になっている」と周囲には映るのだが、本人

には悪意も自覚もまったくない。

　しかし人気が落ちてもなお芸能界でがんばろうとするなら、だんだんとこの現実に目覚めざるを得なくなる。

　年をとってまでそこに気づかず傲慢な態度を変えないなら、まちがいなく淘汰されてしまうからだ。

　逆に言えば、天狗になるのも若いからこそなのだ。それはほんの一握りのラッキーボーイやラッキーガールに許された、わずか一瞬の特権と言ってもいい。

（梨本優「セレブたちの無責任発言」日本芸能社より）

58　筆者は、若いアイドルはみなラッキーだと言うのはなぜか。

1　容貌に恵まれているから。

2　事務所が売り出してくれるから。

3　前途が開けているから。

4　下積みの苦労が短いから。

59　① 『スシ喰いねぇ』 をわかりやすく言うと、次のどれか。

1　お寿司を食べてはいけません。

2　お寿司を食べてください。

3　お寿司を食べさせてください。

4　お寿司はおいしいです。

60 ② <u>売れていたのではなく売ってもらっていた</u>とはどういうことか。

1　ファンが支持してくれていた。

2　本人は努力を全くしなかった。

3　事務所の功績が本人の努力よりはるかに大きかった。

4　店が大きく宣伝してくれた。

61 筆者が、天狗になるのも若いうちの特権だと言うのはなぜか。

1　年を取れば現実に気づくから。

2　若いうちは何もしなくても売れるから。

3　若いうちは生意気な態度が許されるから。

4　お金をたくさん稼ぐから。

問題 11 次のAとBは、理性について、異なる人が述べている意見である。後の問いに対する答えとして最もよいものを、1・2・3・4から一つ選びなさい。

A

　　「オレオレ詐欺」の被害がなくならない。

　　これだけ被害者の情報が流れかつ注意を促しているのに、それでも引っかかってしまうのはなぜだろう？

　　それは、防衛対策と実際の状況に落差があるからだ。

　　防衛対策では「本人かどうか確認」「一度疑ってみる」など、すべて「理性」で判断することを前提としている。

　　ところが、詐欺を行なうほうはその「理性」をとっぱらう方法で詐欺にかける。

　　人は危急状況では理性的な判断が出来なくなり、生存本能を優先させる。いちいち理性的に考えていたら間に合わなくなるからだ。しかし理性的判断を失い生存本能のみを優先させると、例えば火事の時に飛び降りたら絶対に助からない高さのビルから飛び降りてしまったりする。理性的に考えて救助隊が来るのを信じて待っていれば助かったのに、理性を失ってしまったおかげで失敗するのだ。彼らは危急的状態を演出することで、被害者の理性を失わせようとする。

　　　　　　　　　　　　　　（五等弁「詐欺師のテクニック」サンバーン出版より）

B

　　叩いたり殴ったりなどの女性の護身術などを教える道場やビデオがある。しかし実際には、それらが役に立つことは期待しないほうがいい。しかも「護身術を習ったから大丈夫」などと勘違いしてしまったらかえって危険だ。

　　どうしてだろう？

　　ボクシングの世界チャンピオンと挑戦者が、乱闘になった事件があった。派手な殴り合いになったのかといえば、あにはからんやつかみ合いのケンカになった。世界レベルのボクシング技術を身につけた二人が、ボクシングを忘れてしまったのだ。

　　人は理性を失った状況では屈筋(注)に力が入り、パンチなどは打てなくなる。これは、人間がサルだった頃の名残だ。木の枝にぶら下がっていた関係から、どうしてもしがみつこうとしてしまうのだ。だから打撃技よりレスリングや柔道などの組技系のほうが、より人間の本能に近いため使いやすい。

　　　　　　　　　　　　　　（松永京四郎「護身術と格闘競技」バブルジャパンより）

(注)屈筋：腕などを縮めるための筋肉。

62 Aによれば、詐欺の被害が減らないのはどうしてだといっているか。

1 対策が不徹底だから。

2 騙されるバカはどこにでもいるから。

3 詐欺師はどんどん手口を変えるから。

4 理性を失ったら対策は無効化するから。

63 Bによれば、叩いたり殴ったりの護身術が効果が薄いのはなぜか。

1 女性は力が弱いから。

2 興奮状態になると出せない動きだから。

3 精神的に動揺して技を忘れるから。

4 安心して危機感がなくなるから。

問題 12　次の文章を読んで、後の問いに対する答えとして最もよいものを、1・2・3・4から一つ選びなさい。

「教養」とはどういう意味だろう?

解釈は人により色々とあろうが、私は「主観や感情によらず、客観的に事物を見られること」だと思う。

普通、「あの人は教養があるね。」と言う言い方をする時は、単なる知識が備わった人を言うのではない。自分優先の感情にならず、理知的行動を取れる人のことをいう。自分の立場と相手の立場、それらを公平に比較して判断できる人を見ると、私たちは「あの人は教養が備わってる」と感じる。

で、教養とは学校教育によって「のみ」身につくのだろうか?

確かに、①高等教育を受けることは、教養を身につける手段の一つだ。そして多くの場合、「低学歴＝無教養」のように考える人がほとんどである。

しかし、学歴と教養は必ずしも比例するものではない。

高等教育で教養が身につくのは、主観的思い込みが通用しないからだ。思い込みのみで論文を書いても、客観的考察や証拠がかけていれば指導教授よりそれを厳しく指摘される。誰もが納得する論説を展開するには、より多方面からの考察が必要となる。学校の勉強自体は日常生活とは本来無関係だ。しかし、そうして思考を鍛えられると情動的・自己優先的行動が抑えられ、結果として「あの人は教育を受けているから教養がある」と言われるようになるのである。

では例えば、中卒で料理人の道をこころざした職人などは、「低学歴だから教養がない」と言えるのだろうか?

それは完全な偏見である。職人の道も、自分勝手な思い込みだけでは通用しない。自分の主観で「おいしい」と思う料理を作っても、それを誰もが納得する味に仕上げなければ客には売れない。いや、客に出す前に師匠に厳しく指摘されるのである。「こんな料理では客に出せない」と。この過程は大学の研究論文と本質的に変わらない。社会でやるか学校でやるかのちがいだけだ。

ゆえに、②教養とは学校教育のみでしか身につかないという性質のものではない。

中卒でもなにか一流の専業技術を身につけようと思ったら、同時に教養をも体得していくものなのだ。一流の料理人になりたければ、味覚が敏感な若いうちから修行を始

めたほうが有利となる。のんびり人生に保険をかけて、大学を卒業するまで待っていたら最高の修行時期を逃してしまう。

　要は学歴ではない。こころざしがあるのかどうか、そこが大切なのである。

　世間一般に言われる「低学歴＝無教養」と言うイメージは、進学もせず専業的修業もせず、ただブラブラと遊んでいる人たちのことだ。

　こういう人たちは「学歴が低いから」無教養なのではない。「自分を厳しく鍛えてくれる環境がないから」教養が身につかないのだ。

　逆に言えば、さしあたって何か特別なこころざしがなければ、進学して教養を得るのが一番の得策なのである。

（京郁夫「教育の実用価値について」中央正論社より）

64　筆者の言う「教養ある人」の言動に近いものはどれか。

　1　豊富な知識を持ち、学歴が高い。

　2　客観的立場を保ち、理性ある行動をする。

　3　収入が高く、礼儀をわきまえている。

　4　自分の感情を表に出さず、穏やかに話をする。

65　①高等教育を受けることは、教養を身につける手段の一つだとあるが、教養が身につくのはなぜだといっているか。

　1　豊富な知識を習うから。

　2　自分だけの思いこみは通用しないから。

　3　周りの環境が良好だから。

　4　将来いい仕事に就けるから。

66 ②教養とは学校教育のみでしか身につかないという性質のものではないとあるが、具体的にはどれを指しているか。

1 専業知識も教養の一部である。

2 大学を出てもバカな人はたくさんいる。

3 専業技術の習得過程でも教養を得ることができる。

4 ブラブラ遊んでいる人の中にも教養のある人はいる。

67 筆者の一番言いたいことは何か。

1 低学歴の人は無教養と言われても仕方がない。

2 学校に行かないで遊んでいると将来損をする。

3 学校に行きさえすれば教養は身につく。

4 どの道を選んでもしっかりした人は教養がある。

問題 13　次は、あるドラマのエキストラの応募要項である。これに応募する際、下の問いに対する答えとして最もよいものを、1・2・3・4から選びなさい。

68　18歳の女子高生、ゆうこさんはエキストラに応募したいと思っている。彼女はどんな方法で応募しなければならないか。

1　この局のスタッフから個人的にメールをもらったので、そのまま応募できる。

2　18歳なので親の同意書は必要なく自分で応募できる。

3　高校生なので親の同意を得てから応募する。

4　無償であれば自分の意思だけで応募できる。

69　エキストラとして合格した人が許される行為はどれか。

1　インターネットなどで撮影状況を宣伝する。

2　交通費を請求する。

3　電話で詳細を問い合わせる。

4　ペットを連れて撮影する。

ドラマなどにボランティアでエキストラとして出演していただく、「ボランティア・エキストラ」を募集しております。下記の注意事項に同意していただいた上で、以下の詳細をお読みいただきご応募ください。

注意事項

必ず下記を読んだ上、ご応募ください。

● 18才未満（18才であっても高校生は含む）の人は、保護者の許諾が必要です。

撮影現場で保護者の署名・押印、連絡先のある同意書を提出してください。また、それに基づいてこちらで保護者に確認させていただきますのでご了承ください。

● 撮影現場で知った情報は、インターネットの掲示板やブログなどに書き込まないでください。

● 当局スタッフの個人名をかたって、メールでエキストラ募集をしている事例が報告されています。

当局では個人名でのエキストラ募集は行っておりません。

● 携帯からの応募には対応しておりません。

【収録日時】

12月7日（火）　日中～

【収録場所】

都内某所

【撮影シーン】

公園を散歩している皆さん（予定）

※天候変更あり

【募集対象】

10代～50代の男女

【演出上のお願い】

衣裳・持ち物の詳細は電話連絡の際にお伝えします。

◎ペットをお連れいただける方は応募の際コメント欄にペットの種類などご記入頂けると電話連絡の際に非常にスムーズになります。

【グループ参加】

可能

同伴者がいらっしゃる場合は、応募フォームの同伴者の欄に必要事項をご記入下さい。

【スタッフからの連絡】

電話で直接ご連絡致します。非通知設定の電話からかける場合があります。

詳細は、この際にお伝え致します。（当局へのお問い合わせはご遠慮ください）

現場での写真撮影などはご遠慮ください。

当選された方のみ、事前にご連絡さしあげます。なお、当落に関するお問い合わせはご遠慮ください。

問題1 ◎ 02

問題1では、まず質問を聞いてください。それから話を聞いて、問題用紙の1から4の中から、最もよいものを一つ選んでください。

1番

1　から揚げの肉に塩をかけて、にんにくを切る。

2　魚に塩を振って、にんにくを切る。

3　から揚げの肉に塩をかけて、醤油煮の魚にこしょうを振る。

4　バター焼きと醤油煮の魚に、こしょうを振る。

2番

1 キャッシュカードの会社に連絡してカードを止めてもらう。

2 携帯電話の会社に電話して、電話を止めてもらう。

3 駅に行って、届けを出す。

4 会社に仕事に遅れることを連絡する。

3番

1 カラオケのあるラーメン屋にする。

2 カラオケのあるファミリーレストランにする。

3 カラオケ2時間と定食のセットを始める。

4 カラオケのあるフランス料理店にする。

4番

1 別に新品をもう一台買って予備にする。
2 修理が終わるのを待ってそれを使用する。
3 故障したのは修理に出さずに新品を買う。
4 故障したのは修理に出して予備にする。

5番

1 飛行機
2 車
3 バス
4 自転車

6番

1 アポイントなしで教授の部屋に行く。

2 電話でアポイントして、来週教授の部屋に行く。

3 メールを出して、すぐに教授の部屋に行く。

4 メールを出して、来週教授の部屋に行く。

問題2 ◎ 03

問題 2 では、まず質問を聞いてください。そのあと、問題用紙のせんたくしを読んでください。読む時間があります。それから話を聞いて、問題用紙の 1 から 4 の中から、最もよいものを一つ選んでください。

1番

1 　遅刻することをあらかじめ連絡しなかったこと。

2 　携帯電話をうちに忘れてきたこと。

3 　大事な約束の前に昼寝したこと。

4 　目覚まし時計をセットしなかったこと。

2番

1　1 週 間で故 障 したため。

2　正 常 な使用でないため。

3　あまり適当ではない環 境 での使用のため。

4　画面が映らないため。

3番

1　カラオケはサラリーマンに人気だから。

2　サラリーマンは、お金をたくさん使うから。

3　景気をよくするため。

4　外 食 産 業 に負けないようにするため。

4番

1 自分はこの仕事に向いていないから。

2 同僚が嫌いだから。

3 会社に未来がないから。

4 長く働いているから。

5番

1 ３６０００円で３泊４日、市内観光付きのプラン

2 ３６０００円で１泊２日、市内観光付きのプラン

3 １１０００円で１泊２日、市内観光なしのプラン

4 ２５０００円で３泊４日、市内観光付きのプラン

6番

1 いろいろな機器が、スマートフォンに取って替わられつつある。

2 今年、スマートフォンを使っている人は、３０％に達しそうだ。

3 携帯電話でインターネットをする人は少ない。

4 みんなスマートフォンをあまり買わない。

7番

1 投機マネーが流入したから。

2 コーヒー豆が値上がりしたから。

3 マスターコーヒー、ヨンマルクなどのチェーンも、値上げを発表したから。

4 国内のお茶の収穫状況がよかったから。

問題3 ◎ 04

問題3では、問題用紙に何も印刷されていません。この問題は、全体としてどんな内容かを聞く問題です。話の前に質問はありません。まず話を聞いてください。それから、質問とせんたくしを聞いて、1から4の中から、最もよいものを一つ選んでください。

―メモ―

1番

2番

3番

4番

5番

6番

問題4 ◎ 05

問題4では、問題用紙に何も印刷されていません。まず文を聞いてください。それから、それに対する返事を聞いて、1から3の中から、最もよいものを一つ選んでください。

―メモ―

1番

2番

3番

4番

5番

6番

7番

8番

9番

10番

11番

12番

13番

問題5 ◎ 06

問題5では、長めの話を聞きます。この問題には練習はありません。

メモをとってもかまいません。

【1番、2番】

問題用紙に何も印刷されていません。まず話を聞いてください。それから、質問とせんたくしを聞いて、1から4の中から、最もよいものを一つ選んでください。

─メモ─

1番

2番

【3番】

まず話を聞いてください。それから、二つの質問を聞いて、それぞれ問題用紙の 1 から 4 の中から、最もよいものを一つ選んでください。

質問1

1 脂性肌 (あぶらしょうはだ)

2 乾燥肌 (かんそうはだ)

3 普通肌 (ふつうはだ)

4 混合肌 (こんごうはだ)

質問2

1 脂性肌 (あぶらしょうはだ)

2 乾燥肌 (かんそうはだ)

3 普通肌 (ふつうはだ)

4 混合肌 (こんごうはだ)

第 ❷ 回

言語知識（文字・語彙・文法）・読解
|
P 73

聴解
|
P 104

第 2 回　言語知識（文字・語彙・文法）・読解

限時 110 分鐘　作答開始：＿＿ 點 ＿＿ 分　　作答結束：＿＿ 點 ＿＿ 分

問題 1　＿＿＿＿＿＿＿ の言葉の読み方として最もよいものを、1・2・3・4から一つ選びなさい。

1 彼の行為は重罪に値する。

　　1　かする　　　　　2　ちする　　　　　3　あたいする　　　4　きたいする

2 友達に仕事を斡旋してもらった。

　　1　あっせん　　　　2　かんせん　　　　3　かいせん　　　　4　しょうかい

3 彼女は欲求不満のようだ。

　　1　ようきゅう　　　2　よくきゅう　　　3　よっきゅう　　　4　だっきゅう

4 緩やかな坂が続いている。

　　1　おだやか　　　　2　にぎやか　　　　3　たおやか　　　　4　ゆるやか

5 体育とは「体を育む」と言う意味だ。

　　1　はずむ　　　　　2　からむ　　　　　3　ゆがむ　　　　　4　はぐくむ

6 なかよく手を繋いで歩く。

　　1　つないで　　　　2　つむいで　　　　3　とついで　　　　4　しばいて

問題 2 （　　　　）に入れるのに最もよいものを、1・2・3・4から一つ選びなさい。

7 社長は責任を取って（　　　　）しました。

   1　自認　　　　　　2　自任　　　　　　3　辞任　　　　　　4　自白

8 会議用の資料を社員に（　　　　）する。

   1　配達　　　　　　2　配置　　　　　　3　配列　　　　　　4　配布

9 （　　　　）、人生は一瞬です。

   1　ふりむけば　　2　ふりかければ　　3　ふりかえれば　　4　ふりまわせば

10 この品質ならこの高価格も（　　　　）できる。

   1　納品　　　　　　2　納骨　　　　　　3　見納め　　　　　4　納得

11 この企画は斬新な発想に（　　　　）。

   1　さもしい　　　　2　さびしい　　　　3　とぼしい　　　　4　わびしい

12 明日の天気は（　　　　）がつかない。

   1　見地　　　　　　2　見聞　　　　　　3　見当　　　　　　4　見分

13 夏休みの宿題の量が（　　　　）ではない。

   1　健常　　　　　　2　半端　　　　　　3　半人前　　　　　4　一日中

問題 3 _____ の言葉に意味が最も近いものを、1・2・3・4から一つ選びなさい。

14 くれぐれも<u>用心</u>してください。

1 配慮 　　　　 2 注意 　　　　 3 丁寧 　　　　 4 詳細

15 彼のやり方は<u>生ぬるい</u>。

1 とてもやさしい 　 2 情熱的だ 　　 3 人間的だ 　　 4 中途半端だ

16 <u>粘って</u>値引きをしてもらった。

1 脅して 　　　　 2 粘々して 　　 3 誉めて 　　　 4 あきらめないで

17 <u>手分けして</u>この仕事を終わらせましょう。

1 一緒に 　　　　 2 分担して 　　 3 整理して 　　 4 委託して

18 彼は<u>お世辞</u>が上手だ。

1 俳句 　　　　　 2 辞世の句 　　 3 おべっか 　　 4 おしゃべり

19 あなたの言葉に<u>ピンと来た</u>。

1 怒った 　　　　　　　　　　　 2 あきれた

3 嫌な気持ちになった 　　　　　 4 直感が働いた

問題4　次の言葉の使い方として最もよいものを、1・2・3・4から一つ選びなさい。

20　有様

1　有様が来るので掃除して置いてください。

2　彼の踊りの有様はすばらしい。

3　この有様では合格は無理だ。

4　この神社では有様を祀っている。

21　いたわる

1　無理をすると体をいたわるので少し休んだほうがいいです。

2　機械が壊れたのでいたわってみましょう。

3　すいかを棒でいたわってみんなで食べます。

4　老人をいたわる心は大切です。

22　思い付き

1　彼女は思い付きがあってやさしい。

2　ほんの思い付きで作った商品がバカ売れした。

3　よく観察したら、新しい思い付きがあった。

4　彼女は思い付きが激しく暗示にかかりやすい。

23　贅沢

1　運動不足で贅沢な肉がついている。

2　彼の知識量は贅沢だ。

3　今回の試験は贅沢な問題ばかりだった。

4　最近のロールケーキは生クリームを贅沢に使っている。

24 病み付き

1 風邪が治らず病み付きになっている。

2 志望大学に合格するため、病み付きで勉強している。

3 テレビゲームにはまり病み付きになってしまった。

4 彼は亡霊に病み付きされたのでお祓いした。

25 頑丈

1 彼は頑丈なので自分の意見を変えない。

2 超合金は頑丈なオモチャだ。

3 事故には遭ったが、すでに頑丈だったようだ。

4 この子は頑丈で、悪いことばかりしている。

問題 5 次の文の（　　　　）に入れるのに最もよいものを、1・2・3・4から一つ選びなさい。

26 よく（　　　　）、あの人は確かフランス大使館で仕事をしていたような気がする。

1　知っているので　　　　　　　　2　知らなければならないのは
3　知らないのだが　　　　　　　　4　知っているのは

27 ここに（　　　　）、いずれ見つかるような気がする。早めに移動したほうが安全だと思う。

1　隠れていたら　　　　　　　　　2　隠れたからには
3　隠れたばかりか　　　　　　　　4　隠れたくても

28 彼はなにかにつけて自慢する（　　　　）、料理が上手だ。

1　だけあって　　　2　かいあって　　　3　だけなのに　　　4　にもかかわらず

29 彼は有名な店は（　　　　）小さな無名の店まで、ほぼすべてのラーメンを食べつくした。

1　言うに事欠いて　　　　　　　　2　言うに言われず
3　言うこともなく　　　　　　　　4　言うに及ばず

30 禁煙するのが一番よいと言うことではなく、最初から喫煙習慣を（　　　　）、一番いいのです。

1　作らないといえども　　　　　　2　作らないからには
3　作らなくて　　　　　　　　　　4　作らないことが

31 毎年不合格だったが、今年は長年努力した（　　　　）めでたく合格できた。

1　だけあって　　　2　かいあって　　　3　だけなのに　　　4　にもかかわらず

32 すみません。ここは隔離病棟なので、家族と（　　　　）入れません。

1　しても　　　　2　してなら　　　3　いえども　　　4　してでも

33 道に迷ってウロウロ（　　　　）、あたりはすっかり暗くなってしまいました。

1　できなくて　　　2　していたら　　　3　するので　　　4　したくて

34 甲子園は勝ち抜き戦なので、一回でも負ける（　　　　）。

1　ことがあるかもしれない　　　　　　2　のはいいことだ

3　わけにはいかない　　　　　　　　　4　ことがあるはずがない

35 食虫植物は虫を食べる（　　　　）養分を補っているのである。

1　からには　　　　2　くせに　　　　3　ことで　　　　4　かたわら

問題6 次の文の___★___に入る最もよいものを、1・2・3・4から一つ選びなさい。

（問題例）

　　交通事故では、_____ _____ ___★___ _____ したほうがいい。

　　　　1　なくても　　　2　レントゲンで　　　3　外傷が　　　4　検査を

（解答のしかた）

1. 正しい文はこうです。

┌───┐
│　　　　　　　　　　　　　　　　　　　　　　　　　　　　　　　　　．│
│　交通事故では、_____ _____ ___★___ _____ したほうがいい。│
│　　　　　　　3外傷が　　1なくても　　2レントゲンで　　4検査を　　　│
│　　　　　　　　　　　　　　　　　　　　　　　　　　　　　　　　　　│
└───┘

2. ___★___ に入る番号を解答用紙にマークします。

　　　　　　　（解答用紙）　┌──────────────┐
　　　　　　　　　　　　　　│（例）① ● ③ ④│
　　　　　　　　　　　　　　└──────────────┘

---

36 依然として、ウィンドーズに _____ _____ ___★___ _____ 少数派
　　だ。

　　　　1　アップルの　　　2　使う人は　　　3　比べて　　　4　コンピューターを

37 女「ツチノコって、本当にいるの？」

　　男「うん、_____ ___★___ _____ _____ ないんだ。」

　　　　1　実在が証明されて　　　　　　　　2　ないために
　　　　3　目撃談ばかりで　　　　　　　　　4　捕獲されたことが

38 食事制限をして ___★___ _____ _____ _____ がでる。

　　　　1　悪影響　　　2　急激に　　　3　体に　　　4　痩せようとすると

39 年を取ると代謝が _____ _____ ___★___ _____ まちがいなく肥満
　　する。

　　　　1　若い時と　　　2　下がるので　　　3　食べていると　　　4　同じ量だけ

40 お酒を ＿＿＿＿ ＿★＿＿ ＿＿＿＿ ＿＿＿＿ います。

1　飲むと　　　　　　　　　　2　変わってしまう

3　まったく性格が　　　　　　4　人が

地球外生物は、いるのかいないのか？

例えいるとしても、公にはまだ発表されていない。

しかしもしいるのなら、いつวわれわれ人類と正式に接触するのだろう？

「人類同士で惨殺しあうような残虐な地球人と、友好関係を結びたいと思う
異星人が居るだろうか？」と言う意見をネットで見た。 41-a に 41-b と思う。

知恵があるのにその知恵を平和や地球全体の発展に 42-a 、自分だけが利
益を得て他人を蹂躙・支配・惨殺することばかりを考えている地球人。こんな品
徳の人たちと、友達に 42-b 。

本当にUFOに乗って遠い星から来れるような文明を持った人たちにとって
は、地球人など野蛮以外の 43 だろう。

そのくせ地球人は、異星人も自分たちと同じくらい野蛮で下劣だと勝手に思
い込み「宇宙人来襲」のような被害妄想映画ばかり作っている。

自分が暴力的で卑劣だから、他の人もそうだと勝手に思いこんでいるわけ
だ。しかし、もし高度な文明を持つ異星人が本当に地球を支配したいならとっく
にやっているだろう。

異星人が本当に居るなら、我々が信用できるような品徳を備えるまで、どこか
でじっと観察しているのではないだろうか。

そして紛争が起こるたび、「こんな人たちに高度な文明を伝えても悪用する
だけだからやめて 44 」なんて地球対策会議をしていたり、あるいはバラエテ
ィー番組で実況されて笑いモノになっているのではないか、そんな風にさえ思
う。

地球単位で統一できず、国と国で 45 レベルでは、異星人に相手にしても
らえる標準に達していない。

私個人ではそう考えている。

（悠峰北蔵「醜い地球人」意想出版より）

41

1 a 本当 ／ b わからない

2 a いや ／ b わかっていない

3 a 反対 ／ b 違っている

4 a まさ ／ b そのとおりだ

42

1 a 向けて ／ b なりたくもない

2 a 使い ／ b なってもかまわない

3 a 向けず ／ b なりたいはずがない

4 a 選び ／ b なりたくないはずがない

43

1 何様でもない 2 何者でもない 3 何かがある 4 何でもある

44

1 あげよう 2 みよう 3 おこう 4 ほしい

45

1 見つめ合ってる 2 ほめ合ってる

3 話し合ってる 4 いがみ合ってる

問題8　次の（1）から（3）の文章を読んで、後の問いに対する答えとして最もよいものを、1・2・3・4から一つ選びなさい。

（1）筋肉の美しさは「機能美」だと思う。

　従って見た目を追求するボディービルダーの肉体よりも、瞬発力、持久力を要求されるスポーツプレイヤーの肉体のほうがはるかに美しいと思う。

　同じ理由で、ダイエットでガリガリに痩せている女性はとても美しいとは思えない。

　女性の前に、人間という動物として生きていくために最低限必要な筋肉（とっさに身をかわしたり、階段や坂道をかけあがったり、ちょっとした溝を跳び越えたり…）が備わっている体の方が見た目も美しいのに…と思う。

　　　　　　　　　　　（小川宏「小川宏の発想辞典・その13　筋肉の美しさは機能美」より）

46　作者は、ガリガリに痩せた女性の体をどう思うか。

　　1　ボディービルダーみたいにたくましい女性のほうが魅力的だ。

　　2　太った女性よりははるかに機能美を備えている。

　　3　機能美がなくただ痩せているだけの女性には魅力を感じない。

　　4　魅力的な女性はかならず痩せた体形の女性である。

（2）私はよく「三流のクセに」と言われる。失礼な！と正直思う。

どうせだから言っておくが、私は三流ではない。四流である。

四流の作家を三流呼ばわりするのは過大評価なのだが、世に不公平はつき物。

世間がどう言おうと一般には、プロの四流＞アマの一流である。

実力がなくてもプロになれた私のほうが、実力があってもプロになれないアマチュアよりも上なのだ。

しかし、世の中とはそういうものだ。評価≠実力なのだから、これは仕方ない。

（遠藤習作「王様の私」啓英社より）

47 筆者の言いたいことに近いものはどれか。

1 プロを三流呼ばわりするのは、失礼だ。

2 実力がないものがプロになれるはずがない。

3 四流のプロのほうが一流のアマチュアよりも実力は上だ。

4 公平に実力あるものだけがプロになれるわけではない。

（3）「振り込め詐欺」などにひっかかった、と言う話をよく聞く。

　それらを聞くたびに「バカだな〜。」と思う。

　バカなのは、騙されたほうではない。騙しているほうだ。

　この世には因果応報の法則が必ず存在する。

　「ただで大金をせしめて幸福になる」などありえない。

　そしてその代償は、いつかはこの世のどんな不条理な高利貸しよりももっと高い利子
をつけて払わされるのだ。

（春野天海「災難に遭うにはわけがある」占星社より）

48　筆者の言いたいことは何か。

　1　人を騙して幸福になれることもある。

　2　騙すほうも悪いが、騙されるほうがバカだ。

　3　騙して取ったお金でも幸福になるなら意味がある。

　4　騙して取ったお金はいつか利子をつけて返す時が来る。

問題 9　次の (1) から (3) の文章を読んで、後の問いに対する答えとして最もよいものを、1・2・3・4から一つ選びなさい。

（1）「人類の歴史上、過去最高の天才とは誰か？」と質問した場合、国籍や年齢を問わずアルバート・アインシュタインの名を挙げる人がほとんどであろう。

　一般人の感覚では全く想像できない「相対性理論」などを発表し、全人類の度肝を抜いた衝撃は、現在なおその余波が収まってはいない。

　数学、天文学、物理学など多くの分野に強く影響し続けているのである。

　ところが意外なことに、知られている範囲内では、有名人の知能指数中彼は一位でないばかりか、十傑にも入っていないのだ。

　では、彼の発想はどこから来たのだろう？

　彼は生前、①「想像力は知識よりも重要」と言った。知識によれば過去のことしかわからない。しかし、想像力は自分の知らない未知の世界にまで到達できるのである。なるほど、知能指数では想像力を推し量ることはできない。

　なので、知識で想像力を押さえつけるような教育は無駄な努力以外の何物でもない。そっちの方向からはアインシュタインを人工的に作り出すことは不可能だからだ。

（京郁夫「教育で天才は作れるか？」黎明文庫より）

49　アインシュタインを最高の天才に挙げる人が多いのは何故か。

1　近代の人だから。

2　学校の成績が優秀だったから。

3　知能指数が歴史上最も高かったから。

4　いまだに多くの分野に影響を与えているから。

50 ①「想像力は知識よりも重要」と言ったのはなぜか。

1 想像力のほうが知能指数を上げるから。

2 想像力は無限で知識は有限だから。

3 知識は想像力から生まれるから。

4 想像力があれば知識はなくてもいいから。

51 筆者の結論は何か。

1 天才は知能指数ではなく想像力から生まれる。

2 想像力も大事だが、知識も大切だ。

3 想像力があれば、知識は簡単に吸収できる。

4 知識に想像力を加えることで始めて天才が生まれる。

（2）私たち作曲家や著作家など、いわゆるクリエイターの作品には大きく分けて「傑作・凡作・駄作」がある。

傑作ばかり書ければいいが、人間なのでそうは行かない。

しかし、凡作や駄作にもチャンと意味と用途がある。

傑作続きと言うのは難しいだけでなく、相殺作用が働いてお互いの輝きを消してしまうという危険性がある。

有名なミュージシャンの「ベスト・アルバム」って、なんか味気ないと思わないだろうか？

普通、ベスト・アルバムも濃縮させていけば、全キャリアで1曲か2曲しか出ない「スタンダード・ナンバー」あるいはあなたのお気に入りのみとなる。それ以外は①「凡作以上傑作未満」の曲ばかりだ。それよりも、ある傑作曲を書いた当時のアルバムのほうが、作者がその曲を書いた頃の時代背景とか作品の傾向などが知られて面白く感じるのである。アルバム中せっかく作った多くの楽曲は、時代が過ぎればみな忘れられてしまうような凡作駄作ばかりだ。

しかし、傑作になり損ねのそれらが、かえって傑作を引き立たせ立体的に浮き彫りにするという役割を演じるのである。

（宇沢竜童「ミュージシャンの独白」業界出版より）

52 ベストアルバムが味気ないというのは何故か。

1 同じような曲ばかりだから。

2 曲の一つ一つが目立たなくなるから。

3 みんなが知ってる曲ばかりになるから。

4 聞き飽きたヒット曲ばかりを集めるから。

53 ① 「凡作以上傑作未満」の曲とは、どういう曲か。

1　いい曲だが最高ではない。

2　平凡な曲だが魅力がある。

3　最高ではないが有名である。

4　つまらない曲だが駄作ではない。

54 駄作や凡作の役割はどこにあると筆者は言っているか。

1　一つの傑作が生まれるまでの試金石となる。

2　傑作が生まれた背景や当時の作風を伝える。

3　ベストアルバムに彩を添える。

4　傑作曲にはないよさを伝える。

（3）娘は日本の公立学校に通っています。

父母会で初めて日本の学校に行った時にビックリしました。

日本の学校は、家庭と同じように玄関があって、個人の下駄箱もあって、そこで靴を脱いで「うわばき」に履き替えるのです。日本の学校では、「土足」と言って、外を歩いて泥の付いた靴で学校に入ってはいけないのだそうです。娘が持っているうわばきを見たことがありますが、なんに使うのかはよく知りませんでした。でも、軽くて動きやすそうでした。学校の中は生徒たちによってキレイに掃除され、役員の女子学生が私たち父母にスリッパを貸してくれました。日本式の家に住んでいて玄関で靴を脱ぐ私たちですが、学校もそうだとは知りませんでした。

それで、私はなんだか、日本のよその家庭にお邪魔した気分になりました。

学校は一つの家で、生徒や親たちはそのファミリーみたいです。

どうせなら、学校の建物もこんな冷たい感じじゃなくて、リビングルームにソファーを置いたような内装にしたらどうかと思いました。そんなリラックスできる教室で、教師と生徒がおしゃべりや討論をしながら授業するようにしたら、楽しく効率的に勉強できるのじゃないかと感じました。

（投稿者：バーバラ・フーコン 「日本に来てビックリしたこと」 毎日新聞2006/9/23夕刊の特集コラムより抜粋）

55 投稿者が日本の学校に言って最初にビックリしたことは何か。

1 土足で学校に入ること。

2 靴を脱いで学校に入ること。

3 うわばきを持っていない人は学校に入れないこと。

4 みんなスリッパを履いていること。

56 投稿者がビックリした原因は何か。

1 日本でも靴を脱いで家に入ったことがないから。

2 靴を脱ぐのが日本の文化だと知らなかったから。

3 学校でも家と同じだと知らなかったから。

4 日本の習慣は無意味だと思ったから。

57 投稿者が日本の学校に対して総合的に感じたことは何か。

1 日本は後進国だけあって、習慣も野蛮だ。

2 意味のわからないルールがたくさんあって変だ。

3 だれかの家を訪問したようで恐縮だった。

4 だれかの家を訪問したようで心地よかった。

問題 10　次の文章を読んで、後の問いに対する答えとして最もよいものを、1・2・3・4から一つ選びなさい。

この地球上で、もっとも長寿の生物はなんだろう？

バイキンなど不老の単細胞生物を除けば、それは「ベニクラゲ」という、植物ではない海生生物だそうだ。

不思議なことに、これは老化した後再び若返り、永遠に生き続ける。

要するに不老不死なのである。

しかし永遠に死なないと言うわけではなく、捕食されれば亡くなる。それだったら生き続けるのはいつか捕食されるためで、無事に老衰死できないのは却って残酷に感じてしまう。

もし医学の発達によって人間の寿命が一気に1000歳くらいになり、病死や老死がなくなったら、どうだろう？同じように、ほとんどの死因は事故死になるだろう。

いつか事故で突然死するために老化しないなら、これほど残酷なことはない。

ではもし、さらに進化して事故に遭おうがビルから落ちようが絶対に死なない不死身で不老不死になったら、どうだろう？

それも悲劇だ。ある時テレビシリーズの「ワンダー・ウーマン(注)」で、ある博士の実験によって、ある男が①<u>そうされてしまう</u>。さぞ喜ぶかと思ったら、彼はこういう。

「オレは普通に年を取って死にたい。元に戻せ！」

愛する人がどんどん老化して死んでいっても、自分だけが不死身でこの世に残り続ける。これほどの苦痛はないだろう。

ではもし、人類全員が不死身の不老不死になったら、どうだろう？

例えそうなっても、生きる虚しさは変わらないだろう。どうせ死なないなら、何をやってもやるだけ無駄である。死ぬと言う時限爆弾から開放されたら、生きているうちに何かを残したいと言う欲求や、燃えるような情熱も、すべて冷めてしまうだろう。何せ人間ごと居続けるのだから。

「私がいなくなってもからも、これだけは残して欲しい。」

と思うものが一切なくなってしまえば、何もする気が起きなくなる。

パーティーは終わるから楽しい。人生はパーティーのようにパッと騒いで思い切り楽しみ、やりたいことをやり、死んでいくから楽しいのだ。

終わらないパーティーなんてつらいだけだ。

そう考えると、死とは祝福なのである。②死なない恐怖に比べたら、死ぬと言うことは安堵の瞬間であるとも言えるだろう。

いつかは死ぬ。そう考えたら逆に生き生きと人生を送りたくなる。

（傍若婦人「生きているうちやりたい放題やる私」英星出版より）

（注）ワンダー・ウーマン：リンダ・カーター主演のSF作品。アメリカ。

58　「ベニクラゲ」とはどんな生物か。

1　海に住む植物の一種。

2　陸に住む植物の一種。

3　植物でも動物でもない細菌の一種。

4　海に住む普通の生物。

59　①そうされてしまうとはどんな状態か。

1　事故に遭って死ぬまで老化しない状態。

2　捕食されて死ぬまで老化しない状態。

3　高いところから落ちないと死なない状態。

4　完全な不死身。

60　②死なない恐怖に比べたら、死ぬと言うことは安堵の瞬間であるというのは、どういう意味か。

1　死ぬのは誰だって恐い。

2　永遠に生き続けることは死ぬことよりも恐ろしい。

3　死ぬ時に安らかに死ねたら、恐怖はなくなる。

4　死ぬときは恐いが、それが過ぎたら恐くなくなる。

61 筆者が一番言いたいことは何か。

1 　人生は限りがあるから一生懸命に生きる。

2 　人生が無限だったら楽しい。

3 　死ぬことはこの世の何よりも恐ろしい。

4 　死ぬことがなかったら、楽しいことばかりになる。

'

,

問題 11　次のＡとＢは、カフェインやアルコールに関する異なる立場からの意見である。後の問いに対する答えとして最もよいものを、1・2・3・4から一つ選びなさい。

A

　　眠い時や、気合を入れたいときに飲むものといえば栄養ドリンク。特にカフェインが含まれているものが「効く」とされている。しかし飲みすぎるとアルコール依存症にもなるという、なんとも恐ろしい研究結果が発表された。

　　研究を行ったのはアメリカのある大学。1000人以上の学生を対象に、カフェイン入りの栄養ドリンクの消費量とアルコールの消費量についての調査を実施。その結果、カフェイン入りの栄養ドリンクを毎日、あるいは週に一度以上飲んでいる学生は、そうでない学生に比べてアルコールの摂取量も、飲む頻度も多いことが判明。そしてアルコール依存症になる確率も高いという結果になった。

　　たしかに、お酒を飲む前にカフェイン入りの栄養ドリンクを飲んでおくと酔いにくい。しかしそれは、元気が出て酔いにくいのではなく、カフェインとアルコールが組み合わさることにより「酔っていない」と錯覚しているに過ぎない。

（ネットニュースより）

B

　　アルコールはヘロインやコカインや大麻やタバコよりも有害であるという研究結果が、海外医学誌で発表された。

　　研究チームは、数十種類の薬物を、死亡率、依存度、精神への影響、社会的影響、家庭的影響、経済的コスト、国際的存在……などに分けて、それぞれ数値化。さらに個人的に害のある薬物、社会的に害のある薬物としてまとめ、総合的にアルコールが最も有害であると結論づけた。

　　研究結果によると、社会的に害のある薬物ベスト3は、アルコール、ヘロイン、コカインの3種類。確かに「お酒で失敗した人」は記者の知るところでも数多い。また、飲酒運転による交通事故や、泥酔状態による窒息死、溺死などもカウントされていると思うと、この順位はうなずける。

（ネットニュースより）

62 Aが、カフェイン入りの栄養ドリンクがアルコール依存症になりやすいという理由は何か。

1　カフェインにはアルコールと同じ作用があるから。

2　酔っていないつもりになり、アルコールを取りすぎるから。

3　カフェインがアルコールと混ざると効果が倍増するから。

4　アルコールを飲んだ後にカフェインを飲むとすぐ酔いが醒めるから。

63 AとBで共通している論点は何か。

1　過度のアルコールは体に悪い。

2　なんでも度を過ぎると体に悪い。

3　法律で禁止されているものは体に悪い。

4　度を過ぎなければアルコールは安全である。

問題 12 次の文章を読んで、後の問いに対する答えとして最もよいものを、1・2・3・4から一つ選びなさい。

私はいつも「天才ほど陰で練習している。天才に近づきたければ飽きるほど練習しなさい」と口を酸っぱくして言う。

残念なことに、こういうと多くの人はただの努力論、根性論だとしか思わないようだ。私の意図とは裏腹に、①彼らは腹の底ではこんな風に思っている。

「いくら練習しても凡才が天才になれるはずがない。」

「練習だけで天才になれるなら、誰だってなっているはずだ。」

「みんながみんな天才になっていないってことは、練習以外にも秘訣があるはずだ。」と。

しかしそれらは全部まちがいだ。普段の、そして不断の練習こそが天才になる近道なのである。

どうしてだろう？

天才とは、突然変異で生まれることはよくご存知だろう。実は、この突然変異の種はあなたの中にも潜んでいるのだ。

人は毎日同じように生活しているように見えても、微妙にちがう環境の影響によって、刻々と変化の途中なのである。例えば「急に太る」と言っても、一日で変化したりはしない。しかし、練習はやり方によってはある一日を境に急激に変化することさえあるのだ。

例を挙げてみよう。

「ある日、それまで打てなかったボールが突然打てるようになりホームランを連発した。」

「その日は頭が冴えていて、普段解けないような数学の難問を一発で解いてしまった。」

「日頃は文が下手なのに、その日に限って傑作な作文を書き上げた。」

などなど、誰にだって②そういう経験があるはずだ。

その日、どうして日頃の自分とはこんなにもちがうのだろう？

それは、人は毎日脳の中の覚醒している部分がちがうからである。毎日の環境や気分の変化によって、人の意識状態は日により異なる。だから、同じ人でも調子のいい日

と悪い日があるのだ。

調子のいい日は、ある事柄に必要な部分がいつもより覚醒している状態である。

例えば、その日に限って上手な絵を描いてしまった時には、たまたま絵を描くのに必要な、脳のある部分が特別活発に作動している。これが「冴えている」と言われる状態である。

いわば「あなたの中の天才」が発動した時なのだ。

心の状態が日によりちがうと言うことは、極論すれば同じあなたであっても同一人物ではないと言うことだ。

あなたの人生の中には、天才も凡才も鈍才も必ず出現する。しかしだからこそ、突然変異の種がそこに潜んでいるのである。

(小沢征一「名演奏者になりたいあなたへ」静音社より)

64 ①彼らは腹の底ではこんな風に思っているとあるが、そう思うのは何故か。

1　筆者に説得力がないから。

2　自分自身が練習をしてダメだったから。

3　天才は先天的なものであって後天的に作れないと思うから。

4　本当に上達したいとは思っていないから。

65 ②そういう経験とは、総括すればどういうことか。

1　いつもより何かが上手にできてしまった経験。

2　天才の自分を手に入れてしまった経験。

3　才能が完全に覚醒して本物の天才になった経験。

4　頭が冴えて問題がよくわかる経験。

66 同じ人でも調子のよしあしがちがう日があるのはどうしてだと筆者は言っているか。

1 毎日の体調がちがうから。

2 毎日の環境がちがうから。

3 毎日覚醒している部分がちがうから。

4 毎日の生活がまったく同じではないから。

67 毎日の調子が日によってちがうことを、筆者はどう捉えているか。

1 人間なので好不調の波があるのは仕方がない。

2 天才ほど平均してすごい力が出せる。

3 練習すれば出せる力を平均化することができる。

4 毎日ちがうからこそ、才能開花のチャンスがある。

問題 13　次は、ある団体が主催する留学生就職支援の応募要項である。この支援に応募する際、下の問いに対する答えとして最もよいものを、1・2・3・4から選びなさい。

68　この就職支援を受ける条件と無関係な項目はどれか。

1　日本語能力が規定以上であること。

2　日本で就職意思があること。

3　団体主催のプログラムに参加できること。

4　日本で結婚する意志があること。

69　以下の条件で、支援規定に外れていない人は誰か。

1　2011年4月に大学3年生となり、卒業後アメリカに帰国するケンさん。

2　2011年4月に修士の1年生となり、日本人と結婚する春麗さん。

3　2011年に博士2年生となり、日本で仕事を見つける予定のブランカさん。

4　学生ではなく、日本で就職して活躍しているエドモンドさん。

留学生就職支援について。

海外事業展開および国際化を図る日本企業の高度外国人材に対するニーズの高まりを受け、日本での就職に意欲のある優秀な留学生に対し、日本語教育・日本ビジネス教育から就職活動支援までを行い、自らの力で考え行動する留学生の日本企業・日系企業への就職に向けた新たな道筋の構築と、日本社会で活躍する人材を育てることを目的として実施する事業です。

▌ 参加資格について

下記の１、２のいずれの条件も満たす者であること。なお、大学からの推薦をもって該当すると判断致します。

１. ２０１１年４月に大学３年生、修士１年生、博士２年生となる方

２. 成績が特に優秀な方

※その他の条件については、募集要項をご確認ください。

▌ 日本語能力について

下記１、２のいずれかを満たす者であること。なお、大学からの推薦をもって該当すると判断致します。

１. 大学生（含む）以下の場合
　　卒業時にＢＪＴビジネス日本語能力テストＪ２以上もしくは日本語能力試験1級のいずれかの能力の習得が見込めると推薦者（大学）が認めた者

２. 大学院生の場合
　　卒業時にＢＪＴビジネス日本語能力テストＪ３以上もしくは日本語能力試験2級のいずれかの能力の習得が見込めると推薦者（大学）が認めた者

就職意志について

日本企業・日系企業への就職意志があること。

その他

2年間のプログラムに、継続して参加いただける方。

問題1 ◎ 07

問題1では、まず質問を聞いてください。それから話を聞いて、問題用紙の1から4の中から、最もよいものを一つ選んでください。

1番

1　自転車で遠くに出かける。

2　ボウリングをする。

3　うちでテレビを見る。

4　社交ダンスをする。

2番

1　みんなで一緒に同じ教室で勉強する。

2　みんなで教科書をまわして読む。

3　教科書の内容をみんなで手分けしてまとめる。

4　自分が書いたものをコピーしてみんなに渡す。

3番

1　引越しセンターに来てもらう。

2　宅急便に来てもらう。

3　自分で持っていけないものは、郵便局に来てもらう。

4　全部の荷物を郵便局まで持っていく。

4番

1　ティッシュで拭く。

2　専用の紙で拭く。

3　めがねのレンズクリーニングリキッドをつけて拭く。

4　ティッシュにカメラ屋に売っている液をつけて拭く。

5番

1　照明の位置を左に動かす。

2　照明の位置を右に動かす。

3　床と壁の間の隙間を直す。

4　汚れている壁紙を取り替える。

6番

1 水曜日午後6時

2 木曜日午前11時

3 土曜日午前10時

4 土曜日午前11時

問題2 ◎ 08

問題2では、まず質問を聞いてください。そのあと、問題用紙のせんたくしを読んでください。読む時間があります。それから話を聞いて、問題用紙の1から4の中から、最もよいものを一つ選んでください。

1番

1 個人情報が漏れにくくなる。

2 所得情報、個人情報などの各種情報の管理がしやすくなる。

3 インターネットで自身の医療記録が確認できるようになる。

4 すばやく関係法を制定できるようになる。

2番

1 富田候補
　とみたこうほ

2 山岡候補
　やまおかこうほ

3 石田候補
　いしだこうほ

4 島村候補
　しまむらこうほ

3番

1 あさっての午前9時
　　　　　　ごぜん　じ

2 あさっての午前11時半
　　　　　　ごぜん　じはん

3 明日の午前11時半
　あした　ごぜん　じはん

4 明日の午後4時
　あした　ごご　じ

4番

1　増やしたいとき。

2　十分な大きさに育ったとき。

3　土が古くなったとき。

4　成長が遅くなってきたとき。

5番

1　前のギアとチェーン

2　後ろのギアとチェーン

3　チェーン

4　全部

6番

1　二週間目

2　五日目

3　三日目

4　二日目

7番

1　朝ごはんは、エネルギーをたくさん摂るのがいい。

2　朝ごはんは、少なめに食べるのがいい。

3　朝ごはんは、抜いてもいい。

4　朝ごはんは、脂肪をたくさん摂った方がいい。

問題3 ⊙ 09

もんだい

問題3では、問題用紙に何も印刷されていません。この問題は、全体としてどんな内容かを聞く問題です。話の前に質問はありません。まず話を聞いてください。それから、質問とせんたくしを聞いて、1から4の中から、最もよいものを一つ選んでください。

― メモ ―

1番

2番

3番

4番

5番

6番

問題4 ◎ 10

問題4では、問題用紙に何も印刷されていません。まず文を聞いてください。それから、それに対する返事を聞いて、1から3の中から、最もよいものを一つ選んでください。

―メモ―

1番

2番

3番

4番

5番

6番

7番

8番

9番

10番

11番

12番

13番

問題5 ◎ 11

問題5では長めの話を聞きます。この問題には練習はありません。

メモをとってもかまいません。

【1番、2番】

問題用紙に何も印刷されていません。まず話を聞いてください。それから、質問とせんたくしを聞いて、1から4の中から、最もよいものを一つ選んでください。

―メモ―

1番

2番

【3番】

まず話を聞いてください。それから、二つの質問を聞いて、それぞれ問題用紙の1から4の中から、最もよいものを一つ選んでください。

質問1

1　商品番号1番の冷蔵庫

2　商品番号2番の冷蔵庫

3　商品番号3番の冷蔵庫

4　商品番号4番の冷蔵庫

質問2

1　商品番号1番の冷蔵庫

2　商品番号2番の冷蔵庫

3　商品番号3番の冷蔵庫

4　商品番号4番の冷蔵庫

第 **3** 回

言語知識（文字・語彙・文法）・読解

——

聴解

——

第3回 言語知識（文字・語彙・文法）・読解

限時 110 分鐘 ｜ 作答開始：＿＿＿ 點 ＿＿＿ 分　　作答結束：＿＿＿ 點 ＿＿＿ 分

問題1 ＿＿＿＿ の言葉の読み方として最もよいものを、1・2・3・4から一つ選び
なさい。

1 彼は実力では他を圧倒している。

　　1　あっしょう　　　2　あっとう　　　3　あっぱく　　　4　あっぽう

2 行為の善し悪しには明確な規定はありません。

　　1　ぜんしあくし　　2　よしわるし　　3　よしあし　　　4　ぜんあく

3 穏やかな風が心地よい。

　　1　おだやか　　　　2　にぎやか　　　3　たおやか　　　4　ゆるやか

4 姿勢が歪むと体を壊す。

　　1　はずむ　　　　　2　からむ　　　　3　ゆがむ　　　　4　はらむ

5 ゴミを摘んで捨てた。

　　1　つまんで　　　　2　あそんで　　　3　からんで　　　4　はずんで

6 彼女の顔は羨ましくないが、財産は欲しい。

　　1　うらやましく　　2　ねたましく　　3　かしましく　　4　おぞましく

問題 2 （　　　　）に入れるのに最もよいものを、1・2・3・4から一つ選びなさい。

7 約束の日に（　　　　）しないと工場の信用が落ちる。

1　注文　　　　　2　見学　　　　　3　納品　　　　　4　納得

8 彼女は態度が（　　　　）だ。

1　生菓子　　　　2　生意気　　　　3　生半可　　　　4　生兵法

9 魔術師のマジックに、周囲は狐に（　　　　）ような顔をしていた。

1　つつまれた　　2　つままれた　　3　にげられた　　4　わらわれた

10 日本文化についてわかりやすく（　　　　）。

1　とき解す　　　2　もみ解す　　　3　紐解く　　　　4　解き放つ

11 彼は権力を使って事件を（　　　　）。

1　もみ解した　　2　もみ消した　　3　かき消した　　4　取り消した

12 あの製品開発は社長の（　　　　）だったと言える。

1　英傑　　　　　2　完璧　　　　　3　絶妙　　　　　4　英断

13 今回の作品は（　　　　）の出来だった。

1　改心　　　　　2　慢心　　　　　3　会心　　　　　4　用心

問題 3 _____ の言葉に意味が最も近いものを、1・2・3・4から一つ選びなさい。

14 この写真のモデルは、とても悩ましいプロポーションをしている。

1 悩みがある　　　 2 人を困らせる　　 3 問題が多い　　　 4 セクシーな

15 けんかに負けて泣いて帰ってくるなんて、彼は情けない。

1 非情だ　　　　　 2 感情的だ　　　　 3 意気地がない　 4 かわいそうだ

16 とりあえずビールを注文する。

1 まず最初に　　　 2 どうしても　　　 3 必ず　　　　　　 4 なんとなく

17 彼はなんだか馴れ馴れしい。

1 遠慮なく親しい態度をとる　　　　　 2 とても友好的だ

3 古いともだちだ　　　　　　　　　　 4 親しくなれそうな気がする

18 島田は料理のうんちくを垂れるのが好きだ。

1 文句を言う　　　　　　　　　　　　 2 知識を自慢する

3 批評する　　　　　　　　　　　　　 4 研究をする

19 決勝で負けたが、すがすがしい気分だ。

1 くやしい　　　　 2 かなしい　　　　 3 泣きたい　　　　 4 サッパリした

問題 4　次の言葉の使い方として最もよいものを、1・2・3・4から一つ選びなさい。

20 愛想

1　彼女は愛想がいい。

2　彼は愛想が深い。

3　お客様には愛想で接してください。

4　親は子供に愛想を注ぐ。

21 介抱

1　恋人と介抱し合った。

2　眠っている子供を介抱してベッドまで連れて行った。

3　車椅子の老人を介抱して立たせてあげた。

4　怪我人を介抱してから救急車を呼んだ。

22 勘弁

1　彼はとても勘弁なので弁護士になった。

2　台風が接近しているので明日の天気が勘弁される。

3　彼が謝ったので勘弁してあげた。

4　立候補者が路上で勘弁している。

23 気兼ね

1　みんな知り合いなので気兼ねしなくていい。

2　彼女はさりげなく気兼ねするので人気がある。

3　思い切り気兼ねしてゆっくり休む。

4　彼女は気兼ねがいいのでみんなから好かれている。

24 かさばる

1 彼はかさばるので会社で嫌われている。

2 雨が降ってきたのでかさばったほうがいい。

3 雲がかさばってきたので雨が降るかもしれない。

4 この箱は立てられないのでカバンの中でかさばる。

25 物足りない

1 物足りない難民たちに援助をする。

2 試験の成績が物足りなかったので追試験になった。

3 せっかく来たのに、見るところが少なくて物足りない旅行だった。

4 血が物足りないので輸血する。

問題 5 次の文の（　　　　）に入れるのに最もよいものを、1・2・3・4から一つ選びなさい。

26 気が滅入ったら、散歩（　　　　）して気を紛らせましょう。

1 でも　　　　　　2 だが　　　　　　3 すら　　　　　　4 まで

27 同じ成分で同じ包装で、値段のちがう化粧品を二種類売っているとしたら、普通は（　　　　）安いほうを買う人が多いと思うだろう。

1 言うまでもなく　　　　　　　　　2 言ったからには
3 言ってみれば　　　　　　　　　　4 言わば

28 考えた末での結論のほうが、何も考えずにパッと決めた事よりもいい結果を出す（　　　　）。

1 と思うことだ　　　2 と思われがちだ　　3 と思いついた　　4 と思えない

29 一度はあきらめたのだが、次の日に気を取り直して、何気なくやってみたら（　　　　）解決できた。

1 どうにか　　　　　2 どうでも　　　　　3 どうだか　　　　　4 どうにも

30 実際には、商売は直感である。考えに考え、データに基づいた商品が必ずしも売れる（　　　　）。

1 に決まっている　　　　　　　　　2 のが当たり前だ
3 とは限らない　　　　　　　　　　4 かもしれないのだ

31 いくら学校の推薦を受けた（　　　　）、面接であまりにひどいことをすれば落とされることもある。

1 だけで　　　　　2 くせに　　　　　3 からには　　　　　4 からと言って

32 この人形はまるで本当に生きているかのようで、（　　　　）に見える。

1 今から動きたそう　　　　　　　　2 今どき動く
3 今さら動き始める　　　　　　　　4 今にも動き出しそう

33 打ち上げのことですけど、彼女は今日は忙しいとの（　　　　）、明日になりました。

1 ことなので　　　2 ひとなので　　　3 ものなので　　　4 わけなので

34 毎日観測しているのに、天気予報の的中率は上がらない。天気の予想は（　　　　）行かないものだ。

1　思っては　　　　　　　　　　2　思いがけず

3　思った通りには　　　　　　　4　思い込みでは

35 外国旅行に行ったら、（　　　　）中学の同級生に会った。偶然のことでビックリした。

1　思ったとおり　　2　思いがけず　　3　思い込みで　　4　思い切り

問題6 次の文の___★___に入る最もよいものを、1・2・3・4から一つ選びなさい。

（問題例）

交通事故では、_____ _____ ___★___ _____ したほうがいい。

    1　なくても　　　2　レントゲンで　　　3　外傷が　　　4　検査を

（解答のしかた）

1．正しい文はこうです。

> 交通事故では、_____ _____ ___★___ _____ したほうがいい。
> **3外傷が　　1なくても　　2レントゲンで　　4検査を**

2．___★___ に入る番号を解答用紙にマークします。

（解答用紙）　| （例） | ① ● ③ ④ |

36　彼女は ___★___ _____ _____ _____ 孤立している。

    1　強いので　　　2　中で　　　3　我が　　　4　会社の

37　風邪による _____ _____ ___★___ _____ は学級閉鎖になりました。

    1　超えたために　　2　欠席者が　　3　私たちのクラス　　4　十人を

38　経営に _____ _____ ___★___ _____ 倒産する。

    1　赤字が　　　2　考えないと　　3　善後策を　　4　出たので

39　知り合いに ___★___ _____ _____ _____ もらった。

    1　斡旋して　　2　頼んで　　3　つてがあるので　　4　仕事を

40　いかにも ___★___ _____ _____ _____ ではない。

    1　真実　　　2　創作であり　　3　話だが　　4　ありそうな

問題 7 次の文章を読んで、文章全体の趣旨を踏まえて、 41 から 45 の中に入る最もよいものを、1・2・3・4から一つ選びなさい。

　ゴキブリが好きな人は 41 皆無に近いだろう。

　人間や一般の動物が 42 ような不衛生なところに住んでいて、病原菌を媒介するからである。

　しかし、「どうしてそんな 43-a ところに住んでいて 43-b のだろう？」と思ったことはないだろうか。

　ゴキブリは生命力・適応力・繁殖力が抜群である。だから 44-a 「活きた化石」で希少なはずなのに 44-b 。

　ゴキブリに効く殺虫剤は、一代限りしか有効ではない。次の代にはすでにその毒に対する免疫ができている。だから人間が知恵を絞っても絶滅させてしまうことは無いのである。

　そこで私はかつて「エイズを撲滅したいならゴキブリに感染させればすぐに免疫を作ってくれる」と思っていた。冗談半分だったが、実はまんざらそうでもないらしい。

　ゴキブリが不衛生な環境にいて自らが病気にならないのは、頭に免疫体を作る機能があるからだと最近ネットニュースで見た。

　抗生物質さえ効かない病原体を撃退する物質を、ゴキブリは作り出すことができると言うのだ。

　出てきて欲しくないところに出没して人類に迷惑を 45 ばかりのゴキブリだが、そんな彼らもついに人類に施しをする日が来るのかもしれない。

（生田嘉関「絶滅は頂点からいなくなる」教養育成社より）

41

1　しばらく　　　　2　おそらく　　　　3　ながらく　　　　4　もれなく

42

1　嫌がる　　　　2　群がる　　　　3　痛がる　　　　4　欲しがる

43

1　a　病原菌が媒介する　　／　　b　病原菌を持たない

2　a　人が住まない　　　　／　　b　生きていける

3　a　汚い　　　　　　　　／　　b　病気にならない

4　a　病気が無い　　　　　／　　b　病気を知っている

44

1　a　わけも無く　　／　　b　嫌いではない

2　a　実は　　　　　／　　b　嫌いである

3　a　反対に　　　　／　　b　嫌わせる

4　a　本来なら　　　／　　b　嫌われる

45

1　かぶって　　　　　2　負って　　　　　3　作って　　　　　4　かけて

問題 8　次の (1) から (3) の文章を読んで、後の問いに対する答えとして最もよいものを、1・2・3・4から一つ選びなさい。

(1) おめでとう！

「いい人なんて絶対見つからない」なんて言ってたあなたが、あっさり相手を見つけちゃうなんて。

幸せがずっと続くよう、相手の手をしっかり握りしめて。

愛する人との幸せの結晶をたくさん増やしてね。

なんか、あなたの体から発散する幸せオーラを浴びて、私まで運気が上がってしまいそうです。

末永くお幸せにね。

(作者不詳:お祝いの寄せ書きより)

[46] この手紙は誰に対して書かれたものか。

1　いい人と友達になった父。

2　学校で友達を見つけた友人。

3　結婚した友人。

4　彼女を見つけた同僚。

（2）生きていく途中で、私の周りには死にゆく人、去りゆく人。

気がつけば多くの人たちはもういない。

しかし私は、人間はみんな一人で旅をしていて、いずれはそれぞれの旅を終えるものだと思っている。

たとえ夫婦であっても、それは同じ。一緒にいるのは旅の途中まで。

しかし旅の途中と思えば、嫌いな人も嫌いでなくなり、好きな人はもっと好きになり、大事にしてやれる。これは永遠に続くものではなく、いつかは終わる旅の途中での出来事。そう思えば、すべてが楽しい。

（南斗優香「生きるとはこの世を旅すること」啓英社　あとがきより抜粋）

47 筆者は人生についてどう思っているか。

1　一人の旅だと思えば、とても寂しく感じる。

2　一人の旅だと思えば、人生それぞれに価値がある。

3　一人の旅だと思えば、すべてが楽しめる。

4　一人の旅だと思えば、終わるのが待ち遠しい。

（3）京都にある伝統工芸館では、一般の展示のほかに陶芸や竹細工の製作過程を一般公開しています。

観客の目の前で、若手職人が伝統工芸の製作実演を見せてくれます。

気が散ってイヤなのかと思いきや、「黙々と一人で作るより、多くの人に見てもらいながらのほうが作りがいがあるし、手にとって見てもらえるのもうれしい。」と言ってくれる職人さんもいたりで、邪魔にさえならなければ気軽に声をかけて質問をすることもかまわないそうです。

また、竹細工の製作体験も予約すれば受け付けてもらえるそうです。

（ネットニュースより）

48 職人は製作実演をどう思っているか。

1　気が散るのでやらないでほしい。

2　黙々と一人で作るほうが集中できる。

3　邪魔さえされなければやってもよい。

4　作っていて楽しいと感じる。

問題 9 次の（1）から（3）の文章を読んで、後の問いに対する答えとして最もよいものを、1・2・3・4から一つ選びなさい。

（1）「実業」に対する反対語として「虚業」と言う単語があります。

前者は現実の姿があり積み重ねることができるもの、後者は逆に実体が無く積み重ねることができないものです。

人によっては弁護士のように実態のないものをお金に換える職業を虚業といいますが、それはちがうといえます。なぜなら、法律を適用することで依頼者に目に見える報酬を与えるからです。

でも、私たち①ファッション業界はまちがいなく虚業と言えるでしょう。

ファッション業界とは、生活に必要な衣服を売っているわけではありません。服による虚飾のイメージアップを売っているのです。

ファッションショーにお金をかければ商品が売れるわけではありませんし、使った費用はその場で消えて何も残りません。ファッションモデルも30年やったからと言って、キャリアに比例して磨きがかかることはありえません。「ほんの一時期の若さから来る美しさ」という実体の無いものを頼りにしているからです。

この業界はいわば、幻を扱う職業なのです。

虚業という呼び方は別に侮辱ではありません。「虚業は虚業」としっかり認識した上で、健全かつ実際的な展開をプロジェクトしないと成功はありえません。この業界は幻だからこそ、人は夢を見るのです。

（甲出寧太「ファッション業界とは」容麗出版より）

49　筆者が①ファッション業界はまちがいなく虚業と言うのは何故か。

1　使った費用がその場で消えてしまうから。

2　美の感じ方は人によって異なり、しっかりした基準がないから。

3　売っているものは洋服ではなく、実体のないイメージだから。

4　そう考えたほうが商業戦略がしやすいから。

50 ファッションモデルは実体のないものを頼りにしているとはどういう意味か。

1 モデルがキレイに見えるのは服装とか化粧のためだ。

2 高いブランド品を着ているから、すばらしくみえる。

3 つみかさねることができないもので成立している。

4 ファッションモデルは金をかけないとキレイには見えない。

51 ファッション業界を虚業と見ることを、筆者はどう思っているか。

1 しょせんはむなしいうわべだけの世界である。

2 人々に夢を見せているのだから本当は虚業ではない。

3 幻を売っていると認識することで、道が開ける。

4 まやかしになりやすいので、健全な路線が必要だ。

（2）突然、鍋や釜を激しくぶつける音と共にキッチンのほうから罵声がした。

「バカヤロー！なんど言ったらわかるんだ！！」

私は驚いて箸を止めた。続いて雷のような罵声が更にこだました。

「テメー！そんなことなら、やめちまえ！！」

もちろん、調理場は私たち客からは見えない。しかし、客に影響する時間帯にこんな大声で説教するのはどう見てもまちがってる。

出された料理はていねいに作ってあってとてもおいしく、暖かい味がしたので逆に興ざめだった。ふっくらと柔らかく焼き上げた歯ざわりのいいパテから、たまねぎの風味と肉汁が口に広がる。とろけたチーズや手作りソースとの相性も抜群だ。使っている肉はたぶんポークとビーフの合い挽き肉だろう。それをおかずにご飯との相性を楽しんでいる最中に、私は上記の光景に出くわした。

たぶんこの店の親方と思える人からの怒声は、そんな私の気分をぶち壊しにした。

職人としてはいい仕事をしているが、客や部下の気持ちを無視した言動をするこの男にこそ罵声が必要なのではないか。と、そんなことを思った私だが、料理を楽しむ気分にもなれず、速攻でかきこんでそそくさとその店を後にした。

（井之頭六郎「孤独なグルメ」経済振興社より）

52　筆者が怒鳴り声を聞いたのはどの状況下か。

　　1　自宅で食事中。

　　2　和食屋で食事中。

　　3　洋食屋で食事中。

　　4　会社で食事中

53 筆者が食べていた料理はどれか。

   1　ビーフステーキ

   2　スパゲッティミートソース

   3　ハンバーグ定食

   4　カツ丼

54 どうして筆者は親方に罵声が必要だと思ったのか。

   1　相手の気持ちを考えるのが客商売だから。

   2　親方もミスをすることはあるから。

   3　親方の作った料理が気に入らなかったから。

   4　お客様は神様だから。

（3）下は、ある有名人の患者と担当医の会話です。この患者さんは急性肺炎から多臓器不全になり、生存率20％と診断されました。

　患者「どこかを切ったわけではなく、痛くもかゆくもない。天井にスパゲティが浮かんでいるのを見ました。どんぶりがあって、上に流れていって、全部、波になって落ちるんです。その作品を撮った人はフランス人で。」

　医者「それを聞いたとき、これはやばいと思いました。でも、誰にも会えないし、隠してました。明日、どこが悪くなるか分からない状況で、言おうにも言えない。あとは私の主義として、役者である以上、病院のベッドで情けなく寝ている姿は見せない。後でお見舞いに来てくれるという人にも『ごめんね、役者だから』と断っていました」

　患者「治らなかったらどうしようなんて考えなかった。すぐ治るんだ、という感覚でしたね。」

　医者「多分、この強気が功を奏したんだと思います。めげない。弱音どころか威張っていました。看護師の注射や、色んなやり方にダメ出しするんですよ。そういう状態じゃないのに。たぶん悲観的になったことがないんですよ。（私も）『おまえなんか来たって何の役にも立たない』と言われました」

　患者「マネジャーと間違えたんだよ」

（ネットニュースより）

55　この患者の専門は次のうちどれか。

　1　歌手

　2　俳優

　3　画家

　4　医者

56 この患者の症状はどうだったか。

1 手術で切った傷が痛む。

2 苦しくてベッドから起きられない。

3 重症で幻覚を見ていた。

4 軽症ですぐ直るはずだった。

57 生存率20％で助かったの原因はなんだと思われるか。

1 弱気になりおとなしくしていたのがよかったから。

2 ベッドの上で安静にしていたので症状が改善したから。

3 医者の腕が良かったので奇跡的に回復したから。

4 治ると信じて疑わなかったのでどんどんよくなった。

問題 10　次の文章を読んで、後の問いに対する答えとして最もよいものを、1・2・3・4から一つ選びなさい。

　私が子供の頃、成績はすべて悪かった。大体、オール2(注)くらいだった。数学や社会や国語が2なのはまだわかる。しかし、なぜか音楽も美術も2か1だったのだ。

　私は学校課題の楽器は上手だったし、歌も魅力があるといわれた。絵だって友達には「上手ではないけど味がある」とよく言われていた。

　それなのに2か1である。

　母親には「学科がダメなのはしょうがないけど、音楽や美術くらい、普通にがんばれば3くらいはもらえるんじゃない？」と言われた。

　そうしたら、そばで聞いていた父がこういった。「逆だ。数学や英語が3とか4になれば、音楽や美術も1だの2だのをつけられることはなくなる。」と。

　どうして音楽や美術と他教科が関係あるのか？

　ぽかんとしていた私に、父はこう言った。

　「大体、すべての教科が人より優れているか劣っている、なんてありえない。ところが実際は、数学や国語で5をもらっている生徒に、美術の先生も2とか1をあげることはない。評価の高い生徒とその親からの反発は、教師も恐いからだ。だからどんなに絵がヘタでも音痴でも、必ず4か5をもらえる。反対に、他の学科が2だの1だのをもらってる生徒は、どんなに絵や歌がうまくても1か2しかもらえない。」と。

　5段階評価は相対評価になっているから、それほどひどい生徒でなくても1や2は必ず誰かにあげないといけない。で、誰にあげるかと言えば、他教科の評価が低い子たちになる。

　彼らは不当に低い評価を受けても、発言力がないから先生も安心なのだ。

　そういえば体育の時間だって、勉強できない子がいくら上手にやって見せても先生は白い目で見ていた。「キミはそんなのいいから勉強しなさい。」とでも言いたげな、①軽蔑のまなざしだった。

　ところが成績のいい子がやると、どんなにヘタでもとたんに相好を崩す。「えらいぞー、よくがんばった。できなくてもやろうとすることが大切なんだ。」みたいに、接待ゴルフのような作り笑顔で②べた褒めしていた。当然この場合、体育の成績は前者が2、後者が4くらいとなる。もし前者が抗議しても、筆記試験がどうとか態度がどうとか、いくら

でも理由は付けられる。

　また、ある知人は「小学校から高校の途中まで、美術がず～っと1だったのに、ある時先生が変わったらいきなり5になってしまい、ビックリした。」と話してくれた。「思わず、『まちがいじゃないですか』って聞きに行きそうになった」そうである。

　聞くとその新しい先生は他の教師と同じ職員室ではなく、自分専用の部屋で採点していたらしい。だから、他教科から来る偏見を持っていなかったのである。

（遠藤習作「幼少の頃」啓英社より）

（注）オール2：日本の学校は5段階評価をするところが多い。5が一番上で1が一番下である。オール2とは、ほぼすべての学科が「下の上～中の下」くらいだということを示す。

58　筆者の音楽や美術が1や2だったのはなぜだと言っているか。

1　絵や歌が非常に下手だったから。

2　先生に嫌われていたから。

3　才能に気づかなかったから。

4　他教科の成績が悪かったから。

59　先生が①軽蔑のまなざしを向けたのはなぜか。

1　彼の体育の成績は2しかもらえないから。

2　体育ができても価値がないと思っているから。

3　勉強ができない子は体育ができても無駄だと思っているから。

4　特別な努力をしないでできてしまうから。

60 先生が②べた褒めしていたのは何故か。

1 努力する姿に感動したから。

2 上手にできたから。

3 努力の大切さをみんなに教えたかったから。

4 勉強ができる子からの反発は恐いから。

61 筆者の言いたいことは何か。

1 できなくても努力することは大切だ。

2 多くの教師は偏見で点数をつけている。

3 勉強ができないと社会では無用だ。

4 学校は公平な評価をするべきだ。

問題 11 次のＡとＢは、幽霊や幽体離脱についての異なる立場からの意見である。後の問いに対する答えとして最もよいものを、1・2・3・4から一つ選びなさい。

A

　私は、幽霊や幽体離脱などは脳による錯覚だと考えている。

　人間は脳によって思考する。その思考には例えば実際に見ていないものを見る「幻覚」なども含まれる。

　世の中には幽霊を見ただの、臨死体験で死後の世界を見ただのと言う人がいるが、それも生きているからである。

　生きている間は脳が活動し、その脳が実際に存在しないものを見たりするのだ。

　われわれは脳によって思考し、死ねばその一切の活動を停止して無機物に分解する。すべては生きている間だけ存在する出来事なのだ。

　死後の世界だの幽霊だの生まれ変わりだの、そんな非科学的なことを信じていてはいけない。

（岩戸一徹「迷信がもたらすもの」彼木書房より）

B

　幽霊や幽体離脱などは「夢だ」「幻覚だ」と言う人がいる。

　しかし、もし夢や幻覚ならそれはハッキリせずぼんやりしたもののはずだ。

　ところが実際には、臨死状態で見たと言う状況は非常にハッキリしていて、その状態では認識できるはずのない看護婦の会話とか、自分の手術状況なども克明に見えているのである。しかも、事後の確認によってそれらが事実であることも証明されている例が多いのである。

　少し前まで、人間は脳によってのみ思考すると思われてきた。しかし実際には、心臓移植で食べ物の好みが変わったり、体験していないはずの記憶を持ってしまったりする。これらの記憶や思考は心臓提供者のものである。最近になってようやく、心臓にも思考したり記憶したりする能力があることがわかってきたのだ。

　冒頭の論に戻って、だから人間は脳だけで思考して記憶しているというわけではない。

　目に見えないだけで幽体というものが存在すると証明されたなら、その幽体にも思考したり記憶したりする能力がある可能性は決して低くはないと思う。

（岡瑠人「人間の不思議」学賢社より）

62 Aの結論は何か。

1 幽霊などは存在しない。

2 幽霊などは存在するかもしれないが、証明されていない。

3 幽霊などは存在しないと否定できない。

4 本人が信じていれば、幽霊が出現することもある。

63 Bの論点は何か。

1 確証はないが、幽霊などが存在するかもしれない。

2 一般的常識だけで幽霊を否定するのは早計だ。

3 幽体は目に見えなくても存在は証明できる。

4 幽霊などは、あるかもしれないしないかもしれない。

問題12　次の文章を読んで、後の問いに対する答えとして最もよいものを、1・2・3・4から一つ選びなさい。

　21世紀に入り、インターネットや携帯電話の普及によって世界の様相がまったく変わってきた。個人における情報の収集能力と流通速度が考えられないほど発達したからだ。

　ところで、21世紀の今日になってもまだ使われている、時代にそぐわないものの代表と言ったら、何だろう？

　私ならば迷わず「それはお金だ」と答える。この時代にこんな前時代的な物が何の疑いもなく流通しているのを見ると、人類はまだまだ未発展だと思う。

　理由を述べる。

　そもそもお金ができる前は、物々交換の時代だった。一人で身の回りのものをすべてやるより、靴を作るのがうまい人はそればかり作り、服を作るのがうまい人はそればかり作ったほうがよい。服と靴を交換したほうが、自分ひとりで服と靴を作るよりも専業化して効率がいいのである。

　しかし、服と靴なら保存が効くからいいが、食べ物など保存の効かないものを作る人には不公平だ。そこで、保存の効く貨幣を一時的に物々交換の仲買として利用する。

　つまり、お金とは社会に貢献した証明であり、それがあるから他の物と交換してもらえるわけである。

　それなのに、社会に貢献もしていないのにお金さえ持っていれば何にでも交換できるという矛盾を生んでしまったばかりか、それを持っているだけでえらいと言う錯覚まで作り出してしまった。

　例えば、金持ちの家に生まれる。そこに生まれた子供は何も社会のために貢献していない。しかしお金をたくさん持っているというだけで優遇されるのである。そこで育った子供は、本人が何も貢献していないと言う自覚を持つことはない。しかし自然と「自分は他の子供より優れている」と言う優越感を無意識に抱くようになってしまう。①そこのところを、きっちりわからせるのが社会教育である。

　貢献していないだけならばまだよい。社会に害悪をもたらしてお金をたっぷり儲けている人もいる。あるいは、人が貢献して儲けたお金を、詐欺や泥棒や汚職などという

キタナイ手段を使ってまで、自分の手に入れて贅沢をしている人たちもいっぱいいる。

　金というものは、それがどういう経歴で手に入れたのかまったく不明でも、とにかくそれさえ持っていれば優遇されてしまう。そのおかげで、社会に対する貢献度がゼロまたはマイナスの人たちまで豪勢な生活ができてしまう。②そのための犯罪も起きる。これら不条理な事物の数々、その元凶こそが現行の貨幣制度なのである。

（一文銭隼人「未来の教育と社会制度」宇園出版より）

64 筆者はお金に対してどう思っているか。

　　1　お金とは汚いものである。

　　2　お金とは便利なものである。

　　3　お金とはありがたいものである。

　　4　お金とは時代にそぐわないものである。

65 ①そこのところとは何を指しているか。

　　1　お金持ちの子供は他の子供よりも優遇されていると言うこと。

　　2　お金を持っていても、子供は社会に貢献していないと言うこと。

　　3　お金持ちは子供にたくさんお金をあげるべきではないと言うこと。

　　4　貨幣制度には欠点があるということ。

66 ②<u>そのための犯罪</u>は、どうして起きると筆者は言っているか。

1 社会に貢献しなくてもお金を持っていれば贅沢できるから。

2 金持ちばかりがいい思いをして人々の不満を招くから。

3 資本主義社会は働かない人がお金をたくさんもらえるから。

4 労働者の仕事に対する報酬が適正ではないから。

67 筆者はお金に関して最大の問題はどこだと考えているか。

1 分配が不平等である。

2 自国の貨幣が外国では通用しない。

3 社会に対する貢献度と比例していない。

4 国と国の兌換率によって物価価値が異なっている。

問題 13 右のページは、ある旅行記執筆者の応募要項である。この企画に応募する際、下の問いに対する答えとして最もよいものを、1・2・3・4から選びなさい。

68 この案件に関する条件でまちがっているものはどれか。

1 実力未知の未経験者は要らない。

2 報酬の額は執筆後に決められる。

3 非採用者には一切連絡が行かない。

4 取材費を自分で持てる人のみ応募できる。

69 この広告を出した会社が欲しているのはどんな人材か。

1 ユーモアがあって笑える文章を書ける人。

2 経験があって取材にも行ける人。

3 パソコンが使えて文書処理が出来る人。

4 スタッフと一緒に企画から考えられる人。

【急募】旅行記執筆ライターさん募集！

■内容■

季刊誌で使用する原稿執筆の案件です。

日本各地旅行記（寺社めぐり・グルメ・鉄道の旅など）を執筆していただきます。

文字数：３０００文字

取材が発生する可能性もあります。

実績として上記内容の文章を書いた経験のある方を募集しております。

サンプル実績も必ず応募の際の添付してください。

※入稿データの作成までできる方歓迎いたします！

■応募条件■

●日本各地旅行記（寺社めぐり・グルメ・鉄道の旅など）執筆実績のある方

●取材対応可能な方

●納期厳守していただける方

■募集人数■

若干名

■応募方法■

(1) 住所

(2) 氏名

(3) 年齢

(4) 電話番号

（續下頁）

(5) 自己ＰＲ

(6) 過去のご実績

※必須でご実績原稿データなどを添付してください。

    などを明記いただき、

    lemontree@ahoo.jp

    宛に送信してください。

    （メールのタイトルを【旅行記執筆ライター応募】としてください。）

■報酬■

●実績、能力により応相談

●交通費別途支給

■募集期間■

●２０１１年１１月２６日（金）まで

■採用■

採用の方のみ、こちらからＥメール（もしくは電話）でご連絡させて頂きます。

問題1 ◎ 12

問題 1 では、まず質問を聞いてください。それから話を聞いて、問題用紙の 1 から 4 の中から、最もよいものを一つ選んでください。

1番

1　食事をする。

2　トイレに行くのを我慢する。

3　うちで休む。

4　薬を飲む。

2番
<ruby>番<rt>ばん</rt></ruby>

1　バスケットボール

2　テニス

3　<ruby>社交<rt>しゃこう</rt></ruby>ダンス

4　ボウリング

3番
<ruby>番<rt>ばん</rt></ruby>

1　<ruby>長袖<rt>ながそで</rt></ruby>を<ruby>着<rt>き</rt></ruby>て、<ruby>小<rt>ちい</rt></ruby>さなバッグを<ruby>一<rt>ひと</rt></ruby>つ<ruby>持<rt>も</rt></ruby>つ。

2　<ruby>半袖<rt>はんそで</rt></ruby>を<ruby>着<rt>き</rt></ruby>て、<ruby>小<rt>ちい</rt></ruby>さなバッグを<ruby>持<rt>も</rt></ruby>つ。

3　<ruby>長袖<rt>ながそで</rt></ruby>を<ruby>着<rt>き</rt></ruby>て、<ruby>大<rt>おお</rt></ruby>きなバッグを<ruby>持<rt>も</rt></ruby>つ。

4　<ruby>半袖<rt>はんそで</rt></ruby>を<ruby>着<rt>き</rt></ruby>て、<ruby>歩<rt>ある</rt></ruby>きやすい<ruby>靴<rt>くつ</rt></ruby>を<ruby>履<rt>は</rt></ruby>く。

4番

1 フロントフォークを換える。

2 タイヤを換える。

3 フロントフォークにオイルを入れる。

4 ブレーキシューを換える。

5番

1 普通のテーブル席を設ける。

2 調理場をカウンターで囲む。

3 外国人でも使いやすいタイプの座敷を設ける。

4 調理場を壁で囲む。

6番
<ruby>番<rt>ばん</rt></ruby>

1 <ruby>行<rt>い</rt></ruby>きが２<ruby>日<rt>か</rt></ruby>、<ruby>帰<rt>かえ</rt></ruby>りが２２<ruby>日<rt>にち</rt></ruby>のチケットを<ruby>買<rt>か</rt></ruby>う。

2 <ruby>行<rt>い</rt></ruby>きが３<ruby>日<rt>か</rt></ruby>、<ruby>帰<rt>かえ</rt></ruby>りが２３<ruby>日<rt>にち</rt></ruby>のチケットを<ruby>買<rt>か</rt></ruby>う。

3 <ruby>行<rt>い</rt></ruby>きが３<ruby>日<rt>か</rt></ruby>、<ruby>帰<rt>かえ</rt></ruby>りが２２<ruby>日<rt>にち</rt></ruby>のチケットを<ruby>買<rt>か</rt></ruby>う。

4 <ruby>行<rt>い</rt></ruby>きが３<ruby>日<rt>か</rt></ruby>、<ruby>帰<rt>かえ</rt></ruby>りが２１<ruby>日<rt>にち</rt></ruby>のチケットを<ruby>買<rt>か</rt></ruby>う。

問題2 ◎ 13

問題2では、まず質問を聞いてください。そのあと、問題用紙のせんたくしを読んでください。読む時間があります。それから話を聞いて、問題用紙の1から4の中から、最もよいものを一つ選んでください。

1番

1 ネットバンクの銀行口座、印鑑証明、父の課税証明書と源泉徴収票、奨学金申請票

2 ネットバンクの銀行口座、印鑑証明、父と母の課税証明書と源泉徴収票、奨学金申請票

3 本人名義の銀行口座、印鑑証明、父の課税証明書と源泉徴収票、奨学金申請票

4 本人名義の銀行口座、印鑑証明、父と母の課税証明書と源泉徴収票、奨学金申請票

2番
ばん

1 夏の 間 ずっと
　なつ　あいだ

2 雨の日
　あめ　ひ

3 疲れているとき
　つか

4 上り坂のとき
　のぼ　ざか

3番
ばん

1 ９４００円
　　　　　えん

2 ９８００円
　　　　　えん

3 １２４００円
　　　　　　えん

4 １２８００円
　　　　　　えん

4番

1　Aタイプ１０００個、Bタイプ１０００個、Cタイプ
　　１０００個、Dタイプ２００個

2　Aタイプ１０００個、Bタイプ２００個、Cタイプ１０００
　　個

3　Aタイプ１０００個、Bタイプ２００個

4　Aタイプ１０００個、Bタイプ１０００個

5番

1　バナナの繊維が他のものの消化を助けるから。

2　バナナは消化にやさしく、肉の消化もはやくなるから。

3　バナナは栄養価が高く、朝食に向いているから。

4　バナナは酵素が豊富で、毒の排泄ができるから。

6番
ばん

1 疲労から回復させる。
ひろう　　　かいふく

2 血液循環がよくなる。
けつえきじゅんかん

3 筋肉にたまっていた疲労物質を取り除く。
きんにく　　　　　　　　ひろうぶっしつ　と　のぞ

4 疲労を感じなくさせる。
ひろう　かん

7番
ばん

1 にきびを減らす効果がある。
へ　　こうか

2 血液を濃くする効果がある。
けつえき　こ　　こうか

3 肌をさらさらにする効果がある。
はだ　　　　　　こうか

4 血液をきれいにする効果がある。
けつえき　　　　　　こうか

問題3 ◎ 14

問題3では、問題用紙に何も印刷されていません。この問題は、全体としてどんな内容かを聞く問題です。話の前に質問はありません。まず話を聞いてください。それから、質問とせんたくしを聞いて、1から4の中から、最もよいものを一つ選んでください。

―メモ―

1番

2番

3番

4番

5番

6番

問題4 ◎ 15

問題4では、問題用紙に何も印刷されていません。まず文を聞いてください。それから、それに対する返事を聞いて、1から3の中から、最もよいものを一つ選んでください。

―メモ―

1番

2番

3番

4番

5番

6番

7番

8番

9番

10番

11番

12番

13番

問題5 ◎ 16
もんだい

問題 5 では長めの話を聞きます。この問題には練習はありません。

メモをとってもかまいません。

【1番、2番】

問題用紙に何も印刷されていません。まず話を聞いてください。それから、質問とせんたくしを聞いて、1から4の中から、最もよいものを一つ選んでください。

――メモ――

1番

2番

【3番】

<ruby>番<rt>ばん</rt></ruby>

まず<ruby>話<rt>はなし</rt></ruby>を<ruby>聞<rt>き</rt></ruby>いてください。それから、<ruby>二<rt>ふた</rt></ruby>つの<ruby>質問<rt>しつもん</rt></ruby>を<ruby>聞<rt>き</rt></ruby>いて、それぞれ<ruby>問題用紙<rt>もんだいようし</rt></ruby>の1から4の<ruby>中<rt>なか</rt></ruby>から、<ruby>最<rt>もっと</rt></ruby>もよいものを<ruby>一<rt>ひと</rt></ruby>つ<ruby>選<rt>えら</rt></ruby>んでください。

質問1

1　捨てる。

2　オークションに出す。

3　収納する。

4　飾り物にする。

質問2

1　捨てる。

2　オークションに出す。

3　収納する。

4　飾り物にする。

第 **4** 回

言語知識（文字・語彙・文法）・読解

—

P 160

聴解

—

P 190

限時 110 分鐘　作答開始：＿＿＿ 點 ＿＿＿ 分　　作答結束：＿＿＿ 點 ＿＿＿ 分

問題 1 ＿＿＿＿＿＿ の言葉の読み方として最もよいものを、1・2・3・4から一つ選びなさい。

1 愛する人の子供を孕んだ。
　　1　はずんだ　　　　2　からんだ　　　　3　はらんだ　　　　4　はぐくんだ

2 彼が絡むと、ことが面倒になる。
　　1　つまむ　　　　　2　つかむ　　　　　3　はらむ　　　　　4　からむ

3 口を漱いで歯磨き粉を吐き出す。
　　1　ゆすいで　　　　2　すすいで　　　　3　ついで　　　　　4　といで

4 娘は嫁いで姓が変わった。
　　1　つないで　　　　2　つむいで　　　　3　とついで　　　　4　いきおいで

5 彼女は白雪姫の美しさに嫉妬した。
　　1　じっと　　　　　2　しっと　　　　　3　しったく　　　　4　しつぼう

6 これは本名ではなくペンネームです。
　　1　ほんな　　　　　2　ほんめい　　　　3　ほんとう　　　　4　ほんみょう

問題2　（　　　　）に入れるのに最もよいものを、1・2・3・4から一つ選びなさい。

7　雑音に（　　　）、電話の声が聞こえない。

　　1　もみ解されて　　2　もみ消されて　　3　かき消されて　　4　吹き消されて

8　加奈子はデブだけど（　　　）があって可愛い。

　　1　愛着　　　　　2　感情　　　　　3　愛想　　　　　4　愛嬌

9　（　　　）よい風が吹いてきた。

　　1　元気　　　　　2　性根　　　　　3　調子　　　　　4　心地

10　彼は（　　　）の警官だ。

　　1　新手　　　　　2　新米　　　　　3　新品　　　　　4　新鮮

11　ハルヒは（　　　）で妥協を知らない。

　　1　新進気鋭　　　2　猪突猛進　　　3　我田引水　　　4　盛者必衰

12　お父さんは一家の（　　　）だ。

　　1　集大成　　　　2　下克上　　　　3　大黒様　　　　4　大黒柱

13　作品には（　　　）があらわれる。

　　1　人柄　　　　　2　人影　　　　　3　独善　　　　　4　気配

問題 3 _____ の言葉に意味が最も近いものを、1・2・3・4から一つ選びなさい。

14 あなたの代金は立て替えた。

1 先に払っておいた   2 すでにもらっている

3 まだもらっていない   4 払わなくていい

15 私はうつぶせで寝ます。

1 上を向いて   2 下を向いて   3 横を向いて   4 座ったまま

16 やり方がすごく適当だ。

1 丁寧   2 上手   3 いいかげん   4 ちょうどいい

17 理不尽なしうちを受けた。

1 理屈に合わない   2 法律に合わない

3 好みに合わない   4 予測に合わない

18 実家に帰って休暇を楽しむ。

1 購入した家   2 所有している家

3 父母のいる家   4 本当の家

19 相撲界には多くのしきたりがある。

1 食事   2 部屋   3 敷物   4 規則

問題 4　次の言葉の使い方として最もよいものを、1・2・3・4から一つ選びなさい。

20　恐れ多い

1　明日の天気はたぶん恐れ多い。

2　あの映画は怖そうなので恐れ多い。

3　社長自らお出迎えとは恐れ多い。

4　あなたの成績で東大を受けるなど恐れ多い。

21　気立て

1　彼はすぐ怒って気立てする。

2　気立てのよい娘と結婚したい。

3　漁師は気立てが荒い。

4　彼は気立てが大きい。

22　画一

1　彼女はこの会社画一の美人だ。

2　画一的な教育からは天才は発掘できない。

3　パンダは画一的に竹しか食べない。

4　この店は画一100円だ。

23　旧知

1　私と彼は旧知の間柄だ。

2　その知識は私にとっては旧知のものだ。

3　ウィンドーズ98はすでに旧知のコンピューターだ。

4　携帯電話は庶民の旧知だ。

24 窮地

1 ここは窮地なので土地が安い。

2 休みには窮地に行ってのんびりしたい。

3 銀行の融資停止によってわが社は窮地に立たされた。

4 窮地では作物が作れない。

25 食い違う

1 彼女は食い違ったので下痢になった。

2 被害者と加害者の証言が食い違っている。

3 彼は食い違いして得意になっている。

4 会社の食い違いで昇任は取り消しになった。

問題 5　次の文の（　　　　）に入れるのに最もよいものを、1・2・3・4から一つ選びなさい。

26　人間には休息が必要だ。ずっと仕事をして（　　　　）却って能率が下がる。

　　1　いたいから　　　2　ばかりでは　　　3　いないので　　　4　いなくては

27　気象庁は、この台風は次第に弱くなって勢力は大したことないと予想していたが、台風は弱まる（　　　　）ますます強さを増した。

　　1　だけで　　　　　2　だけでなく　　　3　ところで　　　4　どころか

28　「これは車酔いの特効薬だ」と言って与えると、何の成分もなくても（　　　　）効いてしまう。これをプラシーボ効果と言う。

　　1　思ったとおり　　2　思いがけず　　　3　思い込みで　　4　思い切り

29　彼は高齢（　　　　）、毎日精力的に働いている。

　　1　なので　　　　　　　　　　　2　となったので

　　3　のくせに　　　　　　　　　　4　であるにもかかわらず

30　参考人の供述（　　　　）、容疑者のアリバイは怪しい。

　　1　だけあって　　　2　をいえば　　　3　どころか　　　4　からすると

31　（　　　　）、初めて会う双子の服装が、頭の上から足の先まですべて同じだった。

　　1　驚いたばかりか　　　　　　　　2　驚いたことに

　　3　驚いたにもかかわらず　　　　　4　驚いたからには

32　このくらいの雪では、交通が完全にストップ（　　　　）、かなりの影響を受けることが予想される。

　　1　ということで　　　　　　　　　2　とはいっても

　　3　ということはないにしても　　　4　するはずなので

33　始めから今までの流れからして、勝敗の主導権はピッチャーが（　　　　）と感じた。

　　1　握りそうだ　　　2　握るだけだ　　　3　握るべきだ　　　4　握るのだ

34 無農薬と言ってもまったく無害（　　　　）、雨や土などの汚染による影響は多少はあります。

1　ですから　　　　2　であるため　　　3　ではなく　　　　4　であるわけで

35 会社では一番美人で人気のあるあの娘だが、あの子はキレイな（　　　　）中身がないと思う。

1　だけで　　　　　2　だけでなく　　　3　ので　　　　　4　どころか

問題 6 次の文の ＿＿★＿＿ に入る最もよいものを、1・2・3・4から一つ選びなさい。

（問題例）

交通事故では、＿＿＿＿＿ ＿＿＿＿＿ ＿＿★＿＿ ＿＿＿＿＿ したほうがいい。

　　1　なくても　　　2　レントゲンで　　　3　外傷が　　　4　検査を

（解答のしかた）

1. 正しい文はこうです。

交通事故では、＿＿＿＿＿ ＿＿＿＿＿ ＿＿★＿＿ ＿＿＿＿＿ したほうがいい。
　　　　　　　　3外傷が　　1なくても　　2レントゲンで　　4検査を

---

2. ＿＿★＿＿ に入る番号を解答用紙にマークします。

　　　（解答用紙）　（例）　① ● ③ ④

---

36 女「部長、何か用ですか？」

男「とりあえず ＿＿＿＿＿ ＿＿＿＿＿ ＿＿＿＿＿ ＿＿★＿＿ これを先にやってほしい。」

　　1　今やってる　　　2　後回し　　　3　仕事は　　　4　にして

37 過ちを ＿＿＿＿＿ ＿＿★＿＿ ＿＿＿＿＿ ＿＿＿＿＿ ない。

　　1　ことは　　　2　改めるのに　　　3　遅すぎる　　　4　と言う

38 この ＿＿＿＿＿ ＿＿＿＿＿ ＿＿＿＿＿ ＿＿★＿＿ 入れない。

　　1　レストランは　　　2　してから　　　3　予約を　　　4　でないと

39 あせらずに ＿＿★＿＿ ＿＿＿＿＿ ＿＿＿＿＿ ＿＿＿＿＿ は充分だ。

　　1　やれば　　　2　必ず　　　3　落ち着いて　　　4　時間

40 早ければ ＿＿＿＿＿ ＿＿★＿＿ ＿＿＿＿＿ ＿＿＿＿＿ 完成できる。

　　1　一月　　　2　二月　　　3　遅くとも　　　4　には

問題7　次の文章を読んで、文章全体の趣旨を踏まえて、 41 から 45 の中に入る最もよいものを、1・2・3・4から一つ選びなさい。

　　最近、「逃走中」と言うスペシャル番組を時々やっている。なかなか好評のようだ。これは、いわゆる大掛かりな鬼ごっこだ。

　　こどもではない、いい大人がやる鬼ごっこを中継する番組である。一秒ごとに賞金が加算され、最後まで逃げ切ると賞金がもらえる。

　　一般に鬼ごっこと言うと子供の遊びのようだが、非常に楽しい。走るだけでなく、判断や 41 も必要とされるきわめて高度なゲームなのである。私は高校生までやっていた。大学生になってもやらなかったのは、ただ単に一緒にやってくれる人がいなかったからだ。こういう番組を見ていると、自分でもやってみたくなる視聴者も多いのではないか。

　　鬼ごっこはやって楽しいだけでなく、見ていても楽しいものだ。私は、オリンピックでも鬼ごっこが競技に加わらないかと本気で思っている。広いフィールドに木や川や建物を設置し、木に登ったり川を跳び越したり、建物を利用したりして攻防を繰り広げるのは非常にスリリングだと思う。

　　アメリカが追いかけ、フランスが木に登り、日本が建物に入る…などと 42-a だけで 42-b する。そこには直線を走るだけでなく、上に登ったり横に跳んだり回りながら逃げたりといった、総合的能力も要求されるから見ていて飽きないだろう。やったら多分、もっと楽しい。

　　ところで、鬼ごっこと共にショーとして専業化して欲しい項目がある。

　　それは「泥棒」だ。或いは「スリ」でもいい。

　　実際、人が苦労して稼いだ金を 43-a するのは 43-b である。しかし、主催者が用意した金庫から金を盗み出せれば賞金としてもらえるというなら話は 44 。至る場所にカメラを設置し、泥棒と警備の 45 の攻防を中継すればかなりの視聴率が稼げると思う。映画や作り物ではない本物のスリルだ。うまく行けば賞金がもらえ、失敗しても多額の出演料がもらえるなら、泥棒がスターになるチャンスもある。

（續下頁）

あるいは、指令を受けたスリが不特定人物の中から本人に気づかれずにカードやパスポートをスリ取るとか、そうした演出も楽しいだろうと思う。

実社会の人の財布や金庫から物を盗むのは道徳的によくない。しかし娯楽として作り変えれば、恰好の演出材料ではないだろうか。

（高島匡弘「(新日檢N1標準模擬試題)」檸檬樹出版社より）

41

| 1 取り引き | 2 駆け引き | 3 駆けっこ | 4 つな引き |

42

1 a	聞いた	／	b	寒気が
2 a	参加する	／	b	イライラ
3 a	想像した	／	b	ワクワク
4 a	拝見する	／	b	緊張

43

1 a	横取り	／	b	犯罪
2 a	貯金	／	b	善行
3 a	計算	／	b	簡単
4 a	受け渡し	／	b	普通

44

| 1 別だ | 2 同じだ | 3 他だ | 4 決まる |

45

| 1 有象無象 | 2 青息吐息 | 3 海千山千 | 4 丁々発止 |

問題 8 次の (1) から (3) の文章を読んで、後の問いに対する答えとして最もよいものを、1・2・3・4から一つ選びなさい。

（1）犬のように新聞をくわえて持ってきてくれるペンギンがいる。

　なんでも、一度それをしてほめられたらうれしくていつも持ってきてくれるようになったのだそうだ。

　つまり、動物でもほめられるとうれしいし、そうすれば喜んでできることをしてくれるのだ。

　誰かの期待にこたえるのは、動物でも人間でも同じようにうれしいことなのだ。

　教育界では、「ピグマリオン効果（教師期待効果）」と呼ばれるものがある。

　これは、特別な指導をしなくても、教師が期待をかけた生徒は成績が伸びるという効果のことだ。

（伊達宗太郎「初心者の心理学入門」英星出版より）

46　教育と心理作用の関係で正しいのはどれか。

　1　褒めたり期待したりすると重圧になる。

　2　褒めたり期待したりすると効果がある。

　3　褒めたり期待したりしても効果はない。

　4　褒めたり期待したりはあまりよくない。

（2）今あるラジオも飛行機も、かつては一人の天才が発明したものだ。

しかし、その後の無数の人々によって、かつての天才が作ったものを軽く凌駕してしまっている。

同じように、現代はインターネットなどであらゆる情報が各人の手に入るようになり、その情報量は一人の天才を軽く凌駕できてしまうらしい。

つまり、「三人寄れば文殊の知恵」と言う諺があるように、平凡な人であっても情報を集積すれば一人の天才が自分で考えるよりも上にいけるということだ。

（一文銭隼人「科学と生活」宇園出版より）

47 筆者の論と合致するものはどれか。

1 どんな情報量も一人の天才にはかなわない。

2 情報量を集めても天才は作れない。

3 天才とは情報の集積で作られる。

4 凡人でも情報の集積で天才を凌駕できる。

（3）囲碁や将棋もそういった情報の集積や操作で、ずぶの素人がかつての天才レベルの強さになることも、もはやむずかしいことではないそうだ。

　未来には寿司職人などの微妙な手の動きも、その神経伝達を解析・保存・複製すれば、誰もが名人の寿司を修行なしで握れるようになるだろう。

　いわばみなが天才行きの高速道路に乗れてしまうようになる反面、平均化してそこから抜け出るのもまた困難になってしまうということだ。

　未来には、「名人」なんてもう居なくなるのかもしれない。

（一文銭隼人「科学と生活」宇園出版より）

48 筆者が名人は居なくなるというのはどういうことか。

　1　みなが凡人になり能力が平均化する。

　2　みなが名人になり傑出した人が居なくなる。

　3　みなが鈍才になり能力が低下する。

　4　みなが天才になりそれぞれ個性を発揮する。

問題 9　次の (1) から (3) の文章を読んで、後の問いに対する答えとして最もよいものを、1・2・3・4から一つ選びなさい。

(1) よく来てくれるお客さんを日本語では「お得意さん」と言います。

店には二種類あります。

ひとつは、お得意さんほど大切にする店。もうひとつは、①お得意さんほどないがしろにする店です。

後者は、「どうせいいかげんに扱っても来てくれる客だから」と言う心理で、新しい客を開発するために冷遇するのです。

例えば、お寿司屋さんなどで新しいいいネタが入ったら、それを新しく来たお客さんに出すのです。そうすると印象がよくなってまた来てくれると計算するわけです。しかしいいのは最初だけで、何回か通って馴染みになると段々他のお得意さんたちと同じに、古いネタばかりを食わさせるようになっていきます。

お客さんもバカではありません。この店はそういう店だとわかったら、すぐに来なくなります。

また、新しく来たお客さんが、古くからの客を大切にする店だと知っても嫌な感じはしませんが、お得意さんを邪険にする店だと知ったら、もう来るのが嫌になります。店に対する印象が悪くなるからです。

お得意さんを大事にする店ほど、不況や経営難になってもお得意さんが離れずに支持してくれます。

信頼のない店は、一時期よくても長くは続きません。

古いお客さんほど大事にする心がなければ、信頼関係は生まれません。

これは不公平と言うのではなく、長い時間をかけて築いた信頼こそが、商売を続ける上での大切な要素であると言うことです。

（松永幸之助「商売道義」経済振興社より）

49 ①お得意さんほどないがしろにする行為はどれか。

1 新しく来た客にいいネタを提供する。

2 古い客に古いネタを提供する。

3 新しい客に古いネタを提供する。

4 古い客にいいネタを提供する。

50 お得意さんに古いネタを出すのはどういう心境からか。

1 また来てくれるので、古いネタを食べさせたほうが店の得だ。

2 顔なじみだから、いいネタばかりではないと言う事情は察してくれるはずだ。

3 古い客はいなくなって、新しい客が来たほうが商売が繁盛する。

4 古いネタを無駄にしないで済むので、とても感謝している。

51 筆者はお得意さんをないがしろにする店をどう思っているか。

1 仕方のないことだが、得策ではない。

2 そのほうが店にとっては得だが、褒められた行為ではない。

3 信用を大事にしない店に本物の客は来ない。

4 不況や経営難になってもお得意さんが助けてくれる。

（2）私が小さい頃、家の前に飯場（注）があった。その飯場の「ケン坊」と言う子供は私たちより年下だったが、とにかく鼻っ柱が強くて聞かん坊だった。

彼が泣いているのなんて、まったく見た事がなかった。

ある時、一緒に遊んでいた私たちはほんの些細なことで仲たがいした。

事情を知った飯場のおじさんたち。普通なら、

「こらぁ！年下の子供をいじめるなあ！」と怒鳴るところだ。

しかし、飯場のおじさんの行動は意外だった。

なんと、一皿のリンゴを切って「なかよく食べろ」とケン坊に持たせたのである。当時は敵の親だと思い「毒が入ってるかも」などと言って食べなかった。

なんと言う無礼。私たちは人の気持ちを踏みにじる最低の言動をしたのだ。

しかし飯場のおじさんたちは「まあ、仕方ない。子供のことだ。いずれなかよくなるだろう。」と、やさしく対応してくれたのだ。

それからも私たちは時にはケンカし、時にはなかよく遊んでいたが、飯場の移動とともにケン坊たちは引越し、どこかに行ってしまった。

世間的には地位の低い飯場のおじさんたちだったが、学校では学べない大切なものを、身を以って教えてくれたことは一生忘れない。

ケン坊はあれからどうなっただろうか？

ああいう立派な人たちに愛されて育てられ、彼は幸せだと思う。

彼のことだから持ち前の男らしさでいい奥さんをもらい、幸せな家庭を築いて元気に仕事していると信じている。

（遠藤習作「幼少の頃」啓英社より）

（注）飯場：工事現場。

52 鼻っ柱が強いとはどういう意味か。

　1　骨が太い。

　2　体が大きい。

　3　ケンカが強い。

　4　負けん気が強い。

53 他の子供たちがリンゴを食べなかった理由は何か。

　1　本当に毒が入っていると思ったから。

　2　ケン坊が悪いと思ったから。

　3　人の誠意の大切さを知らなかったから。

　4　リンゴを食べたら自分たちが悪かったと認めたことになると思ったから。

54 このことが筆者の人生に与えた影響は何か。

　1　本当の友情とは何かを学べた。

　2　人の誠意には良心で対応すべきだと反省した。

　3　ケン坊の幸せを心から祈れるようになった。

　4　悪いことをしたら報いがあるということを知った。

（3）私は勉強のために、まったく興味のない分野の発言を、ネットで眺めることがある。ある日、ボクシングの話題を見ていたら興味深い発言が目に止まった。

「ここ一番と言う大事な場面でがんばれる人は、温かい家庭がバックにある人なんじゃないか。モハメッド・アリのようにまともな家庭に育ち、家族の笑顔が脳裏に浮かぶような環境で育った人のほうが、ピンチに強いと思う。」と言う記述だった。

私はなるほどと思った。ボクシングと言うと、野蛮な競技で愛のない家庭でやさぐれて育ったひねくれ者のほうが強い、などと勝手に想像してしまう。しかし、ボクシングとはスポーツなのだ。結果はどうあれ、試合が終われば温かい家族がやさしく迎えてくれる人と、傷ついて帰ってきても誰にも関心を示してもらえないような人では、どちらのほうががんばれるかは自明の理である。リングという孤独の戦場に立った時、暖かい家族の支えがあれば、自分は一人ではないという安心感が選手に勇気を与えるのである。

人間である以上、ボクサーでもサラリーマンでもなんの変わりもない。ゆえにどんな職業にある人でも、その人を支える健全な家庭はすべての原動力となる。温かい家庭があるから、外ではどんな波風があってもがんばれる。そして家に帰ればホッと安心する。安心してストレスから開放されるから、心身ともに回復できるのである。

（横尾美奈代「家庭環境と学校教育」文成社より）

55 筆者が全く無関係の分野をネットで見るのはどんな効果があるか。

1 役には立たないが、気晴らしになる。

2 まったく考えても見なかった体験ができる。

3 非専門分野から意外な知識や意見を得る。

4 空想の世界に入り知識を広げる。

56 ボクシング選手の場合、温かい家庭はどのような影響があると言っているか。

1 過酷な競技なので選手を過保護にする。

2 リングは孤独の戦場なので助けにならない。

3 負けた傷を癒すことが出来る。

4 心の支えが見えない力となる。

57 筆者の言いたいことは何か。

1 人間は所詮みな孤独である。

2 サラリーマンもボクサーも大した変わりはない。

3 厳しい世界に暖かい優しさはいらない。

4 家庭は人の能力に大きく関わる。

問題 10　次の文章を読んで、後の問いに対する答えとして最もよいものを、1・2・3・4から一つ選びなさい。

「作品は自分の子供である。」って、芸術家がよく言う言葉ですが、ピン芸人（注1）の鳥居みゆきさんもそう言っていたのを聞いたことがあります。

文学作品とか映像作品のみならず、一人コントなんかも自分の血肉が通ったものとして愛情を感じるものなんだって、その時思いました。

かつて私は、仕事が恋人で作品が子供だから、結婚もしないし子供もいらないと言ったことがありました。ただしこれは恋愛もしないと言う意味じゃなくって、当然恋愛感情はあります（笑）。子供を産んで育てるために結婚までしようとは思わない、と言うだけです。

子供を産んで育てるのは自分の遺伝子を残したいからですよね？誰だって寿命がくれば死んでしまいます。その前にやっぱりどこかに自分のコピーを残しておきたいって言う願望は、誰でもあるものだと思うんです。だから子供を生んで育て、自分の考えや理想なんかを教え込むわけでしょう。

ならば、私の書いた作品には自分の考え方や感じたこと、理想への思いなどが凝縮されている。いわば私自身のDNA、遺伝子の結晶なんです。

それらを読んでくれる人が共鳴を覚え、影響を受けてくれるなら、その人の中に私のDNAが入り込んだことになるって思うわけです。いわば①その人たちが私の子供。人って普通、アレでしょ、血のつながりがない人には、遺伝子を共有しているって言う愛情とか親近感を感じないものでしょう。だけど、私の作品を好きになってくれる人とは、魂でつながってると感じる。

私の作品が、私の遺伝子を誰かの心の中に永遠に運び続けてくれる、と思うだけでもうほかに何もいらないんです。②これよりも残したいものなんかない。

それに比べたら私の肉体的遺伝子を持つ子供なんかいてもいなくても、「でもそんなの関係ねえ（注2）」って思えてしまうんですよね（笑）。

この世に作品を残せる幸運に見舞われて、その快感を味わってしまったら、結婚だの子育てだのって、なんか自分じゃなくて他人のための気がしてしたくなくなるんです。

こういう考えの人って、エゴイストでナルシスト、プライドが高くゴーマン。私、自分で

もそう思います。でも「自分の意見は絶対正しい」って思い込めるくらいじゃないと、こんな自分勝手な仕事はできないんです。

　だって私の仕事、原価ゼロ・生産性ゼロ・自己満足度100％のただの妄想ですよ（爆）。

　だけど、千年の時を超えて共感され続ける、清少納言みたいになりたいんです。

　千年後の人が私の作品を読んで「あっ、それわかる」って思ってもらいたい。

（南斗優香　情報誌『ぴあ』2010.3.28のインタビュー記事より）

(注1)ピン芸人：単独で行動するお笑い芸人。

(注2)でもそんなの関係ねえ：同じくピン芸人・小島よしおのネタ。

58 筆者が結婚も出産もしたくないと言うのはどうしてか。

1　恋愛感情がないから。

2　恋愛と結婚は別だと思うから。

3　子供を育てたくないから。

4　一番残したいものは子供ではないから。

59 ①その人たちとはどういう人たちか。

1　本を買ってくれた人たち。

2　本を読んでくれた人たち。

3　本に共感してくれた人たち。

4　筆者を好きだと言ってくれる人たち。

60 ②これとは何を指しているか。

1　自分の遺伝子を伝える作品。

2　作品に共感してくれる人たち。

3　自分の知名度。

4　没後の財産。

61 筆者が自分をエゴイストだと思う理由は何か。

1　個人的考えを著作にするから。

2　結婚や子育てにしか興味がないから。

3　自分のしたいことを最優先させるから。

4　恋愛しても結婚しないから。

問題11 次のＡとＢは、抜け毛について、異なる人が述べている意見である。後の問いに対する答えとして最もよいものを、1・2・3・4から一つ選びなさい。

A

個人差はあるものの、自然に抜ける髪の毛の量は1日あたり約70～80本と言われています。人間の頭には約10万本ほどの毛が生えており、それらは一般的に、順次4年で生え変わります。4年間で10万本ある髪がすべて生え変わるとして、1年に換算すると年間2万5000本生え変わることに。それを365日で割ると1日68.4…本、約70本ということになります。

髪は寿命を迎えると自然に抜け落ち、生え変わるのです。その周期を『ヘアサイクル』と呼ぶのですが、男性で2～5年、女性で4～6年とされています。健康的な人は、髪全体の約85％が成長期にあたり、残りの15％は生え変わりの時期に差しかかっているのです。

でも、髪の毛の平均寿命が4年となるとロングヘアーの人って存在しないことになります。その理由は、なかには寿命が長い毛もあるからです。それを切らずに伸ばしていくと長髪になります。そのため、長い毛ほど量が少なくなるのです。長髪の人の毛を束ねると馬のしっぽのように末端が細くなっているでしょう。

（ネットニュースより）

B

（ア）「毛は抜けて当たり前だとすると、抜けることが問題なのではなく、後から健康な髪の毛が生えてこないことが問題ってことですよね。抜けても生えてくるための秘策ってあります？」

（イ）「とにかく頭皮を清潔に保つことです。そのためには毎日の洗髪が欠かせません。できれば1日1回、朝ではなく、その日の汚れがたまった夜にするのがベストです。頭皮の血流を促すためにも、頭をマッサージしながらしっかりと洗ってください。」

頭髪が薄くなったり禿げたりするのは、髪が抜けるからではありません。つまり、「頭を洗う」と言うことは「髪を洗う」ということに意識が行きがちですが、実は頭皮を清潔に保ち皮脂などの目詰まりを取り除くことのほうが大切なのです。

（ネットニュースより）

62 AとBによると、髪が禿げる原因は何か。

1 抜け毛が多すぎるから。

2 髪の寿命が短いから。

3 髪を洗いすぎるから。

4 新しい髪が生えてこないから。

63 AとBを通じ、髪を健康に保つにはどうすればよいか。

1 髪はたくさん抜ければたくさん生えてくるので新陳代謝を保つ。

2 抜けても新しい髪が後から生えてくるように頭皮を清潔に保つ。

3 できるだけ髪が抜けないように頭皮をあまり洗わない。

4 刺激をすると髪が抜けるのでマッサージなどはしない。

問題 12　次の文章を読んで、後の問いに対する答えとして最もよいものを、1・2・3・4から一つ選びなさい。

　「むずかしい読解をどう素早く理解するか？」と言うことについて、コツをお教えしよう。

　これは「全体思考」を用いる。「部分思考」は用いてはいけない。

　全体思考とは、まず全体が先にあって、そこから細部を逆算する方法だ。逆に、部分思考とは、各部分の総計が全体となる方法。

　例えば、赤ちゃんが電話をいたずらしているとする。

　それを「こら！電話をいじっちゃダメだよ！」と叱る。

　これを、1.こら　2.電話　3.を　4.いじっちゃ　5.ダメだよ　と言う各部分に翻訳を加え、文法で整理しなおして母国語に変換し、最後に理解する。これが部分思考である。

　幼児はもちろんこんな方法で聞いてはいない。

　幼児は言葉の一つ一つは全く理解していない。していないけれども、

　「今なんか、してはいけないことをしているから親が怒っている」

　「電話を置かないとぶたれるかもしれない」

と言う、①「相手の全体意思」を感覚で捉えるのである。「電話」と言う単語も知らないし「いじる」「ダメ」などと言う難しい単語も、もちろん知らない。当然、語尾変化などの文法的知識があるはずもない。

　そうした細部を知るのは、始めでなくて終わりである。つまり、何度も同じような言葉を聴いていると次第に覚えていくのだ。

　何かしてはいけないことをしている時に「ダメ！」と何度も聞いていると、それをやめないといけないと知る。「駄目」の「駄」がどういう意味で「目」がどういう意味で、総じてどういうことか、などという部分思考は使わない。

　つまり、②全体思考とは「わかってから知る」ので知らない単語でもわかるのである。理解能力がないはずの幼児が言語を覚えていくのは、全体思考を使っているからだ。

　反対に、部分思考は「知ってからわかる」ので、最初に一々知らないとどうしようもない。

　しかも、全体思考は処理スピードが非常に速く、部分思考は遅い。なので、会話の

みならず長文読解などでも、まず全体思考で概要を把握したほうが圧倒的に効率的である。

　部分思考は、数学や物理など理数系の問題を解くための方法である。しかしこの方法は、言語習得には適さない。多くの人は教育の影響でなにがなんでも部分思考ばかりを使って学習しているので、全体思考ができない生徒が非常に多い。

　しかし、ちょっと状況を変えれば全体思考の訓練は難しくない。

　例えば、スポーツの試合や風景のスケッチなど、体育や美術などの教科は全体思考が当たり前である。あるいは車の運転なども、部分思考では間に合わない。

　なので、こうした科目を意識的にやってみるのも思考法を鍛えるいい訓練となる。

（高島匡弘「(新日檢N1模擬試題)」檸檬樹出版社より）

64　筆者は、幼児が成人よりはやく言語を覚えるのはどうしてだと言っているか。

　1　幼時のほうが知能指数が高いから。

　2　幼時のほうが年齢が若いから。

　3　幼時のほうが学習環境があるから。

　4　使っている思考方式そのものに効率差があるから。

65　①「相手の全体意思」を感覚で捉えると言う方法は、次のどの描写が正しいか。

　1　大雑把だが、相手の感情の変化を一瞬で感じ取る。

　2　言葉を全く聴かないで、顔色で判断する。

　3　しっかり相手の言うことを全面的に理解して、ゆっくり考える。

　4　細部を繋ぎ合わせて全体で統括し理解する。

66 ②全体思考とは「わかってから知る」ので知らない単語でもわかると言う論述に対する具体的描写は、どれが正しいか。

1　最初にわかったつもりになり、まちがっているかどうか辞書で調べる。

2　最初からこちらが知っている単語のみで話してもらい、それを理解する。

3　最初に相手の感情の動向を把握し、それに言葉を当てはめる。

4　最初に翻訳などで相手の意味をしっかり理解し、それを暗記する。

67 筆者が、多くの人が外語学習がうまく行かない原因はなんだと思っているか。

1　生活の中でも全体思考を全く使ったことがないから。

2　外国語を理解しようとする努力が足りないから。

3　全体思考のみに頼り、部分思考を駆使しないから。

4　部分思考は理数系の学習方法であり、言語学習には適さないから。

問題 13　次は、各種の応募資格に対する助言である。下の問いに対する答えとして最も良いものを、1・2・3・4から選びなさい。

68　50歳のイギリス人ボンドさんは日本の企業に就職しようとしている。会社側の立場で見て、彼の不安材料は何か。

1　年齢が制限を5歳超えている。

2　日本語は上手だが、TOEICの試験を受けたことがない。

3　能力は高いが、経験年数がそれほどない。

4　他の社員と溶け込んでいけないかもしれない。

69　総体的に見て、このアドバイザーの言いたいことは何か。

1　各種の条件はある程度の目安であり、絶対ではない。

2　年齢については身分証があるのでごまかしは効かない。

3　仕事については、能力だけが採用を決める最重要項目である。

4　個人のこだわりや特殊能力があれば、条件は関係ない。

今回は応募資格について、よく求職者から質問が来る内容をまとめます。

●年齢がオーバー

求人情報を見ると、年齢制限が設定されている求人が少なくありません。しかし、この年齢制限は必ずしも絶対的なものではなく、3〜5歳程度のオーバーならとくに問題なく応じてくれる会社も多いのです。

●資格・キャリアについて

特定の職種経験があったり資格がある人は、年齢はあまり問題にはなりません。ただし、年齢が高い人には、会社もそれなりのキャリア、実力を求めてきます。自分が年齢に見合った能力を持っていることを強くアピールすることが大事です。また、キャリアの長い人は、自分の働き方へのこだわりからほかの社員となじみにくいのではと懸念を持たれがちですが、柔軟性や適応力を示すことも重要なポイントです。

●経験年数が不足

技術職や専門職に限らず、事務系の仕事やサービス系職種でも、経験が問われることが多くなりました。しかし、これも年齢と同じように一応の目安で、"経験○年程度の実力を持った人"くらいに解釈していいでしょう。したがって、半年や1年くらい年数で不足していても、とくに気にすることはありません。

●能力が大切

経験年数が長くても、それ相応の能力がなければ基礎的能力を疑われます。逆に、経験年数は短くても、相当の技術、知識レベルに達していると判断されれば、それだけ基礎的な能力が高いと判断されます。多少の経験不足は、経験期間に相応した力を持っていることを示すことで十分にカバーできると考えましょう。従って経験年数は短いが、その間、一般的に必要とされる経験年数を短期間で経験している事をアピールされたら良いと思います。

●英語力で必要なTOEICの点数がないのだが

この場合もあくまでも英語力を判断するのに、一般的に認められているTOEICの点数を基準にして例えば「TOEIC７００点以上レベル」に対し、TOEIC６５０点だが日常的にメールや電話でのやり取りをおこなっているご経験があれば、ビジネスで実務として使用している経験が優先されますのでその旨を記載されたら良いでしょう。点数よりも実務能力です。

問題1　◎ 17

問題1では、まず質問を聞いてください。それから話を聞いて、問題用紙の1から4の中から、最もよいものを一つ選んでください。

1番

1　前髪を伸ばす。

2　上の髪を短く切る。

3　下の髪を伸ばして頬を隠す。

4　上の髪を伸ばしてブリーチをする。

2番

1 JVDのステレオと専用のサブウーファーとDVDプレーヤーを買う。

2 CONYのステレオ専用のサラウンドスピーカーとDVDプレーヤーを買う。

3 BUIONEERのステレオと専用のサブウーファーとDVDプレーヤーを買う。

4 BUIONEERのステレオと専用のサラウンドスピーカーとDVDプレーヤーを買う。

3番

1 メゾン東

2 東建ハイツ

3 ハイツ希望

4 清風荘

4番

1 東京の会社に履歴書を送り、熊本の大学院も受験する。

2 熊本の会社に履歴書を送り、熊本の大学院も受験する。

3 熊本の会社に履歴書を送り、東京の大学院も受験する。

4 東京の会社に履歴書を送り、東京の大学院も受験する。

5番

1 白いテーブルと白いクローゼット

2 黒いテーブルと赤いクローゼット

3 白いテーブルと赤いクローゼット

4 白いクローゼットと黒いクローゼット

6番
<ruby>番<rt>ばん</rt></ruby>

1　1000万画素のカメラ
　　<ruby>万画素<rt>まんがそ</rt></ruby>

2　1500万画素のカメラ
　　<ruby>万画素<rt>まんがそ</rt></ruby>

3　1500万画素のカメラと大きいハードディスク
　　<ruby>万画素<rt>まんがそ</rt></ruby>　　　<ruby>大<rt>おお</rt></ruby>

4　1000万画素のカメラとDVD-R
　　<ruby>万画素<rt>まんがそ</rt></ruby>

問題2 ◎ 18
もんだい

問題2では、まず質問を聞いてください。そのあと、問題用紙のせんたくしを読んでください。読む時間があります。それから話を聞いて、問題用紙の1から4の中から、最もよいものを一つ選んでください。

1番
ばん

1 昼間に居眠りをする。

2 不眠症になっても悩まない。

3 医者にみてもらう。

4 眠れないことで悩む。

2番

1 ラジオを聴きながら寝る。

2 自分の好きな服をたくさん着る。

3 部屋の照明を明るくする。

4 香りのろうそくを点す。

3番

1 最新型のタイプ

2 メモリーが4ギガあるタイプ

3 中古品

4 型遅れ品

4番
ばん

1 木曜日の午後6時
もくようび ごご じ

2 金曜日の午後6時
きんようび ごご じ

3 土曜日の午後6時
どようび ごご じ

4 日曜日の午後6時
にちようび ごご じ

5番
ばん

1 プラークになる。

2 細菌になる。
さいきん

3 カルシウムになる。

4 歯石になる。
しせき

6番

1　日本料理店には、独特な料理を作る人がいなかった。

2　日本料理は、とてもはやっていた。

3　日本料理を作っているのは日本人ばかりだった。

4　日本料理店が５００軒以上あった。

7番

1　写真の人のと同じ髪型

2　写真の人の髪型の、前が少し長く、後ろが少し短く、上が
　　厚いタイプ

3　写真の人の髪型の、前が少し短く、後ろが少し長いタイプ

4　写真の人の髪型の、前が少し短く、後ろが少し長く、上が
　　厚いタイプ

問題3 ◎ 19

問題3では、問題用紙に何も印刷されていません。この問題は、全体としてどんな内容かを聞く問題です。話の前に質問はありません。まず話を聞いてください。それから、質問とせんたくしを聞いて、1から4の中から、最もよいものを一つ選んでください。

―メモ―

1番

2番

3番

4番

5番

6番

問題4 ◎ 20

問題4では、問題用紙に何も印刷されていません。まず文を聞いてください。それから、それに対する返事を聞いて、1から3の中から、最もよいものを一つ選んでください。

―メモ―

1番

2番

3番

4番

5番

6番

7番

8番

9番

10番

11番

12番

13番

問題5 ◎ 21

問題5では長めの話を聞きます。この問題には練習はありません。

メモをとってもかまいません。

【1番、2番】

問題用紙に何も印刷されていません。まず話を聞いてください。それから、質問とせんたくしを聞いて、1から4の中から、最もよいものを一つ選んでください。

―メモ―

1番

2番

【3番】

まず話を聞いてください。それから、二つの質問を聞いて、それぞれ問題用紙の1から4の中から、最もよいものを一つ選んでください。

質問1

1　セラミック

2　ハイブリッドセラミック

3　金属

4　メタルボンド

質問2

1　セラミック

2　ハイブリッドセラミック

3　金属

4　メタルボンド

第 **5** 回

言語知識（文字・語彙・文法）・読解

聴解

第 5 回 言語知識（文字・語彙・文法）・読解

> 限時 110 分鐘 作答開始： ＿＿ 點 ＿＿ 分 作答結束： ＿＿ 點 ＿＿ 分

問題 1 ＿＿＿＿ の言葉の読み方として最もよいものを、1・2・3・4から一つ選びなさい。

1 ウソの上に築いた財産など虚しいだけだ。

　　1 うらやましい　　2 かしましい　　3 おぞましい　　4 むなしい

2 ボールは弾んで人の家に入ってしまった。

　　1 つまんで　　2 からんで　　3 はずんで　　4 いさんで

3 彼は勇んで自ら名乗り出た。

　　1 つまんで　　2 あそんで　　3 はずんで　　4 いさんで

4 美貌は年とともに衰える。

　　1 なえる　　2 ついえる　　3 おとろえる　　4 かんがえる

5 彼女は自分より美人を見ると妬ましく思う。

　　1 ねたましく　　2 かしましく　　3 うるわしく　　4 うらやましく

6 お茶の同好会を発足しました。

　　1 はっそく　　2 はつあし　　3 はっけん　　4 ほっそく

問題 2 （　　　　　）に入れるのに最もよいものを、1・2・3・4から一つ選びなさい。

7 彼は売れすぎて（　　　　　）した。

    1　改心　　　　　　2　慢心　　　　　　3　快心　　　　　　4　用心

8 あの芸能人は（　　　　　）な発言で人気を取っている。

    1　過酷　　　　　　2　優越　　　　　　3　感激　　　　　　4　過激

9 中華料理は奥が（　　　　　）。

    1　広い　　　　　　2　遠い　　　　　　3　深い　　　　　　4　狭い

10 日本には女性が一人で牛丼屋に入れないという（　　　　　）がある。

    1　不世出　　　　　2　不文律　　　　　3　不摂生　　　　　4　不適当

11 彼女の主張はまったく（　　　　　）だ。

    1　理不尽　　　　　2　有頂天　　　　　3　破天荒　　　　　4　不文律

12 カラスは、いじめるとその人に（　　　　　）する。

    1　返却　　　　　　2　仕返し　　　　　3　お邪魔　　　　　4　暇つぶし

13 試験の勉強に（　　　　　）した。

    1　没頭　　　　　　2　没収　　　　　　3　没年　　　　　　4　沈没

問題 3 ＿＿＿＿＿ の言葉に意味が最も近いものを、1・2・3・4から一つ選びなさい。

14 この季節は滅多に雨が降らない。

1 ほとんど　　　　2 絶対に　　　　3 強烈な　　　　4 減ったり増えたり

15 彼女はすぐ仕切りたがる。

1 サボろうとする　　　　　　　　2 指揮しようとする

3 帰ろうとする　　　　　　　　　4 説教しようとする

16 彼女は人の仕事に指図をしてくる。

1 図解　　　　　　2 解説　　　　　　3 指示　　　　　　4 協力

17 今日は頭が冴えている。

1 よく働く　　　　2 休んでいる　　　3 鈍っている　　　4 呆けている

18 小鳥がさえずっている。

1 遊んでいる　　　2 飛んでいる　　　3 歩いている　　　4 鳴いている

19 上司は煙たい存在だ。

1 遠ざかりたい　　　　　　　　　2 いつも喫煙している

3 ありがたい　　　　　　　　　　4 なくてはならない

問題 4　次の言葉の使い方として最もよいものを、1・2・3・4から一つ選びなさい。

20　思い入れ

1　長年愛用したこの机には思い入れがある。

2　新企画にはこの思い入れを採用して欲しい。

3　弱い立場の人に対する思い入れは大切だ。

4　これらの注意をよく思い入れしておいてください。

21　几帳面

1　決算の時には几帳面をよく調べる。

2　机の几帳面を綺麗に掃除する。

3　彼は几帳面な性格だ。

4　彼女は几帳面することが嫌いだ。

22　きっぱり

1　お風呂に入ってきっぱりした。

2　包丁で大根をきっぱり切った。

3　きっぱり彼が犯人だった。

4　保険の勧誘はきっぱり断った。

23　脚色

1　「電車男」は事実を脚色して作られた。

2　彼が演じるのはオタクと言う脚色だ。

3　彼女は脚色がセクシーだ。

4　彼は社長の脚色ばかり伺っている。

24 窮屈

1 彼は窮屈な家の出身だ。

2 私の体にこの椅子は窮屈だ。

3 アイディアに窮屈すると散歩に出かける。

4 そんな窮屈な発想は採用できない。

25 凝らす

1 工夫を凝らしてケーキを作った。

2 ゼリーを冷蔵庫に入れて凝らした。

3 水を凝らして氷にした。

4 仕事を凝らして残業した。

問題 5　次の文の（　　　　）に入れるのに最もよいものを、1・2・3・4から一つ選びなさい。

26 結論については、すでに決まっている。いまさら改めて（　　　　）。

1　言ったことはない　　　　　　　　2　言うまでもない

3　言わなくはならない　　　　　　　4　言ってみたくなる

27 感染（　　　　）、発病するとは限らない。人によっては一生発病しない。

1　したくても　　　2　しなくても　　　3　したからには　　　4　したとしても

28 外語学習にはコツがあり、知能指数は関係ない。なので私に（　　　　）、外国語は別に難しくない。

1　しては　　　　　2　とっては　　　　3　いえば　　　　　4　みれば

29 彼の歌は本当はヘタなのだが、みんな（　　　　）我慢して聞いている。

1　言うに事欠いて　　　　　　　　　2　言うに言われず

3　言うに及ばず　　　　　　　　　　4　言っても

30 大丈夫だと断言した（　　　　）きっと問題ありません。気長に待ちましょう。

1　クセに　　　　　2　だけで　　　　　3　からには　　　　4　としても

31 特にタバコが吸いたい（　　　　）、長年の習慣でついつい手が伸びてしまう。

1　と思い　　　　　　　　　　　　　2　としても

3　からと言って　　　　　　　　　　4　わけでもないのだが

32 この小説は面白い（　　　　）、なぜだか何度でも読み返したくなる。

1　にもかかわらず　　　　　　　　　2　だけなので

3　ものではないので　　　　　　　　4　というわけではないのだが

33 以前の日本語では「ようじ」というのは今で言う「歯ブラシ」の（　　　　）のを知りました。

1　ものだという　　　2　ことだという　　　3　ひとだという　　　4　わけではない

208

34　彼は風貌（　　　　　）犯人みたいな感じでしたが、調べてみるとまったく無関係でした。

　　1　からして　　　　　2　までして　　　　3　でも　　　　4　なら

35　この料理は100点（　　　　　）が、初めてにしては上出来だと言える。

　　1　だと思う　　　　　2　とはいえない　　3　かもしれない　　4　に違いない

問題 6　次の文の___★___に入る最もよいものを、1・2・3・4から一つ選びなさい。

（問題例）

交通事故では、_____ _____ ___★___ _____ したほうがいい。

　　　1　なくても　　　2　レントゲンで　　　3　外傷が　　　4　検査を

（解答のしかた）

1．正しい文はこうです。

┌───┐
│　　交通事故では、_____ _____ ___★___ _____ したほうがいい。
│　　　　　　　**3外傷が　　1なくても　　2レントゲンで　　4検査を**
└───┘

2．___★___ に入る番号を解答用紙にマークします。

　　　　　　（解答用紙）　│（例）│ ① ● ③ ④ │

36　辛抱 _____ _____ _____ ___★___ 必ず訪れる。

　　　1　待って　　　　2　春は　　　　3　いれば　　　　4　強く

37　この番組は _____ _____ _____ ___★___ らしくてイヤになる。

　　　1　いかにも　　　2　やらせなので　　3　見ていて　　　4　わざと

38　今年度は _____ _____ ___★___ _____ 挽回した。

　　　1　上回る　　　　2　営業成績で　　3　前年度を　　　4　赤字を

39　一度 ___★___ _____ _____ _____ 裏切った彼は相手にできない。

　　　1　二度　　　　2　信用を　　　　3　までも　　　　4　ならず

40　キチンと _____ ___★___ _____ _____ する。

　　　1　予算内に　　　2　やりくり　　　3　経費を　　　4　収まるように

問題7 次の文章を読んで、文章全体の趣旨を踏まえて、 41 から 45 の中に入る最もよいものを、1・2・3・4から一つ選びなさい。

オーストラリア・ウエストシドニー大学のラグバー博士の調査・研究 41 、遥か銀河の彼方から、地球外知的生命体 42 存在からの信号が発信されている事が明らかとなった。地球外の文明による信号の可能性があるという。

信号が発信されているのは恒星グリーゼ581をまわる惑星からで、地球から20光年離れた恒星グリーゼ581を中心とした太陽系型の天体にある。そこには6つの惑星があり、そのひとつの惑星（グリーゼ581Gと呼ばれる）は信号が注目される以前から、雲や液体の水の存在や、生命が存在していても 43-a 環境下にある惑星として 43-b 。この惑星をイメージして描かれたCGイラストは非常に緑豊かな惑星として描かれている。どのような知的生命体が生活しているのかは不明だが、信号が確かなものであれば地球人と同等か、それ以上の科学力を持っている可能性がある。

ラグバー博士は2年前から恒星グリーゼ581の周囲の調査を行っており、そのときから信号の規則性を調査していた。そして今になり、この信号が人工的な文明による可能性が高いと 44 したようだ。

ラグバー博士は恒星グリーゼ581の周囲にある惑星に対して、「私の個人的な意見 45-a が、この惑星に生命が存在する可能性は100パーセントと 45-b だろう」とコメントしている。

（ネットニュースより）

41

1　のせいで　　　　2　により　　　　3　のことで　　　　4　なので

42

1　などの　　　　2　でない　　　　3　らしき　　　　4　でも

43

1　a　異論は無い　　／　　b　無視されていた

2　a　面白い　　／　　b　影響されていた

3　a　不思議な　　／　　b　考慮されていた

4　a　おかしくない　　／　　b　注目されていた

44

1　決断　　　　　2　決定　　　　　3　判断　　　　　4　判定

45

1　a　でしかない　　／　　b　言える

2　a　とも言われない　　／　　b　わからない

3　a　とは言えない　　／　　b　思わない

4　a　とはちがう　　／　　b　言う

問題 8　次の (1) から (3) の文章を読んで、後の問いに対する答えとして最もよいものを、1・2・3・4から一つ選びなさい。

（1）小さい頃、親は絶対的な神のような存在で、とてもとても遠く大きく見えた。

　なにをするにも親のお伺いを立て、絶対的な権限を持っていたからだ。

　しかし、自分が親になってみると親と子供の差は驚くほど小さなことに気づいた。

　親は絶対的存在などではなく、外であれこれ叱られたり悩んだりしながら子供を育てている、ごく普通の人間だったのだ。

　子供が育って親になると、スーパーマンではなかった親の現実に気づき、改めて感謝するようになる。

　親は子供を育てるのではなく、一緒に成長しているだけなのだ。

（天地勇「ある店長の日記」小山内出版より）

46　スーパーマンではないと気づいた親に感謝し尊敬するのは何故か。

　1　ダメな人間に対して愛着が沸くから。

　2　万能ではないのにそのように見せられるから。

　3　かわいそうな親に同情するから。

　4　自分と同じ普通の人間だということに気づくから。

（2）このたびは、おめでとうございます。

　念願の城が手に入り、ついに、一国一城の主ですね。

　集合住宅ではない、土地付き車庫付き一戸建てはまさに男一代の夢。

　といっても建てて終わりではなく、これからの返済が大変だと思います。

　自宅にて勝利の美酒を傾けつつ、仕事も精が出ることと存じます。

　ただ、人間体が資本。お子さんもこれからお金がかかる時期です。

　夜のお付き合いも無理をせず、定期的に健康診断を受けるなどして、体をいたわってこれからもご活躍ください。

（作者不詳：お祝いのはがきより）

[47] このお祝いを受けた人に関することで正しいのはどれか。

　1　現金一括で分譲マンションを購入した。

　2　分割払いで一軒屋を新築した。

　3　分割払いで古い家を改築した。

　4　友人と共同で古城を購入した。

(3) 私の会社では、「目上だから威張る」ことなど決して許さない。

　理由は考えればわかる。若い人に「これは目上の方が製作した商品です。」などと言えば売れるのだろうか？

　ダメなものはダメ。会社内での目上か目下かなどと言う事情は、消費者にはまったく通用しない。

　これと「目上の人を尊重する美徳」を社員に教育することとは、根本的に意味がちがう。

　礼儀正しさと発言権を混同する会社には、未来はない。

（松永幸之助「商売とは」日本経済社より）

48 筆者の意見に近いものはどれか。

1　能力のあるものだけが尊重されればそれでよい。

2　目上だからと言って尊敬するする必要はない。

3　態度で目上を尊重する必要はないが、発言は重視すべきだ。

4　目上は尊重されるべきだが、発言権は誰でも平等だ。

問題9　次の（1）から（3）の文章を読んで、後の問いに対する答えとして最もよいものを、1・2・3・4から一つ選びなさい。

（1）さんざんだらしない恰好をしておいて「人を見かけで判断しないで」と言う①カンちがいさんがたくさんいる。

　「人を見かけで判断してはいけない」というのは、顔の造作など自分ではどうしようもないもののことであって、どうにでもできる服装のことではない。

　外見で判断して欲しくなければだらしない服装をやめればいいだけの話だ。

　そういう人は、もし何かの事情で弁護士を雇うことになり、弁護士がアロハシャツに短パンにサングラスでも「人は見かけじゃないから優秀な人かもしれない」と思えるのだろうか？そんな人に限って、「弁護士なら弁護士らしくしろ」と言うに違いないのだ。

　また短足ガニマタの日本人が似合わない金髪に染めているのを見ると「私は髪の色くらいしか人とちがいません」と宣言しているようにさえ見える。

　その髪の色だって、結局誰かの真似に過ぎないのだ。

　まだ誰もやったことがない時に、一人だけその恰好をするならそれも個性となるが、誰かの真似なら個性をつけたつもりでも結局独創性ゼロなのである。

　本当に個性があれば普通の恰好をしていても輝いてしまうものだ。

　「人を外見だけで判断するな」というのはそういうことだ。

（矢部絵代「服装の示すもの」叡思出版より）

49　①カンちがいの意味するところは何か。

1　見かけの重要さを認識していない。

2　相手の考えを尊重していない。

3　当たり前の正論をえらそうにいう。

4　自分が原因を作っておきながら人のせいにする。

50 筆者が金髪に染めている人を見て感じることは何か。

1 髪の色が人と違っているのは個性の一つだ。

2 日本人がそれをするとまたちがった感じがする。

3 個性がないことを自分で認めたと同じだ。

4 例え真似でも似合っていればいい。

51 筆者が言う「外見だけで判断してはいけない」という意図は何か。

1 外見が普通でも個性のある人はちがって見える。

2 外見がだらしなくても立派な人はいる。

3 外見をきちんとすれば誰でもカッコよく見える。

4 外見とは個性を際立たせるものだ。

（2）　「二日目のカレーはおいしい」とよく言われる。味が融合してよりまろやかになるためだ。水分が蒸発して味が濃くなることも原因の一つだ。

　なので中華なべで作ると初日から二日目のカレーに近いルー（注）が出来る。これは、中華なべは水分の蒸発が早く、味が濃くなるからだ。

　そのほかに、二日目のカレーがおいしいのは「冷や飯」にも原因がある。

　普通は「冷や飯」と言うと、まずいとイメージしがちだが実は冷や飯のほうがカレーにはよく合う。ご飯は熱すぎると味がわかりにくくなる。しかし、冷や飯は味がしっかりわかりやすい。もちろん冷たすぎてもまずいのだが、二日目の濃いカレールーが、ほどよい食べごろの温度に上げてくれるのである。

　そのご飯のほどよい甘味といったらない。

　もちろん、ご飯だけでなくルーも熱すぎると味がわかりにくくなる。もちろんぬるすぎてもまずいのだが、冷や飯（と言っても実際には常温のご飯）が丁度よい具合にまで冷ましてくれるのである。

　そのルーの絶妙な旨味と言ったらない。

　同じ理由で、冷や飯にお茶漬けも非常に旨い。

　これらの融合が、一日目よりさらに食べがいのある「家庭の美食」に変身してくれるのだ。一流のホテルだのレストランでは決して出せない究極の美食。

　それを味わうのもまた、庶民の特権と言うものだ。

　冷や飯が旨いと感じるのは、決して私だけではないはずだ。吉野家などでも、ご飯を冷ましてから出してくれる「つめしろ」と言う隠れメニューが存在する。

（久留米志功「庶民の中の美食」味美堂出版より）

（注）ルー：カレーのたれ。

52　二日目のカレーがおいしくなる要素はなにか。

　　1　ルーとご飯

　　2　ルーと中華なべ

　　3　中華なべとご飯

　　4　純粋な思い込み

53　筆者がおいしいと思う二日目のカレーの食べ方はどれか。

　　1　冷たいご飯と濃いルーを別々に分けて食べる。

　　2　暖めたご飯の上に熱いルーをかける。

　　3　冷たいご飯の上にぬるいルーをかける。

　　4　冷たいご飯の上に熱いルーをかける。

54　一流のホテルだのレストランでは決して出せないというのはなぜか。

　　1　時間がかかりすぎるから。

　　2　お客さんが怒るから。

　　3　高級な食べ方ではないから。

　　4　筆者以外にはおいしいと思う人がいないから。

（3）最近、思ってること。

　ドラマなんか、見てるじゃない。

　ちょっと現実よりはムシのいい展開ではあるけど、よくできてると思う。

　ドラマの世界では、登場人物が外科医、いや下界の人間で、脚本家とか監督が神。

　つまり、登場人物をどうにでもできる、神の存在。絶対的権限を持っている。

　でもだからって、嫌いな人物や主人公を理不尽な目に遭わせて満足するか？

　と言えば、そうはしない。それぞれに役目を与えて、バチを当てたり試練を与えたりはするけど、上から見ればたぶん公平。

　だけど往々にして登場人物、特に主人公は自分からの視点で見ているのでとても人生を不条理に思ったり、運命を恨んだりする。

　そこで、「神様みたいに上から全体を見てる視聴者」は思わず「志村、うしろうしろ（注）」みたいに言ってやりたくなる。

　「くじけるな、状況はオマエが思ってるほど悪くないぞ。」って。

　神から見れば、おそらく人間一人ひとりもそうなのだろう。

　確かに現実には、ドラマより厳しいことだらけだけど、今世を超越して神の目で見れば、私たちがドラマを見て感じることと一緒じゃないのか？って。

（前田香「Kaoruのブログ」より）

（注）志村、うしろうしろ：志村けんが、コントで後ろにいる幽霊に気づかない演技をしている時、演技と知らない小学生が観客席からかける言葉。

55 ドラマの主人公が人生を不条理に思ったり運命を恨んだりするのはなぜか。

1 ドラマの中ではことさら誇張的に酷い目に遭うから。

2 そういう設定でないとドラマがつまらないから。

3 現実の人生に起こりうることを題材にしているから。

4 その問題が解決できるものであることをまだ知らないから。

56 「志村、うしろうしろ」みたいに言ってやりたくなるのはどんな内容か。

1 所詮はドラマなのでムシのいい結末が待っている。

2 主人公はピンチになっても大丈夫なので安心だ。

3 どんな状況でも他人から見ればまだ希望がある。

4 背後から気づいていない危機が忍び寄ってきている。

57 筆者の言いたいことは何か。

1 厳しいように見える人生も神から見れば希望にあふれている。

2 ドラマの世界は脚本化によって平和が保たれている。

3 現実の世界はドラマよりずっと厳しい。

4 ドラマのようにムシのいい展開が羨ましい。

問題 10 次の文章を読んで、後の問いに対する答えとして最もよいものを、1・2・3・4から一つ選びなさい。

　ピチピチした若いキレイな娘が異性にちやほやされる。それを見ると大抵の同年代の同性たちは羨ましく思うことだろう。

　容姿が気になり好きな人にも告白できない、あるいは告白しても冷たくフラれる。恋焦がれる人を思いつつ、枕を抱きながら一睡もできない夜を明かす。

　そうしたままならぬ恋のほろ苦い思い、あるいは片思いするだけの甘酸っぱい思いを味わっている人たちから見れば、限りなく甘い蜜の味を思い切り堪能できる美人っていいなあと、ため息をつく。

　しかし、である。

　美人であってもブスであっても、そうした思いをできるのは若いうちだけの特権なのだ（バカボンパパの声で「なのだ」（注））。

　美人でも年をとって「おばさん」などといわれる年齢になる頃には、複数いた追求者の中から適当な相手と妥協して結婚し、子供を生む。すると今度は家庭が生活の主軸になる。夫の給料をやりくりしスーパーで特売品をわしづかみにし、子供の教育に頭を悩ましPTA会議で声を荒げる。そうした生活臭にまみれる頃には、すでに彼女よりも数倍若くてキレイな娘が巷にあふれ、仕事に忙しい旦那が浮気をしているのじゃないかと心配し出す。私という美人と結婚した旦那が、自分よりもっと若くてキレイな子に入れあげるのではないかと懐疑的になるわけだ。

　そうして年月を過ぎて、美人が「若い頃は相当キレイだったんでしょうねぇ」と言われる「元美人」になる頃には、歳月は美人とブスの距離を近づける。

　年をとって美人が美人でなくなる頃には、若い頃をしっかりと生きたブスは内面が磨かれ、①ブスがブスではなくなっていく。

　そう、「歳月は美人に厳しくブスに優しい」のだ。

　甘い思いのみをしていた美人より、色々な思いをして内面を磨いたブスのほうに、歳月は味方するのである。

　しかしながら、あなたの顔にいい皺を刻んでブスでなくなるかどうかは、あなたがどう生きるかに関わってくる。

　「蓼（たで）食う虫も好き好き」とか「美人は三日で飽きるがブスは三日で慣れる」

と言う諺どおり、卑屈にならずに普段のままの自分でいられれば、「いわゆるブス」でも複数の異性の追求者が必ずあらわれる。

　②<u>そのため</u>には、きらめく多感な季節の中で叶わぬ恋であっても心から人を好きになる、わけもなく誰かにときめく。そんなみずみずしい感受性を大事にして生きていかなければならない。それは、苦であっても美しい精神の培養なのだ。苦しみに過ぎ行く中で、歳月はやがてあなたをブスではなくしてくれるだろう。

　いずれにせよ、恋は期間限定の生ものである。賞味期限が過ぎたら、もう味わうことはできない。そうなった時に慌てて追いかけても、もう遅い。

（鯉野鳥子「恋愛110番」育愛出版社より）

(注) バカボンパパ：赤塚不二男作「天才バカボン」の登場人物。口癖は「～なのだ」。

58 美人がいつまでも美人でいられないのは主にどうしてだと筆者は言っているか。

1　結婚したら異性を求められなくなるから。

2　子供や家庭を中心に生きるようになるから。

3　出産すると体形が変わるから。

4　外出する機会が減って化粧やおしゃれをしなくなるから。

59 ①<u>ブスがブスではなくなっていく</u>のはどうしてか。

1　美人も年を取れば美人でなくなるから。

2　皺だらけになれば美人もブスも大差ないから。

3　ブスは三日で慣れるから。

4　内面が磨かれると表情がよくなるから。

60 ②そのためとはどういうことを指していっているか。

　1　ブスを認め精神的に楽になる。

　2　ブスでも精神的に劣等感を感じなくなる。

　3　好きになってくれる異性をひきつける魅力を持つ。

　4　美人とはまったくちがった人生を生きる。

61 筆者が若いうちの恋愛を積極的に薦めるのはどうしてか。

　1　成功してもしなくても、愛する気持ちがその人を美しくしていくから。

　2　人間の価値は外見は全く関係なく、中身で決まるから。

　3　年を取ったときの落差は美人のほうが大きいから。

　4　相手が慣れたり飽きたりしたら容姿は関係なくなるから。

問題 11　次のＡとＢは、人工イクラについて、異なる人が述べている意見である。後の問いに対する答えとして最もよいものを、1・2・3・4から一つ選びなさい。

Ａ

　「ふだん食べているイクラが本物なのか人工なのか」というところですが、京都府のホームページの「イクラの皮がかたいが、人造イクラではないか？」が参考になります。

　まず成分の話が書いてあるのですが、人工イクラは天然イクラよりもカロリーが低いことに驚きます。

　そして、通説である「皮がかたいのは人工イクラ」というのは、必ずしもそうではないようです。川に遡上してきたサケの卵は卵膜が硬くなっているようで、熟しているものは天然であっても皮が硬いようです。たしかに、生む直前の状態で皮が柔らかかったら、川の中で破けてしまいますからね。

　いちばん確実な見分け方としては、熱湯につけると、たんぱく質成分が白濁するものが本物、ということのようです。

　商品の表示を見てもわからないとはいえ、最近はイクラの値下がりにより、人工イクラを作って売るメリットがあまりないらしく、人工イクラはさほど出回っていないようです。

　いつも食べるとき「どうせ人工なんだろ……」と思っていたのですが、そうでもないようですね。

(ネットニュースより)

Ｂ

　世界で初めて、富山県の業者が人工イクラの生産に成功した。現在では、収穫量の少ない天然物の代わりに、サラダ油と海草エキスを主原料とした人工イクラ（人造イクラ）も出回っている。見た目、口当たり、味、ともに本物のイクラとほとんど見分けがつかないが、本物のイクラは熱湯をかけるとタンパク質が変化して表面が白く濁る。

　問題は、「人工だと表示せず天然物のように売っていたら違法ではないのか？」と言う点である。カニかま(カニ風味のかまぼこ)ならば誰でも本物のカニではないことを知っているが、人工イクラは見分けがつかないためだ。実際には、少しでも本物が混じっていれば違法ではないということのようだ。

(ネットニュースより)

62 AとB両方を通じて、明らかになるのはどれか。

1　表示だけでは、人工か天然かは消費者にわからない。

2　よく観察すれば、人工か天然かは見分けることができる。

3　人工のイクラと表示しなくても違法ではない。

4　食品としての価値は人口のイクラのほうが高い。

63 AとBから判断して、どのように人工のイクラを見分ければいいのか。

1　触ってみて皮が硬いものは人工のイクラである。

2　熱湯をかけてみて白く濁らないものは人工のイクラである。

3　口当たりの悪いものは人工のイクラである。

4　「人工イクラ」と表示があるものは人工のイクラである。

問題 12 次の文章を読んで、後の問いに対する答えとして最もよいものを、1・2・3・4から一つ選びなさい。

多くの人は人生を「計画」する。例えば、医大に入って医者になって、何千万の収入があって、大きな家に住みキレイな女性と結婚する…などである。

しかし、多くの場合は計画通りには行かない。最先端の科学機器と過去のデータを駆使しても、明日の天気すらまともに予測できないのが人類。

そんな人間ごときが、波乱万丈の人生を計画したり設計するなど恐れ多いのだ。

だから、医者にはなったものの忙しすぎて自分が病気をして出費したり、仕事も成功し地位もあるもののいい結婚相手には恵まれない、など予測不能のことがたくさん起きる。だから、「人生を計画する」など、所詮は無理なのだ。

では、人間には何ができるのか？と言うと、計画よりも確実なのは「選択」である。選択は毎日やっている。

例えば、「学校に行く、行かない」と言う選択。学校に行きたくなければ理由をつけて休む選択をするのも、行く選択をするのもあなた自身である。

そして、行くと言う選択をしたなら、次には「授業をマジメに聞く、聞かない」と言う選択が待っている。何もマジメに聞いたからいい結果が待っているとは限らない。絵描きになりたいから授業は聞かないでこっそり絵の練習をしたり美術の本を隠れて読むのもあなたの選択である。

大事なのは、どの選択がいいかに一定の基準はないということだ。マジメに授業を聞く選択をしたほうがいい未来が待っている、とは限らない。

そのすべての選択は個人に任されている。完全な自由である。

ただ一つ、守らなければいけないのは「すべての選択には自分で責任を持つ」ということだけだ。「授業をマジメに聞いたけれど人生の役には立たなかった。だから時間を返してください」などと人のせい、学校のせいにしてはいけない。役にも立たない授業をマジメに聞く選択をしてしまったのは、他ならぬあなた自身だからだ。「親や先生に薦められたから」などと責任転嫁をしたら、①自分の選択権を放棄したも同じになる。

自分の意思を持って行動し、自分の人生を活きない人の先には、自分が満足できる人生は待っていない。

ともあれ、こうした毎日の選択の集大成があなたの人生になっていく。

見えない未来を設計しても無駄だ。一寸先は闇、が人生の掟。それよりも、②<u>今、目の前にある選択を確実にこなす</u>ことで、あなたの未来はよいほうに変わって行くのである。

（春野天海「運命は変えられる」占星社より）

64 筆者が人生は計画できないというのは何故か。

1　人類の科学技術は稚拙だから。

2　あまりにも予測不能のことが多すぎるから。

3　人は気まぐれで気分がコロコロ変わるから。

4　人生は計画するには長すぎるから。

65 ①<u>自分の選択権を放棄したも同じ</u>と言うのは、具体的にどのような行為か。

1　他人の意見の言うなりになる。

2　親や先生の意見を無視して自分で決定する。

3　自分でした選択に対して自己責任を持たない。

4　自分でした選択を自分で忘れる。

66 ②今、目の前にある選択を確実にこなすとは、どうすることか。

1 一番確実だと思われる選択をする。

2 親や先生の意見を最優先して選択する。

3 マジメに登校や出勤し、真剣に勉強や仕事をこなす。

4 自分の意見を持ち、自己責任で選択したことをする。

67 筆者の人生に対する考え方にもっとも近いものはどれか。

1 人生は選択も自由だが、全責任も個人にある。

2 人生は選択することしかできないので、思うようには行かない。

3 人生は無理に思えることでも正しい計画を立てればうまくいく。

4 人生は厳しいので何をやろうが思った通りには行かないようにできている。

問題 13 右のページは、ある自然科学観察コンクールの応募要項である。このコンクールに応募する際、下の問いに対する答えとして最もよいものを、1・2・3・4から選びなさい。

68 応募について、まちがっているものはどれか。

1 集団での研究も応募できる。

2 かつて学校内で行なった課題は出品できない。

3 別のコンクールに発表済みの作品は出品できない。

4 教師の指導によって進めた研究も発表できる。

69 情報管理について、まちがっているものはどれか。

1 応募した作品については、ホームページで発表される。

2 作品は主催者負担で返却される。

3 学校名や個人名はいかなる場合も公表しない。

4 研究内容の権利は主催者側のものとなる。

作品テーマ	動・植物の生態・生長記録、鉱物、地質、天文気象の観察など、自由
応募資格	全国の小学生・中学生のみなさん グループやクラス単位での研究作品の応募も可
応募のしめきり	平成24年10月31日（日）当日消印有効
発表	当ホームページにて受賞作品と内容を発表
賞	小・中学生の優秀作品に対し、文部科学大臣賞、1等、2等、3等、特別賞、コリンパス特別賞（顕微鏡を使った優秀作品に）、継続研究奨励賞、佳作等の各賞および学校、指導の先生に対し、学校奨励賞、指導奨励賞、指導特別賞。 応募者全員に参加賞をさしあげます。
主催	毎目新聞社　自然科学研究会
後援	文科省
協賛	コリンパス株式会社
応募の注意	●応募用紙に必要事項を記入し、作品と一緒に送ってください。 ●学校や地域の夏休み作品展などに出品したものを、応募いただいてもかまいません。ただし、全国規模の科学コンクール、雑誌等に発表したことのないオリジナルな作品に限ります。 ※応募作品は無料で返却します。（費用は事務局負担） ※著作権については主催者に帰属します。
個人情報の取扱いについて	●当コンクールにご応募いただいた方々の個人情報につきましては、コンクール運営に関するご連絡（受付票の発送・審査結果の通知・アンケート・取材等）、作品返却、参加賞等の発送、次回の募集案内の発送以外には使用いたしません。 ●応募票にご記入いただいた氏名・学校名・学年は、毎目新聞紙上および自然科学研究会の刊行物・ホームページ・作品展等で公表することがあります。ご了承の上、ご応募ください。

問題1 ◎ 22

問題 1 では、まず質問を聞いてください。それから話を聞いて、問題用紙の 1 から 4 の中から、最もよいものを一つ選んでください。

1番

1　イタリア料理シャメリア

2　イタリア料理モラン

3　フランス料理モラン

4　フランス料理エリベン

2番

1 福岡3日、鹿児島3日、長崎1日、大分1日
2 福岡3日、鹿児島2日、長崎1日、大分1日
3 福岡3日、鹿児島1日、長崎1日、大分1日
4 福岡2日、鹿児島1日、長崎1日、大分1日

3番

1 最初は夜昼半分で、そのうち全部夜にする。
2 最初は昼で、そのうち夜にする。
3 全部夜にする。
4 最初は夜昼半分で、そのうち全部昼にする。

4番

1 テニス部

2 サッカー部

3 野球部

4 卓球部

5番

1 薬屋

2 カメラ屋

3 電気店

4 写真屋

6番
ばん

1 66125円
えん

2 64125円
えん

3 62000円
えん

4 60000円
えん

問題2　◎ 23

<ruby>問題<rt>もんだい</rt></ruby>

問題 2 では、まず<ruby>質問<rt>しつもん</rt></ruby>を<ruby>聞<rt>き</rt></ruby>いてください。そのあと、<ruby>問題用紙<rt>もんだいようし</rt></ruby>のせんたくしを<ruby>読<rt>よ</rt></ruby>んでください。<ruby>読<rt>よ</rt></ruby>む<ruby>時間<rt>じかん</rt></ruby>があります。それから<ruby>話<rt>はなし</rt></ruby>を<ruby>聞<rt>き</rt></ruby>いて、<ruby>問題用紙<rt>もんだいようし</rt></ruby>の 1 から 4 の<ruby>中<rt>なか</rt></ruby>から、<ruby>最<rt>もっと</rt></ruby>もよいものを<ruby>一<rt>ひと</rt></ruby>つ<ruby>選<rt>えら</rt></ruby>んでください。

1<ruby>番<rt>ばん</rt></ruby>

1 <ruby>温<rt>あたた</rt></ruby>めて<ruby>飲<rt>の</rt></ruby>むという<ruby>新感覚<rt>しんかんかく</rt></ruby>のお<ruby>酒<rt>さけ</rt></ruby>なので。

2 ワインと<ruby>似<rt>に</rt></ruby>ていてなじみのある<ruby>味<rt>あじ</rt></ruby>なので。

3 カクテルにちょうどいいので。

4 <ruby>日本国内<rt>にほんこくない</rt></ruby>よりも<ruby>手<rt>て</rt></ruby>に<ruby>入<rt>はい</rt></ruby>りやすいので。

2番

1　スイカ1玉、卵5個入り、鶏の腿肉5人分、鯛の刺身7人分、片栗粉2袋

2　卵5個入り、鶏の腿肉5人分、鯛の刺身6人分、片栗粉1袋

3　卵5個入り、鶏の腿肉5人分、鯛の刺身6人分、片栗粉2袋

4　卵5個入り、鶏の腿肉5人分、鯛の刺身7人分、片栗粉2袋

3番

1　忙しくて、つまらないことをしている暇はないから。

2　人の手伝いをするのが嫌いだから。

3　何でも人に頼むのはよくないと思っているから。

4　犬の洗い方をよく知らないから。

4番
ばん

1　１１万円
まんえん

2　１６万円
まんえん

3　１３万円
まんえん

4　１２万円
まんえん

5番
ばん

1　保証期間があまりに短いから。
ほしょうきかん　　　　　　みじか

2　修理代のほうが買ったときの値段よりも高いから。
しゅうりだい　　　　か　　　　　　ねだん　　　　　たか

3　送り返す送料が必要だから。
おく　かえ　そうりょう　ひつよう

4　店がうまいことを言って製品をもらおうとしているから。
みせ　　　　　　　　い　　せいひん

6番

1　Sサイズ

2　Mサイズ

3　Lサイズ

4　ＬＬサイズ

7番

1　サニーのカメラ

2　パンタックスのカメラ

3　パンソナックのカメラ

4　アリンタスのカメラ

問題3 ◎ 24

問題3では、問題用紙に何も印刷されていません。この問題は、全体としてどんな内容かを聞く問題です。話の前に質問はありません。まず話を聞いてください。それから、質問とせんたくしを聞いて、1から4の中から、最もよいものを一つ選んでください。

― メモ ―

1番

2番

3番

4番

5番

6番

問題4 ◎ 25

問題4では、問題用紙に何も印刷されていません。まず文を聞いてください。それから、それに対する返事を聞いて、1から3の中から、最もよいものを一つ選んでください。

—メモ—

1番　　　　　　　**8番**

2番　　　　　　　**9番**

3番　　　　　　　**10番**

4番　　　　　　　**11番**

5番　　　　　　　**12番**

6番　　　　　　　**13番**

7番

問題5 ◎ 26

問題5では長めの話を聞きます。この問題には練習はありません。

メモをとってもかまいません。

【1番、2番】

問題用紙に何も印刷されていません。まず話を聞いてください。それから、質問とせんたくしを聞いて、1から4の中から、最もよいものを一つ選んでください。

―メモ―

1番

2番

【3番】

まず話を聞いてください。それから、二つの質問を聞いて、それぞれ問題用紙の1から4の中から、最もよいものを一つ選んでください。

質問1

1　車の中にぬいぐるみを置いている男の人は、母親への依存心が強い。

2　車の中のぬいぐるみから母親への依存心の強さを推測するのは間違いだ。

3　車の中に芳香剤を置いている男の人は、性欲が強い。

4　車の中に芳香剤を置いている男の人は、性欲が弱い。

質問2

1　男の人の車にキャラクターグッズがあるのは気持ち悪い。

2　車の中に芳香剤を置いている男の人は、性欲が強い。

3　男の人の車にぬいぐるみがあっても気持ち悪くない。

4　車の中の飾り付けは、その人がどんな人かを表している。

解析本 目錄 ●

新日檢 N1 標準模擬試題
正解率統計表

第 1 回

測驗日期：_____ 年 _____ 月 _____ 日

	答對題數	總題數	正解率
言語知識（文字・語彙・文法）・読解	題	÷ 69 題 ＝	％
聴解	題	÷ 36 題 ＝	％

第 2 回

測驗日期：_____ 年 _____ 月 _____ 日

	答對題數	總題數	正解率
言語知識（文字・語彙・文法）・読解	題	÷ 69 題 ＝	％
聴解	題	÷ 36 題 ＝	％

第 3 回

測驗日期：_____ 年 _____ 月 _____ 日

	答對題數	總題數	正解率
言語知識（文字・語彙・文法）・読解	題	÷ 69 題 ＝	％
聴解	題	÷ 36 題 ＝	％

測驗日期：_____ 年 _____ 月 _____ 日

	答對題數	總題數	正解率
言語知識（文字・語彙・文法）・読解	題	÷ 69 題 =	%
聴解	題	÷ 36 題 =	%

測驗日期：_____ 年 _____ 月 _____ 日

	答對題數	總題數	正解率
言語知識（文字・語彙・文法）・読解	題	÷ 69 題 =	%
聴解	題	÷ 36 題 =	%

言語知識（文字・語彙・文法）● 読解

1

- ① 2　焦って──あせって
- ② 3　煩わしい──わずらわしい
- ③ 2　職権──しょっけん
- ④ 4　欺く──あざむく
- ⑤ 3　良し悪し──よしあし
- ⑥ 1　利息──りそく

> **難題原因**
>
> ②④：屬於高級日語的字彙，可能很多人不知道如何發音，但這是一定要會的字。

2

- ⑦ 2
  1. 不自然
  2. 合適的
  3. 裝酷、耍帥
  4. （無此字）
- ⑧ 2
  1. 進展緩慢
  2. 鬆弛
  3. 徘徊
  4. 焦躁不安
- ⑨ 3
  1. 沉默
  2. 嘮嘮叨叨
  3. 寡言
  4. 沉著
- ⑩ 3
  1. 進展緩慢
  2. 鬆弛
  3. 徘徊
  4. 焦躁不安
- ⑪ 3
  1. 乘興做過分的事情
  2. 情況
  3. 乘機
  4. 權宜之計

- ⑫ 2
  1. 放風箏
  2. 成立
  3. 炸雞
  4. 抓別人話柄
- ⑬ 4
  1. 原因
  2. 結果
  3. 行為
  4. 契機

> **難題原因**
>
> ⑧⑩：選項都是「～つく」的動詞（「て形」都是「～ついて」），是背單字時容易忽略、混淆的字彙。
>
> ⑬：選項 1 是陷阱。「原因」（げんいん）是指「造成不好的結果的原因」。例如，造成機器故障的原因。所以不能選 1。

3

- ⑭ 2　絶叫した ── 放聲大叫
  1. 無法發出聲音
  2. 大聲喊叫
  3. 號啕大哭
  4. 昏迷
- ⑮ 4　鑑 ── 模範
  1. 典型
  2. 代表
  3. 真貨
  4. 模範
- ⑯ 3　踏まえて ── 理解並做為根據
  1. 踩踏
  2. 一邊站著
  3. 理解
  4. 不知道
- ⑰ 3　のどかな ── 悠閒的
  1. 未開發的

2 寬敞的
3 悠閒的
4 好天氣的

⑱ 4 ちゃっかりしている ——
自私自利
1 擁有自己的意見
2 獨立
3 肥胖
4 固守自己的利益

⑲ 3 抜け出して —— 溜走
1 出院
2 獲得許可
3 逃跑
4 忘記

難題原因

⑭：「絶叫する」（ぜっきょうする）從字面來看，容易誤以為是「不能發出聲音」的意思。

⑯：「踏まえる」（ふまえる）在這裡並沒有「踩踏」的意思。

4

⑳ 2 いまさら —— 事到如今
現在再去也來不及了。

㉑ 4 甘える —— 承蒙
承蒙好意，今晚就打擾一晚。

㉒ 2 あやふや —— 曖昧不明
他的供述內容曖昧不明，無法信任。

㉓ 4 ありふれた —— 常見的
將每天生活中常見的景象做為題材。

㉔ 1 案の定 —— 果然
他果然是犯人。

㉕ 3 臆病 —— 膽小
他很膽小，所以不敢冒險。

難題原因

⑳㉒：屬於高級日語的字彙，意思比較抽象。日本生活常見。

5

㉖ 2 我計畫的目的不只是讓自己得利，仔細想想，此事對你而言應該也是有利可圖的。
1 …にしては：以…程度而言
2 …にとっても：對…而言也
3 …にみれば：（無此用法）
4 …に聞いて：詢問…

㉗ 4 她寫字好像總是胡亂塗鴉，別看她那樣子，其實她是書法二段。
1 それにしても：就算這麼說，也…
2 そうはいっても：雖然這麼說，還是…
3 あんなに：那樣地
4 あれでも：雖然…的樣子，其實…

㉘ 1 這真的是你自己寫的嗎？以你的程度來說是很漂亮的字耶！
1 …にしては：以…程度而言
2 …にとっては：對…而言
3 …にすれば：從…立場來看的話
4 …にみれば：（無此用法）

㉙ 3 披頭四在世上留下了許多名曲，但事實上據說他們連音符都不會看。
1 …でも：即使…也（多用於形容某種極端狀況）
2 …だが：雖然…但是…
3 …すら：連…基本的都…
4 …まで：甚至到…地步（多用於形容某種極端狀況，後面接續肯定用法）

言語知識（文字・語彙・文法）• 読解

㉚ 4 正式的訂單已經送出去了。事到
如今才說要變更內容，恐怕會
造成對方的困擾吧？
1 どうにか：想辦法（做…）
2 いつかは：總有一天
3 言ってみれば：要説的話，也可以說…
4 いまさら：事到如今

㉛ 4 從運動神經過人的你來看，他
算是很笨拙的。
1 …からしては：（無此用法）
2 …からなので：（無此用法）
3 …からとれば：（無此用法）
4 …からみれば：從…立場來看的話

㉜ 3 您好，我是山田，請問您有什麼
事情？
1 …ですので：因為是…
2 …でしたら：是…的話
3 …ですが：是…（表示前言的用法）
4 …でも：即使…也

㉝ 4 司法考試很難。雖然都那麼努力
了，但今年還是落榜了。
1 …だけあって：足以…
2 …かいあって：…有了結果
3 …だけなのに：只是…卻…
4 …にもかかわらず：雖然…但是…

㉞ 4 我只是發表自己的感想而已，沒
有別的意思。
1 …しかなく：只好…
2 …といっても：雖說有…其實只是…
3 …ばかりか：不只是…還有…
4 述べただけて：只是發表而已

㉟ 3 光是狀況證據並不算決定性的要
素。即使她是犯人，如果沒有確
切的證據，也不算有罪。

1 …ではないが：雖然不是…
2 …ではないので：因為不是…
3 …としても：即使…也…（前面通常會有「たとえ」）
4 …のはずなので：因為應該是…

難題原因

㉘：「…にしては」的意思較抽
象，不容易掌握正確用法。

㉙：依賴中文意思來作答，選項
1、3、4 都合理，但 1、4 都是錯
誤用法。

6 ㊱ 2 いかに 4 迫力ある 1 シーン
を 3 撮るかと言う事で 2 俳
★
優は 怪我が絶えない。

要如何拍攝有震撼力的畫面這件事，
讓演員不斷受傷。

解析
● いかに…か（要如何…？）
● 迫力ある＋名詞（有震撼力的…）

㊲ 2 最近 1 坂本龍馬が 4 ブーム
で 2 多くの 3 特集番組が
★
作られている。

因為最近坂本龍馬形成一股風潮，
所以製作了許多特別節目。

解析
● 名詞＋が＋ブームで（因為…造成風潮、流行）
● 多くの特集番組（許多特別節目）

㊳ 1　その時を　2 逃したら　4 一生
3 思いつかない　1 アイディア
と言う　ものもある。

有些點子在當時錯過後，一輩子都
不會再有那種好點子了。

解析
● 名詞＋を＋逃したら（錯過…之後）
● …と言うものもある（也有…的東西）

㊴ 4　確かに　4 保存した　1 はずな
のに　2 パソコンを　3 再起動
したら　入力したデータがすべて
消えていた。

我記得明明已經儲存了，但是重新
啟動電腦後，之前輸入的資料全都
不見了。

解析
● 確かに＋動詞た形＋はずなのに（明明做過…，但是…）
● パソコンを再起動したら（重新啟動電腦之後…）

㊵ 4　女「それって単なる仮説でし
ょ？」
男「いや、　3 精密時計による
2 実験で　4 正しいことが　1
立証された　らしいよ。」

女「那純粹只是一種假設吧？」
男「不，好像是經過精密時鐘進行
實驗之後證實無誤的理論喔。」

解析
● 精密時計による実験で（透過精密時

鐘進行實驗）
● 名詞＋が＋立証された（證實是…）
● 動詞た形＋らしい（好像…）

難題原因
㊲：
● 要知道「作られている」前面必
須接名詞。「坂本龍馬」無法被
製作，所以要用「特集番組（名
詞）＋が＋作られている」。
● 要知道「ブームで」（什麼東西
正在流行）前面也必須接名詞。
「特集番組」已經用過，所以
要用「坂本龍馬＋が＋ブーム
で」。

㊴：要知道「確かに～したはずな
のに～」（我明明做了～，但
是～）的説法，才能填出前面兩個
空格是「保存した／はずなの
に」，才有可能答對。

7
㊶ 3　1　…からは：既然…
2　…にしては：以…程度而言
3　…としては：以…看法來看
4　…のクセに：明明…卻…

㊷ 2　1　連なる：連綿
2　高まる：提高
3　関わる：關係到
4　絡まる：纏繞

㊸ 4　1　身にしみても：即使感受到 / 不
會不變成…
2　即使變成 / 不會變成…
3　即使忍耐 / 不打算成為…
4　身につけても：即使學會 / 並不
會變成…

㊹ 2　1　…を忘れ：忘記… / 充滿著
2　…に偏りすぎ：過於偏重… / 忘了

言語知識（文字・語彙・文法）● 読解

3　…を避け：避開… / 忽略…
4　…を重視し：重視… / 給予…

㊺　3
1　…頃には：在…時候
2　既然
3　雖然…但在某個基準來看是…
4　動詞ない形＋事には：不做…
　　就…

難題原因

㊶：「にしては」（選項 2）和「としては」（選項 3）容易混淆。

㊺：
● 選項 3「割には」是比較難的用法，要弄清楚正確意思才能作答。
● 接續時，「割には」前後的內容是相對的。

8

(1)
㊻　3　對訂單一事致歉及付款的報告
題目中譯　關於這封信的內容概要，以下何者是正確的？

(2)
㊼　3　父母過世之後也可以活用教訓。
題目中譯　作者如何解釋孝順？

(3)
㊽　1　當情報或交通越發達，個人所知道的事情或可以前往的地方就會越多。
題目中譯　所謂的「當地球變小時，個人的世界就變大」是什麼意思？

難題原因

㊼：不能只根據某部分內容，而是必須從整篇文章來判斷何者為正確答案。

9

(1)
㊾　1　感覺好像使用該形容詞的職業都是醜八怪。
題目中譯　為什麼作者並不覺得「太過美女」有誇讚的意思？

㊿　2　因為一般大眾具有原本就是美女從事的工作的偏見。
題目中譯　為什麼①不使用「太過美女的女演員」或「太過美女的模特兒」之類的說法？

51　4　職業與容貌本來就沒有關係。
題目中譯　以下何者與作者的想法相近？

(2)
52　2　因為覺得這是危險的讓人想要祈禱的工作。
題目中譯　為什麼要提出①「正式表演之前要祈求神明保佑嗎？」這樣的問題？

53　1　因為覺得與祈禱相較之下，練習是更重要的事情。
題目中譯　為什麼正式表演之前沒有人祈禱？

54　4　因為成功的因素不是只靠人的力量。
題目中譯　為什麼要在正式表演之後祈禱？

(3)
55　1　透過編輯，將散落在不同地方的外景拍攝地設定成同樣的地點。
題目中譯　①在連續劇中，將零零落落的事物呈現得像一體成形的東西一樣，這句話是什麼意思？

56　4　因為不清楚連續劇的內幕。

題目中譯 觀眾為什麼會覺得零零落落的東西是同一個世界？

(57) 4 **即使瞭解現實狀況，也希望大家熱愛連續劇。**

題目中譯 作者是抱持哪一種心情撰寫本文？

難題原因

(49)：
- 作者想表達的東西，濃縮集中在文章的某一部分，要能看懂這個重點。
- 本文章濃縮集中的要點為「確かに、美人の多い～」一直到「～と言っているような印象を与える。」。

(50)：
- 答題線索藏在文章的某一句話，稍微疏忽就容易誤答。
- 此題的答題線索是「美人なら簡単にモデルや女優になれる」。

10

(58) 4 **因為熬出頭之前的辛苦時間很短暫。**

題目中譯 作者為什麼說年輕偶像都是幸運的？

(59) 2 **請吃壽司。**

題目中譯 以更簡單明瞭的方式說①『スシ喰いねぇ』，會是以下哪一句？

(60) 3 **公司的功勞比本人的努力要大得多。**

題目中譯 所謂的②不是你紅而是別人讓你紅，是什麼意思？

(61) 1 **因為一旦年紀增長，就會發現到現實的嚴苛。**

題目中譯 作者說趾高氣昂也是年輕時的特權，原因是什麼？

難題原因

(60)：
- 問題本身不易理解，要先看懂真正的意思。
- 要能理解文章的「彼ら彼女らは、～いたのである。」這個部分。

(61)：
- 必須閱讀整篇文章，才能掌握和答題相關的內容。
- 要能理解文章的「しかし人気が落～を得なくなる。」這個部分。
- 「現実に目覚める」和「現実に気づく」的意思類似。

11

(62) 4 **因為失去理性後，對策就失效。**

題目中譯 根據A的說法，詐欺被害人沒有減少的原因是什麼？

(63) 2 **因為一旦太過激動，就無法做出這些動作。**

題目中譯 根據B的說法，敲打、毆打的護身術效果都有限，原因是什麼？

難題原因

(62)：
- 難以從文章中直接找到可以判斷正確答案的內容。
- 必須從某部分的文章內容找線索：「詐欺を行なうほ～で詐欺にかける」、「彼らは危急的状～わせようとする」。

言語知識（文字・語彙・文法）● 読解

<table>
<tr><td>

㉖ :
- 難以從文章中直接找到可以判斷正確答案的內容。
- 必須從某部分的文章內容找線索：「叩いたり殴った～ビデオがある」、「人は理性を失っ～め使いやすい」。

</td><td>

㉗ :
- 難以從文章中直接找到可以判斷正確答案的內容，必須透過閱讀後的理解力來作答。
- 也須借助「刪去法」（先刪除錯誤選項）。選項 1、2、3 都不吻合作者的主張。

</td></tr>
</table>

12　㉔ 2　保有客觀的立場，採取理性的行動。

（題目中譯）以下何者接近作者所説的「有教養的人」的言行？

㉕ 2　因為自以為是的想法是不通用的。

（題目中譯）文章提到，①接受高等教育是培養教養的手段之一，為什麼要培養教養？

㉖ 3　在學習專業技術的過程當中也可以得到教養。

（題目中譯）文章提到，②教養並不是只有接受學校教育才能學到的東西，具體而言，是指哪一部分？

㉗ 4　不管選擇哪一條路，努力不懈的人就是有教養。

（題目中譯）作者最想説的事情是什麼？

難題原因

㉔ :
- 文章長、要解讀的內容多，是困難的原因之一。
- 要能理解文章的「「教養」とは～「あの人は教養が備わってる」と感じる。」這個部分。

13　㉘ 3　因為她還是高中生，所以必須得到父母的同意後再應徵。

（題目中譯）18歲的女高中生優子小姐想要應徵臨時演員。她必須以什麼方法應徵？

㉙ 4　帶寵物去錄影。

（題目中譯）通過臨時演員應徵的人被允許做哪一種行為？

聴解

1

1番—1

調理師が、アルバイトの山田君に指示をしています。山田君は、何をしなければなりませんか。

女 山田君。食材の加工をしておいてくれるかな。から揚げの肉に、塩をかけておいてね。鍋物に入れる肉には、塩はかけないでね。あ、じゃ、次は魚にこしょうを振って。

男 あの、粉のタイプのこしょうとこしょうの種があるんですが、どっちですか。

女 バター焼きの魚には、こしょうの種を挽いて振って。醤油煮の魚には、こしょうは振らないで。

男 どれが醤油煮用ですか。

女 小さく切ってあるのが醤油煮用。それそれ。

男 どれがバター焼き用ですか。

女 あれ、バター焼き用の魚が今切れてるね。じゃ、いいや。あと、にんにく切っておいて。

男 どんな切り方すればいいんですか。

女 たてに四つ切にしておいて。

山田君は、何をしなければなりませんか。

解析
- バター焼き（奶油香煎）
- 醤油煮（紅燒）
- 挽いて（磨碎）
- 切れてる（用完了）

難題原因
- 聴解全文有很多零碎的內容，聽完後不容易全部記住。
- 而且所記住的，也未必剛好出現在選項中，因此提高了答題的難度。

2番—2

二人の会社員が、駅の近くの公園で話しています。女の人はまず何をしますか。

女 駅でかばんをなくしちゃったみたいでさ。散々だよ。

男 キャッシュカードの会社に電話して、カードを止めてもらった？

女 うん、それはもう済んだ。

男 携帯電話の会社に電話して、電話止めてもらわなきゃ。

女 忘れてた。

聴解

男　交番に行って、遺失届け出した？

女　もう出してあるよ。

男　交番だけじゃなく、駅にも出しとかないとね。

女　それもそうだね。駅員が見つけたらすぐに連絡してくれるもんね。それは携帯電話の会社に電話してからね。

女の人はまず何をしますか。

解析
- 散々（狼狽）
- キャッシュカード（提款卡）
- 遺失届け（遺失報告）

3番—3

男の人と女の人が、お店をどのように変えるかについて話しています。二人は、お店をどのように変えることに決めましたか。

女　最近不況で、客が入らないね。何かいいアイデアないかな。

男　外で夕食を取るサラリーマンを呼び込めばいいんじゃないかな。

女　でもどうやって。

男　カラオケのあるラーメン屋にするのはどうかな。

女　だめだよ。ラーメンなんてすぐ食べ終わるじゃない。ゆっくり食べれるものがいいよ。

男　じゃ、カラオケのあるフランス料理店にするとか。

女　誰がカラオケでフランス料理食べるの。

男　カラオケ2時間といろいろな定食をセットにするのはどうかな。それで、スープとご飯おかわり自由とかにすれば、繁盛するかも。

女　ま、悪くはないわね。

男　じゃ、カラオケのあるファミリーレストランにするのはどうかな。

女　家族でカラオケに食事に来るの？なんかありえないな。だったら、さっきの案にしようよ。

男　うん、そうだね。

二人は、お店をどのように変えることに決めましたか。

解析
- 呼び込めば（叫進來的話）
- ご飯おかわり自由（白飯無限量供應）
- 繁盛するかも（也許會生意興隆）
- ありえない（不可能）

4番—4

<ruby>二人<rt>ふたり</rt></ruby>の<ruby>会社員<rt>かいしゃいん</rt></ruby>が、<ruby>喫茶店<rt>きっさてん</rt></ruby>で<ruby>話<rt>はな</rt></ruby>しています。<ruby>男<rt>おとこ</rt></ruby>の<ruby>人<rt>ひと</rt></ruby>は、どうすることに<ruby>決<rt>き</rt></ruby>めましたか。

男 <ruby>去年<rt>きょねん</rt></ruby><ruby>買<rt>か</rt></ruby>ったノートパソコン、もう<ruby>壊<rt>こわ</rt></ruby>れちゃったよ。これじゃ<ruby>仕事<rt>しごと</rt></ruby>できないよ。<ruby>困<rt>こま</rt></ruby>ったなあ。

女 <ruby>安物<rt>やすもの</rt></ruby><ruby>買<rt>か</rt></ruby>うからよ。あのメーカーのは、<ruby>設計<rt>せっけい</rt></ruby>が<ruby>悪<rt>わる</rt></ruby>くて<ruby>寿命<rt>じゅみょう</rt></ruby>が<ruby>短<rt>みじか</rt></ruby>いんだそうよ。<ruby>修理<rt>しゅうり</rt></ruby>に<ruby>出<rt>だ</rt></ruby>すと1<ruby>週間<rt>しゅうかん</rt></ruby>ぐらいかかるだろうね。だったら、<ruby>新<rt>あたら</rt></ruby>しいの<ruby>買<rt>か</rt></ruby>ったほうがはやいんじゃないかな。

男 もう<ruby>一台<rt>いちだい</rt></ruby><ruby>買<rt>か</rt></ruby>おうかな。ノートパソコンないと<ruby>仕事<rt>しごと</rt></ruby>にならないし。

女 そうよ。<ruby>故障<rt>こしょう</rt></ruby>したのは、<ruby>修理<rt>しゅうり</rt></ruby>して<ruby>予備<rt>よび</rt></ruby>にすればいいじゃない。

男 じゃ、<ruby>新<rt>あたら</rt></ruby>しいのを<ruby>買<rt>か</rt></ruby>おう。

<ruby>男<rt>おとこ</rt></ruby>の<ruby>人<rt>ひと</rt></ruby>は、どうすることに<ruby>決<rt>き</rt></ruby>めましたか。

解析
- 安物（便宜貨）
- …ないと仕事にならない（沒有…的話就無法工作）
- 予備にすればいいじゃない（當作預備的不是不錯嗎？）

5番—3

<ruby>二人<rt>ふたり</rt></ruby>は、<ruby>北海道<rt>ほっかいどう</rt></ruby>の<ruby>親戚<rt>しんせき</rt></ruby>のうちへ<ruby>行<rt>い</rt></ruby>くことについて<ruby>話<rt>はな</rt></ruby>し<ruby>合<rt>あ</rt></ruby>っています。まずどの<ruby>交通機関<rt>こうつうきかん</rt></ruby>に<ruby>乗<rt>の</rt></ruby>らなければなりませんか。

女 <ruby>北海道<rt>ほっかいどう</rt></ruby>は<ruby>遠<rt>とお</rt></ruby>いよね。<ruby>飛行機<rt>ひこうき</rt></ruby>で<ruby>行<rt>い</rt></ruby>くのが<ruby>速<rt>はや</rt></ruby>いよ。

男 <ruby>親戚<rt>しんせき</rt></ruby>のおじさんに、<ruby>北海道<rt>ほっかいどう</rt></ruby>の<ruby>空港<rt>くうこう</rt></ruby>に<ruby>車<rt>くるま</rt></ruby>で<ruby>迎<rt>むか</rt></ruby>えにきてくれるように<ruby>頼<rt>たの</rt></ruby>んでおくよ。

女 でも、<ruby>空港<rt>くうこう</rt></ruby>までは<ruby>何<rt>なに</rt></ruby>に<ruby>乗<rt>の</rt></ruby>るかな。

男 <ruby>電車<rt>でんしゃ</rt></ruby>で<ruby>行<rt>い</rt></ruby>こう。

女 <ruby>駅<rt>えき</rt></ruby>までは<ruby>何<rt>なん</rt></ruby>で<ruby>行<rt>い</rt></ruby>く？

男 バスがいいかな。<ruby>自転車<rt>じてんしゃ</rt></ruby>で<ruby>行<rt>い</rt></ruby>くと、<ruby>自転車<rt>じてんしゃ</rt></ruby><ruby>置<rt>お</rt></ruby>くところがないしね。

女 そうだね。

まずどの<ruby>交通機関<rt>こうつうきかん</rt></ruby>に<ruby>乗<rt>の</rt></ruby>らなければなりませんか。

解析
- 因為車站沒有腳踏車停放處，所以要前往車站必須搭乘公車。
- 搭乗工具依序是：公車、電車、飛機、叔叔的車子。

6番—2

<ruby>二人<rt>ふたり</rt></ruby>の<ruby>学生<rt>がくせい</rt></ruby>が、<ruby>教室<rt>きょうしつ</rt></ruby>で<ruby>話<rt>はな</rt></ruby>しています。<ruby>男<rt>おとこ</rt></ruby>の<ruby>人<rt>ひと</rt></ruby>は、どうすることに<ruby>決<rt>き</rt></ruby>めましたか。

聴解

男 論文のことで、ちょっと行き詰まっていて、今から藤村教授に相談してみようかと思うんだ。

女 あの教授は、礼儀に相当うるさい人だからね、アポイント取らないとだめなの知ってる？

男 今から直接教授の部屋に行こうかと思ってたんだけど。じゃ、今から電話して、それから行こう。

女 だめだめ。あの人は、一週間前にアポイントとらないと、会ってくれない人なのよ。

男 そんな教授がいるの？面倒だな。じゃ、来週でいいや。電話でアポイント取ろうっと。

女 普通はメールよ。

男 いいのいいの、そんなこと。

男の人は、どうすることに決めましたか。

解析

● 行き詰まって（陷入僵局）

● …に相当うるさい（對於…過分地要求）

● アポイント取らないとだめ（一定要預約）

難題原因

● 男性最後所説的「いいのいいの、そんなこと」是「那種事，我才不管」的意思，表示男性最後還是選擇電話預約。

● 如果沒聽到最後一句話，或是沒聽懂，就會誤以為男性要用電子郵件預約而答錯。

2

1番—4

女の人と男の人が、駅の前で話しています。この女の人は、男の人のどんな考えが間違っていると思いましたか。

女 遅いじゃないの。３０分待ったわよ。どうして遅刻したのよ。

男 電車が遅れて

女 どうして連絡くれなかったの？

男 あわててうちを出て、携帯をうちに忘れてきてしまって。

女 じゃ、何であわててうちを出たの？ぎりぎりまで何してたのよ？

男 昼寝してて寝過ごしちゃって。

女 なんで寝過ごしたの？目覚まし時計をセットしなかったの？

男 ちょっと軽く寝るだけだから、セットしなくても大丈夫だと思ったんで。

女 そのちょっとだから大丈夫って考え方
が甘いのよ。

この女の人は、男の人のどんな考えが間違
っていると思いましたか。

解析
- ぎりぎりまで（直到最後一刻）
- ちょっと軽く寝る（小睡一會兒）

2番—2

男の人が、電気店の店員とテレビの修理の
ことで話しています。電気店の店員は、なぜ
無料での修理はできないと言っています
か。

男 このテレビ、画面が映らないんですが。買
ったばかりなので、修理は無料ですよ
ね。

女 さっき中をあけて見たんですが、正常な
使用でない場合は、無料での修理はで
きません。

男 どうして買って1週間で故障するんです
か。これっておかしいと思いませんか。

女 中をあけてみたところ、うどんの切れ端が
入っていましたよ。

男 それでは、無料で修理はできないんです

か。

女 当店の規定によりますと、こういう場合
は有料になります。正常な使用の場合
ですと無料、あまり適当ではない環境
でのご使用の場合は半額、使用方法が正
常ではない場合は、お客様の全額負担
になります。

電気店の店員は、なぜ無料での修理はでき
ないと言っていますか。

解析
- うどんの切れ端（碎烏龍麵條）

3番—4

先生が、最近の飲食業界のことについて話
しています。カラオケ業者は、なぜ食事も
付いた安い利用料にしましたか。

男 最近、不況の影響で、サラリーマンの
平均ランチ代は減り、過去10年間で最
も低い金額になっています。サラリーマ
ンの財布の紐が硬くなり、外食産業に
とっては、厳しくなっています。牛丼チ
ェーンの古野家は、牛丼を40円値下げ
しました。カラオケ業者は、外食産業

聴解

に対抗するために、ランチにより 客 を増やそうとしています。カラオケ大手のKOGは、ランチメニューと2時間の利用をセットにして、580円で売り出しました。また、他のカラオケ大手のカラオケパラダイスは、食べ放題のメニューと2時間の利用をセットにして、980円で売り出しました。これらのカラオケ店の新 料 金 は、学生に人気で、 牛 丼やハンバーガーチェーン店の、 新 しいライバルになりそうです。

カラオケ 業 者 は、なぜ 食 事 も付いた安い利用 料 にしましたか。

(解析)
● 財布の紐が硬くなり（開始省錢）

4 番—3

二人の社員が、転 職 について話しています。 男 の人は、なぜ他の会社にかわりたいと思っていますか。

男 そろそろ会社かわろうかな。

女 どうしたの？こんなに長く 働 いてるのに。

男 同 僚 がいやな人でね。あんな人と一緒に 働 いていると、寿 命 が縮まるよ。

女 同 僚 なんて関係ないじゃない。やめるほどのことでもないよ。

男 実 は、もっと 大 きな理由があるんだ。

女 なあに？

男 この会社には、 未 来 がないと思うんだ。この業 界 は、 今 からはどんどん 縮 小 していくからね。こういう 小 さい会社は、 倒 産 しそうだよ。

女 どんな理由を使って退 職 する？

男 表 向 きの理由は、自分はこの仕事に向いていないということにしようと思ってるんだ。

女 うん、それがいいよ。

男 の人は、なぜ他の会社にかわりたいと思っていますか。

(解析)
● 表向き（表面）

難題原因
● 對話內容有轉折，容易使人誤解。
● 例如，一開始提到因為有討厭的同事所以想換工作；但後來又說最大原因是覺得公司沒有未來性。
● 最後又出現表面的辭職理由是「自己不適合這個工作」。全文有許多誤導的陷阱。

5 番―1

夫婦が、旅行プランについて話しています。二人は、どのプランがいいと言っていますか。

女 さっき、旅行会社でチラシをもらってきたの。このプランはどう思う？

男 悪くないよね。

女 これはどうかしら。１１０００円だって。けっこう安いわよ。市内観光は付いてないみたい。

男 安いけど、短すぎるよ。最低３日はないとだめ。

女 これはどう？

男 市内観光が付いていて便利はいいんだけど、２５０００円も高くなるの？

女 じゃ、残りはこのプランしかないわね。

男 高いなあ。問題外だよ。それに市内観光が付いてないのはだめだよ。自分で観光するのは面倒だから。このプランだったら、さっきのプランのほうがいいと思うよ。

女 そうね。じゃ、さっきのプランにしましょう。

二人は、どのプランがいいと言っていますか。

解析

• 最低３日はないとだめ（最少必須要三天）
• 25000円も高くなる（竟然要變貴 25000 日圓）

6 番―1

テレビで、最近の携帯電話について話しています。最近の携帯電話に関する傾向は、どれですか。

女 最近は、スマートフォンという種類の携帯電話がよく売れています。スマートフォンには、大きな画面がついています。携帯電話でインターネットをするときにとても便利で、音楽も聴けて、写真も撮れます。これまでは、パソコン、デジタルカメラ、携帯電話、小型ゲーム機など、目的ごとにいろいろな機器を使い分けていましたが、今は、スマートフォン一つで何でもできます。スマートフォンは、人々の生活を変えました。スマートフォンを買った人たちは、自宅でパソコンをする時間が減ったといいます。去年は、携帯電話を使っている人の３％がスマートフォンを使っていましたが、今年は３０％になりました。スマートフォンでないと売れない時代になりました。

聴解

最近の携帯電話に関する傾向は、どれですか。

（解析）
- スマートフォン（智慧型手機）
- 取って替わられつつある（正被取代中）
- 目的ごとに（依各別目的）
- スマートフォンでないと売れない（不是智慧型手機就無法銷售）

難題原因
- 選項 2 是一大陷阱。意思是「今年使用智慧型手機的人數預估可能達到 30％」。
- 而文章內容卻是「今年已經達到了 30％」。

7 番—4

テレビでニュースを放送しています。スターコーヒーが、抹茶ラテを値下げした原因は何ですか。

女　コーヒーチェーン大手のスターコーヒーが、値上げを発表しました。ブラジルなどでのコーヒーの需要の高まりや投機マネーの流入が原因で、国際的にコーヒー豆の値が上がったことが原因とみられます。スターコーヒーは、１５日から、全国の店舗で一部商品を値上げします。Sサイズの「スターラテ」は、３００円から３２０円に、「ドリップコーヒー」のS

サイズは２８０円から２９０円になります。値上げの商品がある反面、「抹茶ラテ」は３３０円から３００円に値下げしました。今年は国内のお茶が豊作だったためです。全ての商品の値上げではなく値下げもあるということをアピールしています。また、スターコーヒーの値上げ発表後、マスターコーヒー、ヨンマルクなどのチェーンも、値上げを発表しました。

スターコーヒーが、抹茶ラテを値下げした原因は何ですか。

（解析）
- チェーン（連鎖）
- 投機マネー（投機炒作）
- 豊作（豊收）
- アピールしています（宣傳中）

3

1 番—3

お客が店員と話しています。

男　すべて食べ放題なんですか。

女　いいえ、すき焼きコースのかたは、すき焼きのみ食べ放題です。焼肉すき焼きコース

のかたは、すべて食べ放題です。奥の右側にあるのが、すき焼き用の肉です。左側にあるのが、焼肉用の肉です。すき焼きコースのかたは、すき焼き用の肉のみお取りください。

男　時間は制限がありますか。

女　ええ。すき焼きコースが６０分まで、焼肉すき焼きコース９０分までとなっています。

男　あのコーラも飲んでいいんですか。

女　ええ。でも、一杯だけです。飲み放題は焼肉すき焼きコースのかたのみとなっています。

男　じゃ、すき焼きコースをお願いします。

女　では、席にご案内します。

すき焼きコースの人ができるのはどれですか。

1　どちらの肉でも好きなほうを取る。
2　１時間半席に座って食べ続ける。
3　右側の肉を取る。
4　コーラを飲み放題する。

解析

● 壽喜燒吃到飽的限制較多，例如：只能選擇右側的肉，時間限制是60分鐘，可樂只能喝一杯。

2 番—2

体操の選手が話しています。

男　私は、体操で金メダルを取りたいという気持ちよりも、私の完璧な体操を見てほしいという気持ちのほうが強いんです。だから、点数が何点かは、あまり気にしません。体操のプロではない一般の観客に、きれいな体操だといわれると、とてもうれしいんです。それで、完璧な体操を見せようとがんばって、気がついたら、自分が一番の成績をとっていて、結果として、私が金メダルを取ったというわけです。

この選手は、どんな気持ちで頑張りましたか。

1　金メダルを取ろうと頑張った。
2　きれいな体操を見せようと頑張った。
3　高い点数を取とうと頑張った。
4　選手として成長しようと頑張った。

解析

● 金メダル（金牌）
● あまり気にしません（不太在意）

難題原因

● 需運用刪去法找出正解。
● 選項 1 錯誤：文中提到比起拿金牌，更希望讓別人看到自己完美的體操。

聴解

- 選項 3 錯誤：文中並沒有提到是為了拿高分而努力，而是不在意拿到幾分。
- 選項 4 錯誤：文中並沒有提到是為了做為選手該有的成長而努力。

3 番—3

二人の大学生が話しています。

女　就 職 活動してるの？

男　当たり前じゃない。してるよ。

女　でも、何もしてなさそうよ。

男　ソーシャルネットワーキングサービスを利用して、セミナーの申し込みをしてるよ。

女　ソーシャルネットワーキングサービスってなあに。

男　人と人とのつながりを促進するためのサイト。会社の採用 係 の人と知り合いになることもできるんだ。

女　それで、すぐに採用してくれるの。

男　いやいや、最初のセミナーの申し込みができるだけ。その後に5、6回の面接を受けなければならないんだ。

女　じゃ、普通の採用と同じね。

男　うん。でも、最初の申し込みが簡単なんだよ。履歴書も一枚一枚書かなくてもいい

し。

女　企 業 にとっては、何かいいことがあるのかな。

男　うん。広く人材を探すことができるようになるからね。それに、今は外国籍社員も取る時代だから、海外からの申し込みも簡単になるでしょ。

男 の人は、どんな方法で就 職 活動をしていますか。

1　ネットでの直 接採用に申し込み、面接なしでの採用を狙っている。

2　履歴書を一枚一枚書いて送っている。

3　ネットでセミナーの申し込みをする。

4　海外のサイトに申し込んで、セミナーに参加する。

解析
- ソーシャルネットワーキングサービス（社群網路服務）
- セミナー（研討會）
- つながりを促進する（促進關係）
- 採用係（人事錄用部門）

4 番—1

二人の会社員が話しています。

女　彼女とは、どこで知り合ったの？

男　インターネット。

女　ネットでどうやって知り合うの？

男　サイトに登録したら、毎週リストが送られてくるの。その中で気に入った人がいたら、その人にメッセージを書くの。

女　そんなので、理想の人見つけられるの？

男　見つけられたよ。相手の趣味とか、写真とかも見れるし、ネットで会話もできるから、初めて会うときは、全く知らない人に会う感じじゃないんだ。

女　初めて会う前に、ネット上ですでにデートしてるわけだね。

男　そんな感じ。だから、初めて会ったときには、もう知り合ってしばらくたってる感じだった。お互いの趣味とか全部わかってた。

男の人は、彼女に初めて会ったときに、どんなことを感じましたか。

1　デートしたことがある人という感じがした。

2　相手の趣味のことなどで、いろいろ戸惑った。

3　理想の相手だと確信した。

4　初めて会った知らない人という感じがした。

解析

● メッセージ（訊息）

● すでに（已經）

5番―2

男の人が、講演会で話しています。

男　最近の若者は、よく仕事をかえます。中学卒業の人の7割、高校卒業の人の5割、大学卒業の人の3割が、3年以内に仕事をやめたりかえたりします。この問題は、七五三問題とよばれています。学生が自分の適性を考えずに安易に就職し、安易にやめてしまうのがその原因だという人もいます。果たしてそうでしょうか。

私は、現在の賃金体系に問題があると思います。成果によって賃金を決める時代だといわれますが、それは表向きのことです。実は、いくら勤めても賃金が上がらない会社ばかりなんです。失望した若者は、条件がいい会社を探すようになりました。このようなことは、当たり前の現象かもしれません。

聴解

男の人は、最近の若者が仕事を変える原因は何だと言っていますか。

1 成果を出せないこと。

2 賃金が上がらないこと。

3 何も考えずに安易に仕事を始めること。

4 不真面目で忍耐力がないこと。

解析

● 仕事をやめたりかえたりします（反覆地辭掉工作、換工作）

● 適性（適應能力）

● 安易（輕易）

● 賃金（薪水）

6番—2

お客が、熱帯魚のことについて、店員と話しています。

男 金魚とグッピーは、一緒に飼っても大丈夫ですか。

女 大丈夫ですけど、冬になると、金魚はヒーターがいりませんが、グッピーはヒーターがいりますよ。

男 金魚はヒーターがあるといけないんですか。

女 いいえ、必要はないんですが、あっても問題はありません。

男 メダカと金魚は、どうですか。

女 金魚とグッピーよりいいかもしれません。どちらもヒーターがいりませんから。ヒーターは、けっこう電気代かかりますからね。

男 ミドリフグと金魚はどうですかね。

女 まずいですよ。金魚が噛まれてしまいますよ。

男 金魚とヌマエビはどうですかね。

女 悪くないですけど、食べ物が全然違うので、えさ代がけっこうかかりますよ。

男 ちょっと考えてみます。

女 はい。

女の人は、どの組み合わせが一番いいと言っていますか。

1 金魚とグッピー

2 メダカと金魚

3 ミドリフグと金魚

4 金魚とヌマエビ

解析

● グッピー（孔雀魚）

● ヒーター（暖氣）

● メダカ（青鱂魚）

● 電気代（電費）

● ミドリフグ（金娃娃，河豚的一種）

● ヌマエビ（藻蝦）

難題原因

- 文中女性並沒有清楚説出哪一種組合最好，都是用比較的説法。必須仔細分辨陳述內容的細微差異。
- 文中有許多可能是第一次聽聞的魚類名稱，增加了作答的難度。臨場要馬上想到邊聽邊筆記。

4

1 番—3

男 村田さん。あのう、僕は今日ちょっと用事が…

女 1 それは大変ですね。

2 それで、どうするの。仕事やってから帰るの？

3 いいよ、そこに置いといて。後は私がやっておくよ。

中譯

男 村田小姐。那個，我今天有點事情…

女 1 那真是辛苦你了。

2 那麼你打算怎麼辦？做完工作後再回家？

3 沒關係，就先放在那邊吧。後續的我處理。

2 番—1

女 ちょっと！これ片付けてよ！

男 1 わかったよ。

2 大丈夫だ。

3 いい。

中譯

女 喂！把這個整理一下！

男 1 我知道啦。

2 沒問題。

3 不用。

3 番—1

男 その傘、どうしたの。

女 1 友達が貸してくれたんだ。

2 大きすぎるんだ。

3 使いやすいと思うよ。

中譯

男 那把傘是怎麼回事？

女 1 是朋友借我的。

2 太大了。

3 我想會很好用喔。

難題原因

- 「どうしたの」的用法很廣泛，在此是詢問對方雨傘的來源（從哪裡拿來的）。

4 番—3

女 今日は遅くなりそうだから…

聴解

男 1 それで？

　　2 待ってるよ。

　　3 そう。じゃ、先に帰るね。

（中譯）

女 今天我可能會晚一點…

男 1 所以呢？

　　2 我會等你喔。

　　3 是嗎？那麼我先回去囉。

（解析）

● 「今日は遅くなりそうだから」有暗示對方先回家的意思。

5 番—2

男 なんで俺の自転車乗ってるの。

女 1 速くて乗りやすいからよ。

　　2 ごめん。ちょっと借りたよ。

　　3 使いたかったからよ。

（中譯）

男 幹嘛騎我的腳踏車？

女 1 因為快速又好騎呀。

　　2 對不起，只是借騎一下。

　　3 因為我想騎啊。

難題原因

● 「なんで俺の自転車乗ってるの。」並不是詢問對方騎自己腳踏車的理由，而是質疑對方「幹嘛騎我的腳踏車？」。

6 番—1

女 何見てるのよ！

男 1 あ、ごめん。何してるのか気になったからつい。

　　2 ニュース見てるんだ。

　　3 そうそう。

（中譯）

女 你幹嘛看啊！

男 1 啊，對不起，只是好奇你在幹什麼。

　　2 我在看新聞。

　　3 是啊是啊。

難題原因

● 「何見てるのよ！」並不是詢問對方在看什麼，而是質疑對方「幹嘛看？」。

7 番—2

男 俺のことなんだから、どうでもいいだろう！

女 1 うん。どうでもいいよ。

　　2 ごめん。

　　3 そうか。どうでもいいんだ。

（中譯）

男 這是我的事情，所以怎樣都無所謂！

女 1 嗯。隨你啊。

　　2 對不起。

　　3 是嗎？都無所謂啊。

8 番—3

女 あとはよろしくね。

男 1 どういたしまして。

  2 こちらこそよろしく。

  3 うん、任せてよ。

中譯

女 剩下的就交給你了。

男 1 別客氣。

  2 我才要請您多多指教。

  3 嗯,交給我吧。

難題原因

●「あとはよろしく」並不是請對方多多關照的意思,
而是「剩下的就交給你」的意思。

9 番—3

男 そんなに貸してっていうんなら、仕方ない

  なあ…

女 1 貸してっていうからね。

  2 絶対にだめなの?

  3 貸してくれるの?ありがとう。

中譯

男 既然你都百般懇求商借了,那還有什麼辦法呢…

女 1 既然都開口借了。

  2 真的不行嗎?

  3 你願意借給我嗎?謝謝。

10 番—1

女 男なら、誰に何と言われようと、自分が
正しいと思ったことを貫き通しなよ。

男 1 わかった。思ったようにやる。

  2 そうか。恥ずかしいなあ。

  3 いつも自分が正しいんだ。

中譯

女 如果是個男人,不管別人說什麼,都要貫徹自己
認為對的事情

男 1 我知道了。我會照自己的想法做。

  2 是嗎?真是不好意思啊。

  3 自己永遠都是對的。

解析

● 貫き通し（不被別人左右,徹底執行到底）

11 番—3

男 毎日残業残業で、こんな仕事やってらん

  ないよ。

女 1 よかったじゃない。うれしいよね。

  2 そうだね。やってもらえないよ。

  3 そんなに大変なの。じゃ、辞めたらどう

    かな。

中譯

男 每天都要加班加班,這種工作做不下去啊。

女 1 那不是很好嗎?你一定做得很高興吧?

  2 是啊。找不到人做啊。

25

聴解

3 那麼辛苦嗎？那麼，辭職的話如何呢？

解析

● やってらんない（做不下去、受不了）

12 番—1

女 この件は、私の好きにやらせてもらいます。

男 1 そんな言い方ないでしょう。自分勝手ですよ。

2 好きなことをやらせてあげますよ。

3 そんな丁寧な言い方しなくてもいいんですよ。どうぞ。

中譯

女 關於這件事，就請隨我高興怎麼做。

男 1 哪有這種説法的？太任性了吧。

2 你高興怎麼做就怎麼做吧。

3 不用説得這麼客氣，請便。

解析

● 自分勝手（任性）

13 番—3

女 縫い物ぐらい自分でしなさいよ。

男 1 そうだよね。縫い物は難しいけど、自分でしないとね。

2 縫い物ぐらいだからね。

3 縫い物ぐらいっていうほど簡単じゃないよ。

中譯

女 縫縫衣服這樣簡單的事情請自己做吧。

男 1 説的也是。縫衣服雖然困難，還是得自己來。

2 只不過是縫衣服。

3 不是你説的只是縫衣服這樣簡單。

解析

● 縫い物（縫紉）

● 名詞＋ぐらい（…這樣簡單的事情）

5

【1 番、2 番】

1 番—2

二人の大学生が、出前の店に電話で苦情を言っています。

女 このハヤシライス、ご飯硬いなあ。

男1 古いごはん使ってるんだな。店に電話してクレーム入れてみたら？

女 さっきハヤシライスの出前を頼んだ者ですが。お宅のご飯、硬いですね。こんなの食べられませんよ。

男2 では、炊き立てのライスを一つサービスいたします。お持ちいたしますので、１５分くらいお待ちください。

女 わかりました。

男1 でも、１５分も待ってたら、このハヤシライス冷めちゃうよ。それに、ご飯だけもらってもしかたないよ。

女 確かにそうよね。ルーももらわないと。

男1 もうそろそろ１５分経つよ。あ、来た来た。

女 ご飯だけもらっても、困りますよ。ルーもないと。

男2 お客さん、困りますよ。硬目が好みのお客さんだっていらっしゃるんですから。当店の基準では、これは正常のうちに入るんですよ。ご飯をサービスしたんですから。

女 ひどいなあ。

男2 ご不満でしたら申し訳ありません。でも、当店ではこう決まってるんです。

女 許せない。

お店の店員は、苦情にどう対処しましたか。

1 ハヤシライスを作り直してくれた。

2 炊き立てのご飯を持ってきた。

3 温かいルーを持ってきた。

4 ご飯をお店で手渡した。

（解析）

● クレーム（抱怨）
● 炊き立て（剛煮好）
● ルー（淋醬）
● 硬目（硬度）

（難題原因）

● 屬於日本人實際對談時的自然會話，不容易完全理解全文。
● 文中人物穿插出現，要特別注意說話者的變換。

2番—1

母、娘、父の三人が、娘の電話のことを話しています。

女1 別に彼氏と付き合うのが悪いって言ってんじゃないよ。ただ、迷惑なことはやめってって言ってんのよ。

女2 なんで電話が迷惑なのよ。

女1 毎晩何時間も何時間も話して。急な電話でもあったらどうするの。

女2 そんな電話なんてほとんどないんだから、かまわないでしょう！話したいんだから。

女1 お父さん何か言ってよ。

男 いいじゃないか、母さん。電話ぐらい。

聴解

なあ。お前の彼氏、幸せでいいなあ。俺も毎晩電話してくれる女性がいたらなあ。

女1 まあ、お父さんまでそんなこと言うの？

女2 ほらほらー。

女1 お父さんがよくても、私はだめなの！

お父さんはどう思っていますか。

1 自分も毎晩電話してくれる女性がいたら幸せだと思う。

2 電話をやめさせたいと思っている。

3 電話ぐらい我慢すればいいのに、なぜ娘はできないのかと思っている。

4 自分も毎晩電話してくれる女性がいたので、気にしていない。

解析

- 電話ぐらい（只是講個電話而已）
- お父さんまでそんなこと言うの？（怎麼連爸爸也那樣説？）

【3番】

3番—4、2

スキンケアの講師が話しています。

女1 まずは、脂性肌のケアです。脂性肌の人は、脂分が多いからと乳液や保湿クリームを塗らない人がいますが、これは間違いです。肌の水分がどんどん蒸発し、肌の乾燥を補うために体の脂が出て、毛穴が目立ってきます。次は乾燥肌ですが、乾燥を防ぐために肌の角質が自然に厚くなり、毛穴が詰まることがあります。長時間冷房にあたることや、長時間の入浴は避けましょう。普通肌ですが、脂分と水分のバランスが取れているので、とてもケアしやすいタイプです。特に気を遣うことはありません。脂っぽい部分と乾燥している部分がある混合肌ですが、ケアしにくく、ちょっと面倒な肌です。乾燥している部分には、脂の多い乳液を使い、脂っぽい部分には、油の入っていない乳液を使います。

女2 私ね、脂っぽい部分と乾燥してる部分があって、同じ私の肌なのに、性質が全然違うの。ケアが面倒でね。

男 俺はさ、角質が厚くてね。みてここ。こんなに厚い。

女2 ははは、象の肌みたいだね。

男　うるさいよ。象<ruby>象<rt>ぞう</rt></ruby>じゃないよ。

<ruby>質問<rt>しつもん</rt></ruby>1 この<ruby>女<rt>おんな</rt></ruby>の<ruby>人<rt>ひと</rt></ruby>の<ruby>肌<rt>はだ</rt></ruby>は、どのタイプです
　　　か。

<ruby>質問<rt>しつもん</rt></ruby>2 この<ruby>男<rt>おとこ</rt></ruby>の<ruby>人<rt>ひと</rt></ruby>の<ruby>肌<rt>はだ</rt></ruby>は、どのタイプです
　　　か。

解析

- 脂性肌（油性肌膚）
- 補う（彌補）
- 目立ってきます（越來越明顯）
- 毛穴が詰まる（毛孔堵塞）
- 冷房にあたる（接觸冷氣）
- 気を遣う（費心）
- 脂（動物性油脂）
- 油（非動物性的其他油脂）
- 男性提到自己的角質很厚，所以屬於乾燥性肌膚。

言語知識（文字・語彙・文法）• 読解

1

① 3　値する——あたいする

② 1　斡旋——あっせん

③ 3　欲求——よっきゅう

④ 4　緩やか——ゆるやか

⑤ 4　育む——はぐくむ

⑥ 1　繋いで——つないで

難題原因

①：
- 屬於高級日語的字彙，可能很多人不知道如何發音，但這是一定要會的字。
- 此字多用於小説、論文或判決中。
- 「重罪に値する」（理當處以重罪）為常見表達。

②：屬於高級日語的字彙，常見於商業日語。

④：可能和「穏やか」混淆，誤念成「おだやか」。

2

⑦ 3　　3　自己承認
　　　　2　以…為自己的責任
　　　　3　辭職
　　　　4　招供

⑧ 4　　1　投遞
　　　　2　部署
　　　　3　排列
　　　　4　分發

⑨ 3　　1　如果頭轉向後面
　　　　2　如果撒上去的話
　　　　3　回顧的話
　　　　4　如果揮舞的話

---

⑩ 4　　1　交貨、交付的物品
　　　　2　安放骨灰
　　　　3　看最後一次
　　　　4　理解

⑪ 3　　1　下流的
　　　　2　寂寞的
　　　　3　不足的、缺乏的
　　　　4　寂寞的、冷清的

⑫ 3　　1　觀點
　　　　2　見識
　　　　3　估計、推測
　　　　4　調査

⑬ 2　　1　身心正常
　　　　2　零星的
　　　　3　半吊子、完整分量的一半
　　　　4　一整天

難題原因

⑧：
- 四個選項非常相像，都是「配～」。
- 如果依賴漢字來猜測意思，容易誤答為選項 2：「配置」（はいち），不容易想到「配布」（はいふ）才是「分發」的意思。

⑬：
- 選項 2「半端」（はんぱ）是指「零星的」。
- 「半端ではない」是日本人常用的慣用表達，意思是「非常多」。

3

⑭ 2　用心 —— 注意、小心
　　　1　關懷、照顧
　　　2　注意
　　　3　小心謹慎
　　　4　詳細

⑮ 4　生ぬるい ── **不夠徹底的**
1　非常溫柔的
2　熱情的
3　有人情味的
4　半途而廢

⑯ 4　粘って ── **堅持、不放棄**
1　威脅
2　發黏
3　讚美
4　不放棄

⑰ 2　手分けして ── **分工合作**
1　一起
2　分担（工作）
3　整理
4　委託

⑱ 3　お世辞 ── **奉承話**
1　俳句
2　死前所說的句子
3　奉承
4　愛講話

⑲ 4　ピンと来た ── **馬上想到**
1　生氣
2　吃驚
3　覺得討厭
4　直覺

> **難題原因**
>
> ⑭：日文的「用心」（ようじん），意思和中文的「用心」不同。
>
> ⑯：看完題目之後，要知道這裡的「粘る」（ねばる）是「堅持」的意思。

4

⑳ 3　有様 ── **樣子、狀態**
這個樣子很難過關。

㉑ 4　いたわる ── **關懷**
關懷老人的心是很重要的。

㉒ 2　思い付き ── **突然想到的想法**
靈機一動製作出來的商品竟然大賣。

㉓ 4　贅沢 ── **奢侈**
最近的瑞士捲奢侈地使用鮮奶油。

㉔ 3　病み付き ── **上癮**
沉迷電玩上癮了。

㉕ 2　頑丈 ── **堅固的**
超合金是非常堅固的玩具。

> **難題原因**
>
> ⑳：屬於高級日語的字彙，意思比較抽象。日本生活常見。
>
> ㉒：
> - 「思い〜」的字彙很多，未必結合「思い」和「〜」，就是正確的意思。
> - 結合「思い」（おもい）和「付き」（つき），容易想成其他的意思。

5

㉖ 3　我不是很清楚，但我記得那個人好像是在法國大使館工作。
1　よく知っているので：因為我非常清楚
2　必須要清楚的是…
3　よく知らないのだか：不是很清楚，但是…
4　よく知っているのは：我非常清楚的是…

㉗ 1　我覺得躲在這裡好像遲早會被找到，還是趕快換個地方比較安全。

言語知識（文字・語彙・文法）● 読解

1　隠れていたら：隱藏的話
2　隠れたからには：既然隱藏了，就要…
3　隠れたばかりか：不只隱藏了，還…
4　隠れたくても：即使想要隱藏也…

㉘ 1　他擅長做菜，（擅長的程度）足以讓他動不動就自誇。
　1　…だけあって：足以（匹配）…
　2　…かいあって：…有了結果
　3　…だけなのに：只是…卻…
　4　…にもかかわらず：雖然…但是…

㉙ 4　不用說名店了，他連無名小店所賣的拉麵幾乎都吃遍了。
　1　應該要說…偏偏
　2　想要說卻不敢說
　3　不會說
　4　…は言うに及ばず：不用說…

㉚ 4　戒煙不是最好的方法，一開始就不要養成抽煙的習慣才是最好的作法。
　1　…を作らないといえども：就算不要養成…也…
　2　…を作らないからには：既然不要養成…就要…
　3　…を作らなくて：不要養成…所以…
　4　…を作らないことが：不要養成…這件事

㉛ 2　每年都不合格，長年的努力有了結果，今年可喜可賀地通過了。
　1　…だけあって：足以…
　2　…かいあって：…有了結果
　3　…だけなのに：只是…卻…
　4　…にもかかわらず：雖然…但是…

㉜ 3　對不起。這裡是隔離病房，就算是家人也不能進入。

1　…としても：作為…也…（後面多接續和心情有關的字彙）
2　…としてなら：如果作為…（後面通常接續個人身分或職稱上的身分）
3　…といえども：就算是…也…
4　「なんとしてでも」（無論如何也…）是固定用法

㉝ 2　迷路四處轉來轉去之後，發現周圍已經暗了下來。
　1　…できなくて：無法做…
　2　…していたら：做了…之後，發現
　3　…するので：因為要做…
　4　…したくて：因為想要做…

㉞ 3　甲子園是淘汰賽，所以即使一次也輸不得。
　1　…ことがあるかもしれない：也許有…的事情
　2　…のはいいことだ：…是好事
　3　…わけにはいかない：不能做…
　4　…ことがあるはずがない：不可能有…的事情

㉟ 3　食蟲植物是靠著捕食昆蟲來補給養分的。
　1　…からには：既然…就要…
　2　…くせに：明明…卻…
　3　…ことで：依靠…
　4　…かたわら：一邊…一邊

難題原因

㉘：
● 「…だけあって」是一種非常抽象的日語用法，幾乎無法用中文思維來理解，很難掌握正確用法。而且容易和「…だけ」（只有…）混淆。

- 提供兩則「だけあって」的相關用例，讓大家能透過實際用法，體會「だけあって」的特殊語感：
  (1) 彼は刑務所に２０年入っていただけあって、本当にとても悪い奴だ。
  （他是個大壞蛋，（壞的程度）足以匹配他20年的牢獄生涯。）
  (2) 彼はアメリカに２０年住んでいるだけあって、英語がペラペラだ。
  （他英文很流利，（流利的程度）足以匹配他在美國住了20年的經歷。）

㉛：
- 「かいあって」的意思較抽象，不容易掌握正確用法。
- 「かいあって」常見的接續形式為：
  「動詞た形＋かいあって」表示「該行為有了結果、回報」。

---

6 ㊱ 4 依然として、ウィンドーズに 3 比べて 1 アップルの 4 コンピューターを 2 使う人は 少数派だ。
（★ 在「2 使う人は」下方）

和微軟相較之下，使用蘋果電腦的人仍然算少數。

解析
- 依然として（仍然）
- 名詞＋に比べて（和…相比）

㊲ 4 女「ツチノコって、本当にいるの？」

男「うん、3 目撃談ばかりで 4 捕獲されたことが 2 ないために 1 実在が証明されて ないんだ。」
（★ 在「4 捕獲されたことが」上方）

女「真的有土龍存在嗎？」
男「嗯，都是一些目擊傳聞，因為從來沒有被抓到過，所以沒有被證實真正存在著。」

解析
- 名詞＋ばかりで（都只有…）
- 動詞た形＋ことがない（沒有做過…）
- 実在が証明されてない（沒有被證實真正存在著）

㊳ 2 食事制限をして 2 急激に 4 痩せようとすると 3 体に 1 悪影響 がでる。
（★ 在「2 急激に」上方）

控制飲食，試著急劇地瘦下來，會對身體造成不良的影響。

解析
- 急激に（急劇地）
- 動詞意量形よう＋とすると（試著做…就會有…）
- 名詞＋に＋悪影響がでる（對…出現不良影響）

㊴ 4 年を取ると代謝が 2 下がるので 1 若い時と 4 同じ量だけ 3 食べていると まちがいなく肥満する。
（★ 在「4 同じ量だけ」上方）

因為一上了年紀，代謝就會下降，只是吃跟年輕時一樣的份量就一定會發胖。

解析

言語知識（文字・語彙・文法）• 読解

- 代謝が下がる（代謝下降）
- 若い時と同じ量だけ（只是和年輕時一樣的份量）
- …とまちがいなく肥満する…（一旦…就一定會發胖）

⑩ 3　お酒を　1 飲むと　3 まったく性格が　2 変わってしまう　4 人が　います。★

有些人一喝了酒，性格就整個轉變。

解析

- まったく性格が変わってしまう（性格完全轉變，變成不一樣的人）
- …人＋が＋います（有…這樣的人）

難題原因

㊲ :

- 要知道「…ばかりで…ない」（都只有…但是沒有…）的説法才能回答。
- 因為「…ばかりで」的前面是接續「目撃談」，所以要知道「…ないために」的前面應該要放跟「目撃談」相反的事物，也就是「捕獲されたことが」。
- 這樣最後一格就能確定是「実在が証明されて」。

㊳ :

- 要知道「…ようとすると…」（試著做…就會有…）的説法，才可能聯想到「痩せようとすると悪影響がでる」。
- 接著，還要判斷「急激に」和「体に」，要分別放在哪一個位置才恰當。

7

㊶ 4　1 本当に：真的 / 怎麼想都不懂
2 いやに：非常 / 聽了之後也不理解
3 反対に：相反地 / 不一樣
4 まさに：的確是 / 正是如此

㊷ 3　1 …に向けて：朝向 / …になりたくもない：不想變成那樣
2 …に使い：使用… / …になってもかまわない：變成…也無所謂
3 …に向けず：不朝向… / …になりたいはずがない：不可能想要變成…
4 …に選び：選為… / …になりたくないはずがない：不可能不想變成…

㊸ 2　1 …不是什麼偉大的人
2 …以外の何者でもない：不是別的，正是…
3 好像有什麼東西
4 什麼都有

㊹ 3　1 …てあげよう：幫別人做…吧
2 …てみよう：試著做…吧
3 やめておこう：先暫時不做吧
4 想要

㊺ 4　1 見つめ合ってる：互相對看
2 ほめ合ってる：互相吹捧
3 話し合ってる：商量
4 いがみ合ってる：互相仇視

難題原因

㊸ :

- 文章中的「…以外の何者でもない」是由「以外」和「何者でもない」組合起來的用法。
- 原本「以外」和「何者でもない」都有否定的含意，兩個組合後就變成肯定，強調「正是…」的意思。要能理解、並掌握這個用法，才可能答對。

44:

- 「…ておこう」是比較難的用法，並不是「先做好…吧」、或是「準備做…吧」的意思。

- 「やめておこう」在這裡的意思是「猶豫到底要不要做，這次就先暫時不做吧」。

45:

- 選項 4「いがみ合ってる」是比較特殊的字彙，知道的人可能不多。

- 選項 1、2、3（見つめ合ってる、ほめ合ってる、話し合ってる）都是「動詞＋合う」的複合字，可以從前面的動詞去推測意思。但是「いがみ合ってる」不是複合字，是一個既有的字彙，如果沒有學過，較難猜到意思。

難題原因

48:

- 不能只根據某部分，而是必須從整篇文章來判斷正確答案。
- 要能看出文章蘊藏的含意是：作者認為世上存在著因果關係，總有一天從事詐騙的人會因為因果報應，付出比騙來的錢還要多的代價。

8

(1)

㊻ 3 **覺得對於欠缺機能美，只是削瘦的女性沒有魅力。**

（題目中譯）作者對瘦到皮包骨的女性身體有什麼看法？

(2)

㊼ 4 **並不是公平地只有有實力的人能成為專業人士。**

（題目中譯）以下何者接近作者想說的事情？

(3)

㊽ 4 **騙來的錢總有一天要連本帶利一起還回去。**

（題目中譯）作者想說的事情是什麼？

9

(1)

㊾ 4 **因為他的成就至今仍然影響了許多領域。**

（題目中譯）為什麼很多人都舉例愛因斯坦是最偉大的天才？

㊿ 2 **因為想像力是無限的，而知識是有限的。**

（題目中譯）①説出「想像力比知識重要」，這樣説的原因是什麼？

51 1 **天才不是從智商指數當中產生，而是從想像力孕育出來的。**

（題目中譯）作者的結論是什麼？

(2)

52 2 **因為每一首曲子都不突出。**

（題目中譯）為什麼會說精選輯讓人覺得乏味？

53 1 **好曲子，但是並不是最好的。**

（題目中譯）所謂的①「超越平庸的作品，未達傑作」的曲子，是什麼樣的曲子？

54 2 **傳達傑作誕生的背景、及當時的作品風格。**

（題目中譯）作者認為拙作和平庸作品的功能是什麼？

言語知識（文字・語彙・文法）• 読解

(3)

(55) 2　要脫鞋再進入學校。

題目中譯 投稿者對日本學校最先感到驚訝的事情是什麼？

(56) 3　不知道學校也跟家裡一樣。

題目中譯 投稿者感到驚訝的原因是什麼？

(57) 4　好像去拜訪某個人的家裡一樣，感覺很舒適。

題目中譯 投稿者對日本的學校，整體而言的感想是什麼？

難題原因

(49)：
- 文章中的某一句話就是答題線索，不要疏忽和問題有關的任何內容。
- 此題的答題線索是「一般人の感覚で〜余波が収まってはいない。」這個部分。

(52)：
- 不能只根據某部分，而是必須從整篇文章來判斷正確答案。
- 此題的答題關鍵是「傑作続きと言う〜危険性がある。」和「しかし、傑作に〜じるのである。」這兩個部分。

10

(58) 4　住在海中的普通生物。

題目中譯 「紅水母」是什麼樣的生物？

(59) 4　完全的不死之身。

題目中譯 ①所謂的被弄成（不老不死的身體）那樣是指什麼樣的狀態？

(60) 2　永遠存活一事比死亡更加恐怖。

題目中譯 所謂的②和不會死掉的恐懼相較之下，死亡是讓人安心的一刻，是什麼意思？

(61) 1　人生是有期限的，所以要努力地活著。

題目中譯 作者最想說的事情是什麼？

難題原因

(59)：
- 文章長，使得具體掌握重點這件事，變得更加困難。
- 必須理解「そうされてしまう」之前的內容，並要特別注意「ではもし、さら〜、どうだろう？」這個部分。

(60)：
- 首先要能理解文章的深刻涵義，才能找出相關內容來作答。
- 要注意「パーティーは終〜つらいだけだ。」這個部分。

11

(62) 2　因為自認為沒有醉，酒精攝取過度。

題目中譯 A認為摻有咖啡因的營養飲料容易讓人染上酒癮的理由是什麼？

(63) 1　過度的酒精對身體不好。

題目中譯 A和B共通的論點是什麼？

12

(64) 3　因為覺得天才是來自先天，無法從後天上創造出來。

題目中譯 文章提到，①他們心中是這樣想的，這樣想的原因是什麼？

㊺ 1 某件事情做得比平常還好的經驗。

　題目中譯　所謂的②這種經驗，總括而言是指什麼事情？

㊻ 3 因為每天覺醒的部分都不一樣。

　題目中譯　作者認為即使是同一個人也有狀況好壞不一的時候，原因是什麼？

㊼ 4 正因為每天的狀況都不一樣，才能才有開花結果的機會。

　題目中譯　每天都有不同的狀況，作者如何解釋這件事？

　難題原因

㊻：

● 文章長，難以從文章中找到和問題相關的線索。

● 要能理解「その日、どうして日頃の～日があるのだ。」這個部分。

13 ㊽ 4 有在日本結婚的意願。

　題目中譯　以下何者與接受這項就業支援的條件無關？

㊾ 3 2011年成為博士2年級生，預定在日本找工作的布蘭佳小姐。

　題目中譯　以下的條件中，哪一個人符合支援規定？

　難題原因

㊾：

● 難以從文章中直接找到可以判斷正確答案的內容。

● 必須借助「刪去法」（先刪除錯誤選項）作答，選項 1、2、4 都有若干條件不符合支援規定。

聴解

1

1 番—1
ばん

医者が 男 の人に、ストレスの発散の方法につ
いてのアドバイスをしています。 男 の人の趣
味の中で、どれが効果があると思いますか。

男 最近、いつも悩んでばかりで、憂鬱な気持
ちなんです。夜もなかなか寝付けません。

女 それは、精神的なストレスが原因でしょう
ね。仕事の後とか休みの日は、いつも何を
していますか。

男 うちでテレビを見ることが多いです。社交
ダンスとかボウリングもします。自転車で
遠くに出かけることもあります。

女 テレビでは、ストレス発散はできませんよ。

男 どんなことをするのがいいでしょうか。

女 青空の下で開放的な気持ちになることが
大切ですよ。

男 の人の趣味の中で、どれが効果があると思
いますか。

解析
● アドバイス（建議）
● 寝付けません（無法入睡）

● 精神的なストレス（精神壓力）
● 社交ダンス（社交舞、國標舞）

2 番—3
ばん

二人の学生が、テストの対策について話して
います。どうすることに決まりましたか。

女 今度のテスト、この 教科書一冊隅から隅
までが試験範囲なんだって。

男 とんでもないよな。あの先生。

女 この本は授業のテキストなんだから、期
末試験は全部テストするのが当たり前だっ
て言うのよ。テスト対策どうしよう。

男 一人でやるのは無理だよね。神じゃないと
できないよ。みんなでやるしかないよ。

女 じゃ、一人一章 読むっていうのは？

男 そうだね。そのぐらいならできるよね。そ
れで、自分が読んだところの内容をまとめ
て、みんなに渡す。

女 みんなに渡してたら面倒だから、ネットに
アップロードするのはどうかな。

男 そうしよう。じゃ、誰がどこを担当するか、
今から割り振りを決めよう。

どうすることに決まりましたか。

男 でも、郵便局まで持って行かないといけ

ないんだよね。

女 荷物を取りに来てくれるんだよ。でも有料

だから、持っていけるものは自分で持って

いって、大きすぎるものは取りに来てもら

ったらいいと思うよ。

男 そっか、そうしよう。

男の人は、どうすることに決めましたか。

解析

● …まで持って行かないといけないんだ（不拿去…是不行的）
● 大きすぎるもの（太大的東西）
● 取りに来てもらったら（請對方來拿的話）

解析

● 隅から隅まで（從頭到尾）
● とんでもない（太不合理了）
● アップロードする（上傳）
● 割り振り（分配）

難題原因

● 要能知道選項和所聽到的內容的差異。
● 問題1的選項是印在答案紙上的，所以要一邊聽文章，一邊看著選項，並作記錄，就可以把不可能的選項先刪除。
● 此題借助「刪去法」就容易找出正解，因為文中並沒有提到選項1、3、4的內容。

3 番—3

二人の学生が、台湾に引越しする方法について話しています。男の人は、どうすることに決めましたか。

男 来月から、台湾の語学学校に通うことになったんだけど、引越しはどうしたらいいかな。

女 引越しセンター呼んだらどう？

男 いや、それは何十万円取られるかわからないよ。

女 だったら、宅急便はどうかな。

男 宅急便も安くはないよ。

女 うーん、だったら郵便局の船便がいいかな。一番安いと思うよ。

4 番—2

兄が妹に、カメラのレンズをクリーニングする方法を教えています。妹は、どのようにしてカメラのレンズを拭けばいいですか。

女 カメラのレンズが汚れちゃった。ティッシュで拭いたらだめかな。

男 だめだめ。レンズ専用のクリーニングペーパー使わないと。一枚あげるよ。

女 ありがとう。

男 あ、乾拭きしちゃだめだよ。湿った状態じゃないと、傷付きやすいんだよ。

聴解

女　じゃ、水つけよう。

男　だめ！水は不純物が多すぎるよ。

女　めがねのレンズクリーニング用のリキッドあるけど、これはどうかな。

男　それもあんまりよくないんだ。研磨剤が入ってるから、レンズが削れるよ。

女　だったら何つけるといいの？

男　無水アルコール。カメラ屋さんに行って買ってくるといいよ。

妹は、どのようにしてカメラのレンズを拭けばいいですか。

解析
- レンズ（鏡頭）
- …使わないと（不用…的話不行）
- 乾拭きする（乾擦）
- 傷付きやすい（容易受傷）
- 不純物（雑質）
- レンズクリーニング用のリキッド（鏡片清潔用的洗劑）
- 無水アルコール（無水酒精）

5番—3

二人の作業員が、今日の作業について話しています。男の人は、今日どんな作業をしなければなりませんか。

女　もう内装もほとんど出来上がりね。でも、この照明、位置がちょっと右すぎない？

男　いや、そこにテーブルが来るんで、ちょうどよくなるよ。

女　そう。それと、床と壁の間に少し隙間が開いてるね。

男　そこは、後から修正しようと思ってるんだけど。

女　今晩お客さん見に来るから、それまでに修正しといてね。

男　うん。

女　あと、そこの壁紙少し汚れてるから、新しいのに変えたほうがいいんじゃない？

男　あれは、壁紙が届いてから、最後にやろうと思ってるんだよ。最後だから、来週かな。

女　そうか。じゃいいんだけど。

男の人は、今日どんな作業をしなければなりませんか。

解析
- 隙間が開いてる（有縫隙）
- それまでに修正しといてね（請在那時候之前先做好修正）
- 男性原本打算之後再調整床鋪和牆壁的距離，因為今晚有客人要來所以女性希望先調整。

6 番—4

病院の受付の人と患者が、次回の予約について話しています。男の人は、何曜日の何時に決めましたか。

男 すみません。虫歯を見てもらっている者ですが。予約の変更をしたいんですが。

女 ええと、お名前は？それと、もともとは何曜日の何時からを予約されてましたか。

男 豊岡です。火曜日の午後4時からを予約していました。急に用事ができたので、水曜日に変更できませんか。

女 水曜日ですか。水曜日でしたら、午後6時からが空いております。でも、他の先生になりますが、よろしいですか。

男 その時間は、村橋先生は、おられないんですか。

女 ええ。あの時間は、今村医師の担当になっております。

男 でしたら、水曜日以降で村橋先生の担当の曜日は、何曜日が空いていますか。

女 木曜日の午前11時と土曜日の午前10時、午前11時が空いております。でも、木曜日は、30分しか空いてないんですよ。豊岡さんの次の治療は、けっこう時間が

かかりそうな内容なので、30分では無理だと思います。ですから…

男 そうですか。午前10時は都合が悪いので、この時間しかないですね。

女 わかりました。

男の人は、何曜日の何時に決めましたか。

解析

● おられないんですか（不在嗎？）
● けっこう時間がかかりそうな内容（可能會相當花時間的治療程序）

難題原因

● 文中提到兩位醫生，有誤導和干擾的效果，要特別注意男性想要約診的醫生是哪一位。
● 看到答案紙上的選項都是時間點，聆聽時就要特別注意時間點的問題。尤其是文中提到的男性和醫生可以互相配合的約診時間。

2

1 番—2

テレビでニュースを放送しています。この新しい制度は、政府にとっては、どのような利点があると言っていますか。

女 政府は、全国民に番号をつける「共通

聴解

番号制度」に関する基本方針を出しました。1月中に、「番号制度創設推進本部」を設置して、春の国会で関係法を制定、来年には利用開始する計画です。

「共通番号」とは、国民一人一人につける番号のことです。政府は、「共通番号」を使い、所得情報、住所や生年月日、性別、年金情報などの管理をしやすくしたい考えです。そして、個人情報、健康保険証などの情報をICカードに入れ、そのカードを国民に渡す計画です。

国民は、このカード1枚あれば、各種の社会保障が受けられ、インターネットで自身の医療記録が確認できるようになります。

米国の社会保障番号など、多くの国にはこのような制度があり、個人のID番号となっています。しかし、わが国では、国の個人に対する統制として、導入は国民にあまり歓迎されていません。

この新しい制度は、政府にとっては、どのような利点があると言っていますか。

解析

● …をしやすくしたい（想要容易做…）

難題原因

● 要知道問題是問「對政府而言，新制度有什麼好處？」不要被文中提到的對國民的好處所誤導。
● 此題的答題線索是「政府は、「共通番号」を使い、所得情報、住所や生年月日、性別、年金情報などの管理をしやすくしたい考えです」。

2 番—4

近所の人同士が、参議院選挙について話しています。男の人は、誰に票を入れますか。

男 今度の参議院選挙、誰に票を入れる？

女 富田候補なんかどうかな。

男 悪くはないんだけどね。

女 山岡候補なんか見識が広そうだけど、どうかな。

男 見識広そうだけど、行動力ないかも。

女 新人の島村候補ともう何年も参議院やってる石田候補、どっちがいいかな。

男 何年もやっている人よりは、革新を求める新人のほうが期待できると思うんだ。何か大きいことやってくれそうじゃん。

女 うん、そうだね。経験豊富だといいというもんじゃないかもね。じゃ、決まりだね。

男の人は、誰に票を入れますか。

解析

- 見識が広そうだけど（看起來好像見識很廣的樣子）
- 経験豊富だといいというもんじゃないかもね（也許並不是經驗豊富就是好的吧）
- 題目問的是男性要投票給誰，男性認為追求革新的新人比較令人期待。

3 番—2

男の人が、病院の受付の人と話しています。男の人は、いつの予約を取りましたか。

男 すみません、虫歯を診てもらいたいんですが。明日は何時が空いていますか。

女 明日ですと、午後3時が空いています。

男 明日の午後4時以降だったら時間があるんですが、もう空いていないんですか。

女 午後3時以降はもういっぱいです。次はあさってになります。

男 あさっては何時が空いていますか。

女 午前9時と11時半、午後2時と3時半が空いています。

男 じゃ、昼前の時間でお願いします。

女 かしこまりました。

男の人は、いつの予約を取りましたか。

解析

- 昼前（接近中午的時候）

4 番—4

テレビで男の人が、サボテンの育て方について話しています。どんなときに、サボテンを植え替えますか。

男 サボテンは、土に含まれている養分で育ちます。観葉植物用の、養分の多い土を選んでください。土はときどき換えてください。肥料は、ほとんど与えなくてもいいです。サボテンの大きさは、鉢の大きさに左右されます。小さいものは使わないほうがいいでしょう。鉢の底の穴は、大きいほうがいいでしょう。

サボテンは、1年中いつでも植え替えができます。鉢が小さすぎるときは、成長が遅くなります。そのようなときは、大きい鉢に植え替えてみましょう。

十分な大きさに育ったら、上の部分だけを切り取って他の鉢に植えると、増やすことができます。上を切り取った後のサボテ

聴解

ンは、1 週間ぐらいティッシュで巻いておいてください。

どんなときに、サボテンを植え替えますか。

解析
- サボテン（仙人掌）
- …に左右されます（被…影響）
- 文中提到花盆太小的話，成長速度就會變慢，所以必須更換花盆。

5 番—2

女の人が、自転車屋の店員と話しています。女の人は、どこを修理してもらいますか。

女 なんか、加速しにくくなったんですが。

男 んー。チェーンと前後のギアが磨り減ってますよ。

女 どれも換えないといけないんですか。

男 前のギアは、磨り減っているけどまだ使えます。

女 じゃ、使えるところはとりあえずいいです。

男 全部一度に換えたほうがいいと思いますが。

女 全部換えれるほどお金持ってないので。

男 わかりました。

女の人は、どこを修理してもらいますか。

解析
- 加速しにくくなった（變得很難加速）
- チェーン（錬條）
- ギア（齒輪）
- 磨り減ってます（磨掉了）
- とりあえずいいです（先這樣就好）

6 番—2

テレビで男の人が、サーフィンについて話しています。男の人は、いつからちゃんとサーフィンができるようになりましたか。

男 私がサーフィンを始めたのは、「かっこよくて女の子にもてそう」と思ったからです。あ、そんなに笑わないでください。だって、ほとんどのスポーツでも同じでしょう？サッカーでも野球でも、かっこいいから始める人が多いでしょう？最初の日は、ボードの上で立つことさえできませんでした。二日目に、初めて立つことができた時の感動を、忘れることができません。でも、それは全然サーフィンではなく、ボードの上に立っているだけでした。波に対して同じ方向に滑っているだけでした。それからまた三日後に、波に対し横や斜めの方向に滑れるようになりま

した。それで初めて、サーフィンらしいサーフィンができるようになりました。そして、二週間目からは、もっと難しいこともできるようになりました。

男の人は、いつからちゃんとサーフィンができるようになりましたか。

解析
- サーフィン（衝浪）
- 女の子にもてそう（可能會受女生歡迎）
- ボード（板子）
- サーフィンらしいサーフィン（像模像樣的衝浪）
- …ができるようになりました（變得可以做到…）
- 文中提到可以站在板子上的三天之後覺得有衝浪的模樣，能站在板子上是第二天，所以加上三天是第五天。)

7番—1

ラジオで栄養士が話しています。朝ごはんは、どのように食べるのがいいと言っていますか。

女 朝ごはんを食べる習慣がある人は、スリムな人が多いです。朝おなかがすく人は、食生活が規則的な場合が多いです。夜食を食べる人や夕食を食べ過ぎる人は、朝に快適な空腹感が得られません。また、朝ごはんを抜くと、過度の空腹感を感じて、昼ごはんを食べ過ぎてしまうこと

があります。また、人間の体は、空腹の時間が長ければ長いほど、その次に食べた食事を脂肪に変えて蓄えておこうとします。その脂肪が、体の贅肉になります。朝ごはんを抜いた後の昼ごはんは、脂肪になりやすいのです。

朝ごはんで、しっかりエネルギーを摂りましょう。その反対に、晩ごはんはエネルギーを抑えるようにしましょう。朝は食べても脂肪になりにくいですが、夜はあまったエネルギーはどんどん脂肪になってしまいます。

朝ごはんは、どのように食べるのがいいと言っていますか。

解析
- スリム（苗條）
- 朝ごはんを抜くと…（不吃早餐的話…）
- 脂肪になりやすい（容易變成脂肪）
- エネルギーを抑えるようにしましょう（盡量控制熱量吧）
- 脂肪になりにくい（不容易變成脂肪）

聴解

3

1 番——4

テレビで 男 の人が、大阪の文化について 話しています。

男 大阪は、昔 から天下の台所と言われてきました。台所とは、料理を作るところのことです。日本中からおいしい物が集まってくるところなので、そうよばれていました。大阪は、食い倒れの街と呼ばれています。大阪人にとって、食べることは最優先の事柄なんです。

カウンターを挟んで料理人と客が会話をしながら料理を作る、カウンター形式の日本料理店も、大阪で生まれたものです。大阪には、日本のほかの地方にはない食文化があるんです。

大阪の文化には、どんな特色がありますか。

1 大阪人は、倒れるまで食べるのが好きだ。

2 食べ物の工場が集まっているので、天下の台所と呼ばれる。

3 大阪では、どんな料理でも安く食べられ

る。

4 大阪には独特の 食 文化があり、大阪人は 食 を大事にする。

（解析）

● 食い倒れ（講究飲食，在飲食上花很多錢）

【難題原因】

● 聽解全文以大阪的飲食文化為出發點做論述，要注意每一句話的關聯性，才能在最後聽到題目時選出正確選項。

● 選項都和大阪飲食有關，但並非每一點都是文章提到的，或是與文中解讀的意思一樣，所以要理解全文才能判斷出正確答案。

● 選項 4 最吻合此篇文章的重點。

2 番——3

男 の人が、郵便局の人と話しています。

男 これとこれを、鹿児島まで送りたいんですが、普通郵便でいくらですか。

女 こちらが３００円、こちらが３５０円になります。でも、それでしたら、詰め放題パックというものがありまして、５００円で、この箱に詰めれるだけ詰めれます。これでしたら、この２つとも、この中に入りますよ。

男 詰め放題パックでしたら、鹿児島まで何

日かかりますか。

女 ４日かかります。

男 そんなにかかるんですか。それでしたら、普通郵便では何日かかりますか。

女 普通郵便でしたら、３日で着きます。

男 でしたら、少し高くなりますが、普通郵便でいいです。

女 わかりました。

郵便局の人の話の内容として正しいものはどれですか。

1 詰め放題パックのほうが速い。

2 普通郵便の２つをあわせても、詰め放題パックよりも安い。

3 普通郵便のほうが速い。

4 詰め放題パックのほうが高い。

解析

● 詰め放題（裝到滿）

難題原因

● 針對男性想要寄送的兩件包裹，郵局員工除了分別説明價格，又提出另外一種選擇。這種題目很容易讓人混淆。一定要仔細記錄每一個細節，才能在答題時比較判斷。另外也可利用刪去法找出正解。

● 選項 1 錯誤：裝到滿的包裹要四天送達，普通包裹只要三天，普通包裹比較快。

● 選項 2 錯誤：普通包裹兩個東西加起來是 650 日圓，比裝到滿包裹貴。

● 選項 4 錯誤：裝到滿包裹只要 500 日圓，比普通包裹便宜。

3 番—2

ラジオで男の人が、ホルモン焼きの由来について話しています。

男 ホルモン焼きとは、牛や豚の内臓を焼いたもののことです。日本人は、もともと豚や牛の内臓を食べる習慣はなく、捨てていました。大阪弁では、「放る」という言葉は捨てるという意味で、「もん」とは物という意味です。「放るもん」とは、捨てるものという意味で、「放るもん」がホルモンになったらしいです。今では、日本中でホルモン焼きを食べるようになりました。

なぜ内臓のことを、ホルモンといいますか。

1 大阪弁で、ホルモンとは内臓という意味だから。

2 大阪弁で、「放るもん」とは捨てるものという意味だから。

3 内臓にはホルモンがたくさんあるから。

4 ホルモンという言葉は言いやすいから。

解析

● ホルモン焼き（烤内臟）

● 放る（丟掉）

聴解

4 番—4

お客と店員が話しています。

男　焼肉ランチって、どんなものがセットになってるんですか。

女　焼肉ランチは、昼食用に焼肉とスープとライスを簡単なセットにしたものです。

男　このラーメンカレーセットって何ですか。

女　ラーメンだけではおなかがいっぱいにならない方のために、ラーメンとミニカレーがセットになったものです。

男　ミニカレーっていうのは、小さいんですか。

女　普通のサイズの半分になっています。

男　それから、焼肉セットというのもありますよね。これは何ですか。

女　焼肉ランチのボリュームをアップさせたもので、焼肉を増量して、更にサラダとコーヒーを付けたものです。

男　じゃ、焼肉ランチをください。

女　そのメニューでしたら、ただいまキャンペーン中で、アイスクリームを半額で付けることができますが、どうしましょうか。

男　いいです。

女　かしこまりました。

店員の説明に合うのはどれですか。

1　ラーメンカレーセットのカレーは、普通のより大きい。

2　焼肉ランチのほうが、焼肉セットよりも焼肉の量が多い。

3　ラーメンにカレーを半額で付けることができる。

4　焼肉ランチにアイスクリームを半額で付けることができる。

解析

● ボリューム（份量）
● ただいまキャンペーン中（現在正在做活動）

5 番—1

ラジオで医者が話しています。

女　運動は体にいいものだと思われています。それは、確かに本当なんですが、やり方を間違えるとそうではないんです。運動をすると、血行がよくなり、体の代謝もよくなります。健康にはプラスになります。しかし、毎日きつい運動を長時間続けると、活性酸素が発生します。そうなると、体は老化してしまいます。

この医者は、どんな運動の方法がいいと言っていますか。

1 度を過ぎないようにする。

2 活性酸素が発生するようにする。

3 楽な運動でも毎日はしないようにする。

4 運動はすればするほどいい。

解析

● 血行がよくなり（血液循環變好）

● 健康にプラスになります（對健康有加分效果）

● 度を過ぎないようにする（盡量不要過度）

6番—3

テレビで、アナウンサーが話しています。

女 以前は、水道の水は危険だと言われていました。しかし、最近の研究によると、水道の水は、そんなに体に悪いものではないということがわかってきました。それで、お金を使ってペットボトル入りの水を買うのが馬鹿らしいという考えの人が増えています。また、ペットボトル入りの水の環境に与える影響についても、いわれ始めました。水道水はいいものでペットボトル入りの水は悪いものだと言われるようになっているんです。水道水が見直され始めているんです。

最近の状況として正しいものはどれですか。

1 ペットボトル入りの水は、体にいい。

2 ペットボトル入りの水は、とても高い。

3 ペットボトル入りの水は、水道水よりもよくない。

4 水道水は、体に悪い。

解析

● アナウンサー（主持人、播報員）

● ペットボトル（寶特瓶）

● 馬鹿らしい（愚蠢的）

● 見直され始めているんです（開始被重新評價）

4

1番—2

男 これ、塩が入ってないけど、どうなってるんですか。

女 1 どういたしまして。おいしいですよね。

2 すみません。塩入れるの忘れてました。

3 いえいえ。こうなっているんですよ。

中譯

男 這裡面沒放鹽，怎麼會有這樣的事情？

女 1 不客氣。很好吃對吧？

2 對不起，我忘了放鹽。

3 哪裡哪裡，就是這樣啊。

聴解

難題原因

● 「どうなってるんですか」的意思是「怎麼會有這樣的事情」，帶有「責備對方」的語氣。

2 番—2

女 じゃ、今日は初日ということで。このぐらいで。

男 1 初日なので、どうかしましたか。
　　2 もう終わりなんですか。
　　3 そうですね。初日ですね。

中譯

女 那麼，因為今天是第一天，這樣就差不多了。
男 1 是第一天，發生什麼事了嗎？
　　2 已經要結束了嗎？
　　3 是啊。是第一天耶。

解析

● …ということで（因為…）

3 番—1

女 泥棒逃げて行ったわよ！何やってるのよ！

男 1 うん、すぐ追いかけるよ。
　　2 盗んでるんだよ。
　　3 泥棒だ。何やってるんだろう。

中譯

女 小偷跑了喔，你在幹嘛啊！

男 1 嗯，我馬上就去追。
　　2 他正在偷東西喔。
　　3 有小偷。他在幹什麼啊？

難題原因

● 「何やってるのよ」並不是詢問對方正在做什麼的意思，而是質問對方「你在幹嘛啊？怎麼還不去追？」的意思。

4 番—3

男 ともちゃん、傘どうしたの。

女 1 貸してあげるよ。
　　2 まだまだ使えるよ。
　　3 電車の中に忘れてきちゃった。

中譯

男 友子，妳的傘怎麼了？
女 1 我借你吧。
　　2 還可以用啊。
　　3 忘在電車上了。

解析

● 「どうしたの」的用法很廣泛，在此是詢問對方雨傘怎麼了？

5 番—2

女 おかしいな。山田くん、間違えて駅の前で待ってるのかな。ちょっとここに座っててね。

男 1 うん。座ってもいいよ。
　 2 うん。ここに座って待ってるね。
　 3 座ると山田君がすぐ来るよ。

中譯

女 真是奇怪了。山田會不會搞錯了，在車站前等我
　 們呢？我們先在這邊坐一下吧。
男 1 嗯，可以坐喔。
　 2 嗯，我們坐在這裡等吧。
　 3 一坐下山田就會馬上來喔！

6 番—1

男 急用ができちゃって…

女 1 そうか。じゃまた今度ね。
　 2 急いでね。
　 3 じゃ、私はここで待ってるから。

中譯

男 我有急事…
女 1 是嗎？那麼下次再説吧。
　 2 要快一點呢。
　 3 那麼，我會在這裡等你。

解析

● 急用（急事）

7 番—1

女 ここに置いといてって言ったのに…

男 1 忘れちゃって…

　 2 言ったよ。
　 3 言ったじゃない。

中譯

女 我明明就説了要放好在這裡的…
男 1 我忘了…
　 2 我説了喔。
　 3 我説了嗎？

難題原因

● 「…って言ったのに」的意思是「我明明説了…」，
帶有質問對方「為什麼我説了，你卻不做…」的意
思。

8 番—3

男 来週は入試だって言うのに、ゲームして
　 る暇なんてあるの？

女 1 暇ならあるけど。どうしたの。
　 2 遠慮しないで。一緒にゲームしよう。
　 3 いいじゃない。ちょっとぐらい。

中譯

男 都説下星期要入學考試了，怎麼還有打電玩的時
　 間？
女 1 空暇的話，我有啊。怎麼了嗎？
　 2 別客氣，一起玩電玩吧。
　 3 有什麼關係。只打一下下而已。

解析

● ちょっとぐらい（一下下而已）

聴解

9 番—3

男 おいおい。そんな言い方はないだろう。

女 1 あったと思うけど。

　 2 あるよ。よく使うよ。

　 3 きつかったかな。

中譯

男 喂喂，應該沒有那麼過分的説法吧。

女 1 我覺得有。

　 2 有喔，很常使用喔。

　 3 太嚴厲了嗎？

10 番—3

女 どういうことなのよ！話と違うじゃない！

男 1 それは話ですから。

　 2 ああいうことなんだ。

　 3 騙すつもりはなかったんだ。

中譯

女 這是怎麼回事！不是跟説好的不一樣嗎？

男 1 因為那是一個故事。

　 2 就是這麼回事。

　 3 我不是故意騙人的。

解析

● 動詞辭書形＋つもりはない（不打算做…）

11 番—2

男 もう遅いから…

女 1 遅くなっちゃった。早くしないとね。

　 2 じゃ、明日にするね。

　 3 もう遅いから、どうしようかな。

中譯

男 時間已經很晚了…

女 1 遲到了，不快點不行。

　 2 那就明天做吧。

　 3 已經很晚了，怎麼辦好呢？

12 番—1

女 ねえ、念のためにもう一度確認しといてくれる。

男 1 わかった。いつまでにやっとけばいいかな。

　 2 念さんが自分でやればいいのに。

　 3 それで、確認してからどこに置けって？

中譯

女 喂，為了小心起見，再幫我確認一次。

男 1 我知道了。什麼時候完成比較好呢？

　 2 念先生為什麼不自己做？

　 3 所以，你説確認之後要我放哪裡？

解析

● 念のために（小心起見）

13 番—3

女　今度から、このボタンを押す前に、このふたを閉めるようにね。

男　1　そのためじゃないよ。
　　2　どうかな。わからない。
　　3　わかった。気をつける。

[中譯]

女　下次在按這個按鈕之前，要先把這個蓋子蓋上喔。
男　1　不是為了那個啦。
　　2　怎麼說呢？我不知道。
　　3　我知道了。我會注意。

[難題原因]

● 「動詞辭書形＋ように」的意思是「請對方要記得做…」，當對方不遵守某件很重要的事情時，提醒對方要注意。

5

【1 番、2 番】

1 番—4

先生が、二人の学生に、なぜけんかをしてい

るのか聞いています。

女　あんたたち、何けんかしてるの。

男1　いや、その…

女　いや、そのじゃないよ。学校はけんかするところじゃないのよ。勉強してほしいの。休憩時間終わるから、放課後もここに来て話そう。

男1　こいつが、俺の自転車乗って帰ろうとしたんだ。

女　本当？そんなことしたの？

男2　ちょっと邪魔だったから、動かそうとしただけだよ。

男1　動かそうとするのに、何で乗った？

男2　変わった自転車だから、ちょっと乗ってみたいなって気になって。でも、盗る気なんて全くなかったんだ。

女　そうか。

二人は、何でけんかをしましたか。

1　とても変わった自転車だから。
2　人の自転車が邪魔だから。
3　相手が自分の自転車に乗って帰ってしまったから。
4　相手が自分の自転車に乗っていたから。

聴解

解析

- 動かそうとしただけだよ（只是打算移動而已啦）
- 変わった自転車（特殊的腳踏車）
- 盗る気なんて全くなかったんだ（完全沒有想要偷竊的打算）

2番—1

団地の住人三人が話しています。

男1 犯人、まだこのあたりをうろうろしてるのかな。

女 まあ、怖いわねえ。これじゃ、子供が塾に行くこともできないわ。

男1 うちの息子が、犯人らしい男見たんだって。気味の悪い男が、木の陰から様子を見てたんだって。黒い服でサングラスをかけて、マスクをして帽子をかぶって。

女 まあ、怪しいわね。顔を隠してるわけね。

男2 今ニュースでやってるよ。犯人捕まったんだって。

女 犯人が捕まったとこは、この辺じゃないわね。隣の県じゃない。それに、犯人は白いTシャツと白いズボンで、さわやか青年見たいな格好してるわ。サングラスもかけてないし。

男1 もうそんな遠くまで行ってたんだ。じゃ、

息子が見たのは、ただの怪しい格好した人だね。

犯人は、どんな格好をしていましたか。

1 さわやか青年のような格好をしていた。
2 下から上まで黒い服を着ていた。
3 サングラスをかけて白いTシャツを着ていた。
4 マスクと帽子で顔を隠していた。

解析

- 団地（集合住宅）
- うろうろしてる（正在徘徊中）
- 気味の悪い（可怕的）
- サングラス（太陽眼鏡）
- 顔を隠してるわけね（就是遮住臉對吧）
- …格好してる（做…的裝扮）

【3番】

3番—1、4

テレビショッピングの番組で、いろいろなタイプの冷蔵庫を紹介しています。

女1 子供が食べ盛りの方や、来客が多い方、家族の年齢層が広い方には、この大きめの冷蔵庫がお勧めです。商品番号は、

1番です。夫婦二人や一人暮らしで、うちで料理はあまりされない方の場合、この小型の冷蔵庫がお勧めです。冷蔵庫の一部だけを使用することもでき、省エネ性能も優れています。こちらの商品番号は、2番です。家族の食事時間がばらばらの方や、ホームパーティーがお好きな方には、この高湿度冷蔵庫がお勧めです。中の湿度が高いので、残った料理をラップをせずにそのまま入れることができます。こちらの商品番号は、3番になります。ケーキなどの大きいものを冷やす方には、この棚が自由に動かせる冷蔵庫がお勧めです。棚を自由に動かせるので、大きいものでも入ります。こちらの商品番号は4番です。

女2 うちも、おじいちゃんは麦茶、娘は牛乳、お父さんはビール、息子はコーラで、いろんな飲み物がいるのよ。

男 仁美のうち、いまどき珍しい大家族だもんなあ。あの冷蔵庫があれば、便利かもね。

女2 それぞれ好みが違うから、いろんな食べ物があるのよ。

男 うちは両親も妹も俺も、デザートやフ

ルーツが好きなんだ。でも、大きすぎて冷蔵庫に入れにくくてね。

女2 さっきテレビショッピングで紹介してた冷蔵庫、いいんじゃない？

質問1 女の人の家庭には、商品番号何番の冷蔵庫がぴったりですか。

質問2 男の人の家庭には、商品番号何番の冷蔵庫がぴったりですか。

解析

- 食べ盛り（胃口好）
- 省エネ性能（省電功能）
- 食事時間がばらばら（吃飯時間不統一）
- ラップ（保鮮膜）
- いまどき（現在這個時候）

難題原因

- 對話中的女性提到家人有各自的飲料，以及個人喜好不同，有很多種食物，顯示出「家人年齡層很廣」，所以適合使用1號冰箱。
- 對話中的男性提到自己家人喜歡甜點和水果，但是如果體積太大會很難放進冰箱，所以適合使用「要冷藏大蛋糕，隔層架可以自由移動的」4號冰箱。

言語知識（文字・語彙・文法）• 読解

1

① 2 圧倒——あっとう

② 3 善し悪し——よしあし

③ 1 穏やか——おだやか

④ 3 歪む——ゆがむ

⑤ 1 摘んで——つまんで

⑥ 1 羨ましく——うらやましく

> **難題原因**
>
> ②：
> - 可能很多人不知道「善し」如何發音。
> - 「悪し」可能誤念成「わるし」。
>
> ③：可能和「緩やか」混淆，誤念成「ゆるやか」。

2

⑦ 3　1 訂貨
　　　2 參觀
　　　3 交貨
　　　4 理解

⑧ 2　1 帶餡的日本點心
　　　2 傲慢
　　　3 不徹底
　　　4 一知半解

⑨ 2　1 被包圍
　　　2 被迷住
　　　3 被逃走
　　　4 被嘲笑

⑩ 3　1 （無此字）
　　　2 按摩肌肉讓它變鬆軟
　　　3 説明
　　　4 解放

⑪ 2　1 按摩肌肉讓它變鬆軟
　　　2 遮掩
　　　3 將聲音蓋過去
　　　4 取消

⑫ 4　1 英雄豪傑
　　　2 完美
　　　3 絕妙
　　　4 英明的決斷

⑬ 3　1 改過自新
　　　2 自大傲慢
　　　3 滿意
　　　4 小心

> **難題原因**
>
> ⑪：選項 2、3、4 非常相像，都是「～消した」結尾，具有「消除、消失」的意思，容易混淆。
>
> ⑫：如果依賴漢字來猜測意思，容易誤答。

3

⑭ 4 悩ましい —— **妖豔的、性感的**
　　　1 有煩惱
　　　2 讓人困擾
　　　3 很多問題的
　　　4 性感的

⑮ 3 情けない —— **沒志氣的**
　　　1 無情的
　　　2 感情用事的
　　　3 沒志氣的
　　　4 可憐的

⑯ 1 とりあえず —— **首先**
　　　1 首先一開始
　　　2 無論如何也要…
　　　3 一定
　　　4 總覺得

⑰ 1 **馴れ馴れしい ── 過分親暱**
1 沒有節制地做出親密的態度
2 非常親切友好的
3 老朋友
4 覺得好像很親近

⑱ 2 **うんちくを垂れる ──
誇耀知識**
1 發牢騷
2 炫耀知識
3 批評
4 研究

⑲ 4 **すがすがしい ── 神清氣爽的**
1 不甘心的
2 悲傷的
3 想哭的
4 爽快

> **難題原因**
>
> ⑭：
> ● 「悩ましい」（なやましい）有兩種意思：惱人的、妖豔的。
> ● 因為是形容「プロポーション」，所以是「性感的」的意思。
>
> ⑰：要知道「馴れ馴れしい」（なれなれしい）並不是「很親切」的意思。

4

⑳ 1 **愛想 ── 和別人接觸時的態度**
她很和藹可親。

㉑ 4 **介抱 ── 照顧**
照顧傷者後，呼叫救護車前來。

㉒ 3 **勘弁 ── 原諒**
他已經道歉了，所以原諒他了。

㉓ 1 **気兼ね ── 拘泥**

大家都熟識，所以不用拘泥。

㉔ 4 **かさばる ── 佔體積**
這個盒子無法豎立，在包包裡很佔體積。

㉕ 3 **物足りない ── 不過癮的**
都特地跑來了，參觀的地方卻那麼少，真是一趟讓人覺得不過癮的旅行。

> **難題原因**
>
> ⑳：依賴漢字判斷，無法知道「愛想」（あいそ）的真正意思。
>
> ㉑：「介抱」（かいほう）是較難的漢字詞彙。
>
> ㉕：屬於高級日語的字彙。如果依賴「物」和「足りない」來解讀，容易誤解正確的意思。

5

㉖ 1 **如果覺得心情低落，不妨散個步，解解悶吧！**
1 …でも：…之類的（表示舉例的用法）
2 …だが：雖然…但是…
3 …すら：連…都
4 …まで：甚至到…地步（多用於形容某種極端狀況，後面接續肯定用法）

㉗ 1 **如果販賣同樣成分同樣包裝，價格卻不相同的化粧品，我想通常買比較便宜的種類的人理當比較多吧。**
1 理当…、不用説…
2 既然説了，就要…
3 要説的話，也可以説…
4 要説的話，也可以説…

言語知識（文字・語彙・文法）• 読解

㉘ 2 我們往往認為，經過思考之後得到的結論會比衝動做決定的結果要好。
1 …と思うことだ：應該要認為是…
2 …と思われがちだ：往往認為…
3 …と思いついた：（無此用法）
4 …と思えない：不認為是…

㉙ 1 雖然一度放棄了，但是第二天重新振作精神，不經意地嚐試之後，總算能解決了。
1 どうにか：總算
2 どうでも：怎樣都…
3 どうだか：會如何呢
4 どうにも：無論如何也無法…

㉚ 3 事實上，買賣是靠一種直覺。幾經思索，根據數據推出的商品未必就能熱賣。
1 …に決まっている：一定…
2 …のが当たり前だ：…是理所當然的
3 …とは限らない：未必…
4 …かもしれないのだ：也許…

㉛ 4 即使獲得學校大力推薦，面試時如果表現太差，還是會被刷下來。
1 …だけで：只是…
2 …くせに：明明…卻…
3 …からには：既然…就要…
4 …からと言って：即使…也…

㉜ 4 這個人偶好像真的活著一樣，看起來好像馬上就要動起來了。
1 看起來現在想要動
2 到現在這種時候才要動
3 事到如今才要開始動作
4 好像馬上就要動起來

㉝ 1 關於慶功宴的事情，因為聽說她今天很忙，就改到明天。
1 …とのことなので：因為聽說是…
2 …ひとなので：（無此用法）
3 …ものなので：因為是…情況
4 …わけなので：因為…的理由

㉞ 3 每天都做觀測，可是天氣預報的準確率卻無法提升。天氣預報不像我們想像的那麼順利。
1 如果這麼想的話
2 意外的、預料不到的
3 思った通りには行かない：不是按照所想的那麼順利
4 如果是與事實不同的猜想

㉟ 2 到國外旅行時，沒想到會遇到國中同學。事情太過偶然，嚇了我一大跳。
1 按照所想的
2 意外的、預料不到的
3 因為是與事實不同的猜想
4 盡情地

難題原因

㉙：正確選項「どうにか」的意思較抽象，不容易掌握正確用法。

㉝：「…とのこと」是商業日語等正式場合的固定説法，不知道這種固定説法，就可能答錯。

6 ㊱ 3 彼女は ３我が ★１強いので ４会社の ２中で 孤立している。

因為她過於堅持自我的主張，所以在公司毫無依靠。

[解析]
- 我が強い（過於堅持自我的主張）
- 名詞＋の＋中で（在…之中）

㊲ 1 風邪による　2 欠席者が　4 十人を　1 超えたために★　3 私たちのクラス　は学級閉鎖になりました。

因為感冒，缺席者超過十個人，我們班停課了。

[解析]
- 名詞A＋による＋名詞B（因為名詞A造成的名詞B）
- 数量詞＋を＋超えた（超過了…數量）

㊳ 3 経営に　1 赤字が　4 出たので★　3 善後策を　2 考えないと　倒産する。

經營出現赤字，不想出善後對策的話，就會破產。

[解析]
- 赤字が出た（出現赤字）
- 動詞ない形＋と＋…（不做…就會…）

㊴ 3 知り合いに　3 つてがあるので★　2 頼んで　4 仕事を　1 斡旋して　もらった。

因為朋友有門路，所以拜託他請他幫我斡旋工作的事宜。

[解析]
- つてがある（有門路）
- 動詞て形＋もらう（請別人幫我做…）

㊵ 4 いかにも　4 ありそうな★　3 話だが　2 創作であり　1 真実ではない。

看似真實的故事卻是創作，並非是事實。

[解析]
- いかにもありそうな＋名詞（看起來好像是真的…）
- 真実ではない（不是事實）

難題原因

㊲：
- 做重組題時，可以從確定的答案開始著手。
- 此題可以先確定「…は学級閉鎖になりました」（…停課了）是什麼事物停課了。就會發現「…は学級閉鎖になりました」前面要填的是「私たちのクラス」。
- 接著，再確定「風邪による」的後面應該是什麼。
- 如果題目是「風邪により…」，後面任何接續都有可能。但如果是「風邪による」，後面一定要接續名詞。所以可以確定第一個空格是「欠席者が」。

㊵：要知道「いかにもありそうな＋名詞…」（看起來好像是真的…）這個關鍵點，才能組合其他部分。

7 ㊶ 2
1 しばらく：暫時
2 おそらく：大概
3 ながらく：長久
4 もれなく：百分百

言語知識（文字・語彙・文法）• 読解

㊷ 1　1　嫌がる：討厭
　　　2　群がる：聚集
　　　3　痛がる：覺得疼痛
　　　4　欲しがる：想要

㊸ 3　1　傳播病菌 / 沒有病菌
　　　2　人不會住 / 活得下去
　　　3　骯髒的 / 不會生病
　　　4　沒有生病 /（無此用法）

㊹ 4　1　毫無理由 / 不討厭的
　　　2　老實說 / 討厭的
　　　3　相反地 / 使人討厭
　　　4　按理說 / 被討厭

㊺ 4　1　かぶって：淋下來
　　　2　負って：負擔
　　　3　作って：製作
　　　4　迷惑をかけて：造成麻煩

8

(1)
㊻ 3　**結婚的友人。**
　　　題目中譯 這封信是針對誰寫的？

(2)
㊼ 3　**如果能將人生想成是獨自一人的旅行，就能享受一切。**
　　　題目中譯 作者對於人生有什麼樣的看法？

(3)
㊽ 4　**覺得做起來很愉快。**
　　　題目中譯 工匠對於實地表演製作過程有什麼樣的看法？

難題原因

㊽：可能會被文中的「気が散ってイヤ」誤導而錯答，但重點是「多くの人に見てもらい…のもうれしい」這個部分。

9

(1)
㊾ 3　**因為販賣的東西不是衣服，而是沒有實體的想像。**
　　　題目中譯 作者説①時尚業界肯定是虛業，原因是什麼？

㊿ 3　**靠著沒有辦法累積的事物成立。**
　　　題目中譯 所謂的時尚模特兒仰賴沒有實體的東西，是什麼意思？

51 3　**要認清販賣夢幻這件事情，才能有發展未來的路。**
　　　題目中譯 將時尚業界視為虛業一事，作者對此有什麼看法？

(2)
52 3　**在西式餐廳用餐時。**
　　　題目中譯 作者是在什麼狀況下聽到怒吼聲？

53 3　**漢堡排定食。**
　　　題目中譯 作者所吃的料理是哪一個？

54 1　**因為做服務業要考慮對方的心情。**
　　　題目中譯 作者為什麼覺得老闆欠教訓？

(3)
55 2　**演員。**
　　　題目中譯 以下何者是這個患者的專業技能？

56 3　**因為病情嚴重出現幻覺。**
　　　題目中譯 這個患者的症狀是什麼？

57 4　**因為深信可以治好，所以病情就逐漸好轉。**
　　　題目中譯 存活率只有２０％卻得救的原因是什麼？

難題原因

(49)：

- 要能明確掌握作者想要表達的重點。
- 尤其是文中一開始即提到的「実業」和「虚業」，這兩個詞彙和文章最重要的主張有關，要區分清楚。

(54)：

- 要能看出文章開頭是描述作者的親身經驗，後面才提出作者的感想。
- 此題的答題線索在於「職人としては～のではないか。」這個部分。

(56)：

- 要能判斷「天井にスパゲテ～落ちるんです。」這個部分到底是真實體驗還是幻覺。
- 判斷的線索在於「医者「それを聞いたとき～と思いました。」要能理解這一段的含意。

10 (58) 4 **因為其他的教科成績很差。**

題目中譯 作者的音樂或美術科目得到1或2的原因是什麼？

(59) 3 **因為覺得不會唸書的孩子就算體育很好也沒用。**

題目中譯 老師為什麼投以①輕蔑的眼光？

(60) 4 **因為害怕會唸書的孩子產生反彈。**

題目中譯 老師為什麼要②胡亂稱讚？

(61) 2 **很多老師都是以偏見來打分數的。**

題目中譯 作者想說的事情是什麼？

難題原因

(58)：

- 文章長，難以從文章中直接找到可以判斷正確答案的內容。
- 要能理解兩個部分：「「逆だ。数学や～くなる。」と。」、「大体、すべての～えない。」と。」。

11 (62) 1 **幽靈之類的事物是不存在的。**

題目中譯 A的結論是什麼？

(63) 2 **光用一般常識就否定幽靈是言之過早的。**

題目中譯 B的論點是什麼？

12 (64) 4 **金錢是不符合時代潮流的東西。**

題目中譯 作者對金錢有什麼看法？

(65) 2 **就算有錢，孩子對社會也沒有貢獻。**

題目中譯 所謂的①那一點是指什麼事？

(66) 1 **因為就算對社會沒有貢獻，只要有錢，就可以過奢侈的生活。**

題目中譯 作者認為為什麼會發生②那種犯罪？

(67) 3 **和對社會的貢獻度不成比例。**

題目中譯 作者認為金錢的最大問題在哪裡？

言語知識（文字・語彙・文法）● 読解

> **難題原因**
>
> ⑥⑤：
> - 很難從文章中直接找到答題相關的線索。
> - 要能理解「例えば、金持ち～なってしまう。」這個部分。
>
> ⑥⑥：
> - 很難從文章中直接找到可以判斷正確答案的內容，必須透過閱讀後的理解力來作答。
> - 要能理解「金というものは～できてしまう。」這個部分。從這個部分可以判斷出這些人「對社會的貢獻度是不成比例的」。

13

⑥⑧ **4 只有能自付採訪費用的人才可以應徵。**

> **題目中譯** 關於這個案件的條件，以下何者錯誤？

⑥⑨ **2 有經驗，可以負責採訪的人。**

> **題目中譯** 推出這則廣告的公司想要的是哪一種人材？

> **難題原因**
>
> ⑥⑨：
> - 難以從文章中直接找到可以判斷正確答案的內容。
> - 必須借助「刪去法」（先刪除錯誤選項）作答，選項 1、3、4 都和廣告公司提出的要求無關。
> - 「実績」（實際成績）和「経験」的意思類似。

聴解

1

1 番—3

医者と患者が話しています。患者はまず何を
しなければなりませんか。

女 これは、今年はやっている悪いインフルエ
　ンザかもしれませんね。まずは、熱が下が
　るまではうちで休んでください。

男 熱が下がったら、すぐ会社に行ってもいい
　ですか。

女 いいですけど、たびたびトイレに行くこと
　になるかもしれませんね。トイレは我慢し
　ないですぐに行きましょう。我慢すると、
　おなかが猛烈に痛くなりますよ。

男 風邪薬は、何日ぐらい飲まないといけま
　せんか。

女 この病気には、薬はあまり効きません。
　薬に頼ると逆に体が弱ってしまいます
　よ。

男 食事してもいいですか。

女 食べれるのならしてもいいですが、脂っこ
　いものはやめたほうがいいですよ。では、
　3日後にまた来てくださいね。

男 はい。

患者はまず何をしなければなりませんか。

解析
- インフルエンザ（流行性感冒）
- 熱が下がるまで（直到退燒前）
- 薬に頼ると…（依賴藥物的話…）
- 脂っこいもの（油膩的食物）

2 番—3

医者と患者が話しています。患者は、どの運
動ならしてもいいですか。

女 膝に負担がかかる運動はしてはいけません。

男 膝に負担がかかる運動とは、どんな運動
　ですか。

女 走り回ったり跳んだりする運動です。

男 ボウリングはどうですかね。

女 あれも走るのでだめです。

男 ダンスとかはどうですか。

女 激しいダンスはだめですが、社交ダンスぐ
　らいだったら大丈夫です。

男 ゴルフとかは、走ったりしなければやって
　もいいですよ。

患者は、どの運動ならしてもいいですか。

聴解

解析

- 負担がかかる（造成負擔）
- 走り回ったり跳んだりする（又跑又跳）
- 社交ダンスぐらい（社交舞這種輕微程度的）

3番—1

二人の学生が、モルディア共和国への旅行について話しています。女の人は、どんな格好をしてモルディア共和国に行けばいいですか。

女　佐々木さんは、モルディア共和国に行ったことがあるんだそうですね。ちょっと質問があるんですが。

男　ええ、ありますよ。何でも聞いてください。

女　どんな服を着ていったらいいでしょうか。

男　あの国は紫外線が強いので、半袖は避けたほうがいいですよ。

女　バッグはどんなのを持っていくといいですか。

男　バックをたくさん持つと、ひったくられる危険があります。大きなバッグは目立ちすぎます。

女　日差しはけっこう強いですか。

男　とても強いので、サングラスがないとまずいですね。あ、それから、舗装されていない道も多いので、ハイヒールとかは避けたほうがいいですよ。

女の人は、どんな格好をしてモルディア共和国に行けばいいですか。

解析

- 半袖は避けたほうがいいですよ（不要穿短袖比較好喔）
- ひったくられる（被搶走）
- 目立ちすぎます（太引人注目）
- サングラスがないとまずいです（沒有太陽眼鏡的話就糟了）
- 舗装されていない道（沒有鋪設柏油的道路）

4番—1

女の人とバイク屋の店員が、バイクの修理の話をしています。これからどのような修理をしますか。

女　このバイク、5年乗ってなかったんで、故障してるところは全部修理してもらえますか。

男　まず、フロントフォークがオイル漏れしてますね。これはオーバーホールが必要ですよ。

女　オーバーホールって何ですか。

男　新しいのに取り替えるということです。

女　オイルを入れるだけじゃだめですかね。

男　こうなっていたら、オイルを入れても無駄

でしょうね。それから、キャブレターの掃
除をしないといけないでしょうね。長く乗
ってないので。

女 タイヤはどうですか。

男 まだいけると思いますよ。ちょっとひび割
れてますけど。

女 ブレーキシューは、まだ使えますか。

男 微妙なところですけど、もう少し傷んでか
らでもいいと思います。あと、エンジンオ
イルを交換しないといけませんよ。

これからどのような修理をしますか。

解析

● フロントフォーク（避震前叉）
● オイル漏れしてます（漏油）
● オーバーホール（全面換新）
● キャブレター（化油器）
● ひび割れてます（出現裂縫）
● ブレーキシュー（剎車皮）
● エンジンオイル（機油）

難題原因

● 文中會聽到許多機車零件用語，會讓人誤以為與答題
直接相關，反而分散注意力，忽略了其他重要內容。
● 雖然不需要聽懂所有機車零件用語，但此題的關鍵是
「オーバーホール」，一定要掌握。

5 番―3

設計士と女の人が、お店のプランニングにつ
いて話しています。女の人は、どうすること
に決めましたか。

女 ここが調理場になるんですよ。調理場は
壁で囲もうと思ってるんですよ。

男 壁で囲むよりも、周りにカウンターを設け
たらいいと思いますよ。お客さんと顔を
つき合わせて料理を作るのがはやりです
から。

女 それもよさそうですが、ちょっと恥ずかし
い気もします。

男 そうですか…

女 それから、ここは座敷にしようと思ってる
んですよ。

男 あ、でもこの店に来るのはほとんど外国人
ですよね。座敷はちょっと…

女 ちょっと何ですか。

男 足が痛いかもしれません。

女 でしたら、普通のテーブルの席がいいんで
すか。

男 まあ、座敷にしてもいいんですが、掘り込
み式にしたほうがいいと思いますよ。

女 それはいいアイデアですね。

聴解

女の人は、どうすることに決めましたか。

解析
- カウンター（吧檯）
- 顔をつき合わせて（面對面）
- 座敷（鋪設榻榻米的設計）
- 掘り込み式（桌下挖洞，腳可以伸進去的形式）

6 番—4

男の人と旅行会社の女の人が、旅行会社のカウンターで話しています。男の人は、どのチケットにしましたか。

男　トラベルワールドのウェブで、9月5日に台北に行く便を見たんですが。

女　5日ですね。どの航空会社のいくらのチケットですか。

男　日本航空利用の28000円のチケットです。

女　お帰りはいつにされますか。

男　25日です。

女　9月25日ですね。25日はもう空きがないんですよ。他の日でよろしいですか。

男　だったら、出発日を2日早くして、帰りも2日早くしたら、取れますかね。

女　取れますが、帰りが土曜日ですので、5000円プラスになります。

男　だったら、帰りだけ更に1日早くしたらどうですかね。

女　帰りはその日はいっぱいなので、更に1日早くするのはどうでしょうか。でしたら、同じ値段で取れますよ。

男　じゃ、そうしてください。

男の人は、どのチケットにしましたか。

解析
- 出発日を2日早くして、帰りも2日早くしたら（出發日提早兩天，回程日也早兩天的話）

難題原因
- 必須記下原本期望的出發日和回程日，並注意之後所有關於「提早天數」的內容，才能順利推算出變更後的日期。

2

1 番—4

学生が、奨学金の申請について学校の事務員に聞いています。この学生は、何を提出しなければなりませんか。

男　奨学金を申請したいんですが、何を提出しなければなりませんか。

女 本人名義の銀行口座と印鑑証明、所得に関する証明、奨学金申請書が必要です。

男 銀行口座はネットバンクでもいいんですか。

女 ネットバンクは取り扱っておりません。ない場合は、急いで開設してください。

男 所得に関する証明というのは何ですか。

女 所得に関する証明というのは、課税証明書、源泉徴収票になります。

男 所得に関する証明は、父のだけでいいんですか。

女 いいえ、お父さんとお母さんの両方のが必要です。

この学生は、何を提出しなければなりませんか。

解析
- ネットバンク（網路銀行）
- 取り扱っておりません（不受理）
- 源泉徴収票（扣繳憑單）

2 番—2

ラジオで男の人が、高齢者のランニングについて話しています。男の人は、どのようなときにランニングを休むべきだと言っていますか。

男 高齢者でも、元気にランニングをしている人はたくさんいます。高齢者の方で、生涯ランニングを続けたいと思う人は、次のことに気をつけましょう。上り坂は、歩きましょう。上り坂のランニングは、心肺機能の衰えている高齢者には、大きな負担になります。雨の日に走って滑って転べば、骨折するかもしれません。天候が悪い日は、休みましょう。夏は、体温が上がりやすく、疲れやすいです。疲れたときは、無理をしないことです。

ランニングをしている高齢者は、寝たきり老人になりにくいし、心臓その他の病気にもなりにくいです。高齢者のランニングは、いいことばかりです。しかし、無理をすれば、膝、腰などを傷めることもあります。大切なのは、無理をしないことです。

男の人は、どのようなときに休むべきだと言っていますか。

解析
- ランニング（跑步）
- 上り坂（上坡）
- 衰えている（衰弱的）
- 寝たきり（臥病在床）
- 無理をしない（不要做出超過體能的事）

67

聴解

3 番—3

男の人が、電話でホテルの人と、料金について話しています。男の人は、いくら払わなければなりませんか。

男　来週の火曜日に宿泊したいんですが、どのようなプランがありますか。

女　今あるのは、AプランとBプランでございます。Aプランが1泊9400円、Bプランが1泊8000円になります。

男　この2つのプランは、何が違うんですか。

女　Aプランのほうが、見晴らしのいい部屋になっております。しかし、Bプランは、2食付になっております。

男　じゃ、こっちのプランで2食付けると、いくらかかりますか。

女　3000円プラスになりますが。

男　全然かまわないので、そうしてもらえますか。

女　かしこまりました。

男の人は、いくら払わなければなりませんか。

解析
- プラン（方案）
- 見晴らしのいい（視野好）

- 2食付になっております（附贈兩餐）
- 全然かまわない（完全沒問題）

難題原因

- 要知道男性提出的「こっちのプランで2食付けると、いくらかかりますか」所隱藏的意思才能順利作答。
- 從上述線索可以知道男性要選擇沒附餐但景觀好的A方案，所以另外詢問A方案再加兩餐的價錢是多少。

4 番—3

工場で、二人の社員が、何をいくつ注文するか話しています。女の人は、どのタイプをいくつ注文しますか。

男　Aタイプの部品はまだありますか？

女　あと40個しかありませんよ。

男　じゃ、1000個注文しといてください。

女　あ、それからCタイプのも、あと80個しかありませんが。

男　Bタイプのはあといくつありますか。

女　800個あります。

男　Cタイプのは、Bタイプで代用できますから…Bが1000個ぐらいあれば問題ないので、足らない分頼んでおいてください。

女　Dタイプはあと200個しかありませんが、どうしますか。

男 そんなに使うものじゃないですから、その

　　ぐらいあれば…

女の人は、どのタイプをいくつ注文します

か。

解析
- 部品（零件）
- 注文しといてください（請先下訂好）
- 足らない分（不夠的部分）

難題原因
- 男性在回應下訂數量時沒有針對每個零件説明，要特別注意隱藏在對話中的細節。
- 文中提到 C 零件可以用 B 零件代替，所以當女性提到 C 零件時，男性並沒有馬上回應下訂數量，而是改為詢問 B 零件所剩的數量。
- B 零件現有 800 個，但保險數量是 1000 千個左右，所以要下訂 200 個。

5 番—4

テレビでダイエットの専門家が話しています。なぜ朝バナナを食べるといいのでしょうか。

女 今日は、とても簡単なダイエットを紹介します。朝にバナナを食べるだけというダイエット、バナナダイエットです。「我慢しなくてもいい」、「お金もかからない」、「時間もかからない」という、いい

ことばかりのダイエットです。バナナを食べるだけで体質が改善され、楽にやせてしまいます。

バナナに含まれる豊富な酵素により、体内にたまっている毒素を出してしまいます。酵素が豊富なバナナは、熟している間に消化にやさしい食べ物になります。バナナは、胃に負担をかけないでエネルギーの補充ができる食べ物です。朝の時間は、体の毒の排泄に最適の時間です。この時間には、肉などは食べず、毒の排泄機能のあるバナナを食べるとよいのです。バナナには、繊維が豊富に含まれ、便秘にも効果があります。

なぜ朝バナナを食べるといいのでしょうか。

解析
- …により（透過…）
- 消化にやさしい（容易消化的）
- 肉などは食べず（不要吃肉之類的食物）
- …にも効果があります（對…也有效）

6 番—4

テレビで医者が、ランニングについて話しています。エンドルフィンには、どのような効果がありますか。

聴解

男 仕事などで疲れているときは、ランニングをするのもいいでしょう。ランニングをするともっと疲れると思う人がほとんどでしょう。しかし、適度なランニングなら、疲労回復の効果があります。

長く走っていると、脳の中でエンドルフィンというホルモンが分泌されます。エンドルフィンは、麻薬のような働きをして、疲労を感じる機能を麻痺させます。そのため、走り始める前に疲れていても、走っているうちに疲れを感じなくなります。しかしこの段階では、疲労を感じなくなるだけであり、疲労がなくなったわけではありません。

また、走っていると血液循環がよくなり、筋肉にたまっていた疲労物質が取り除かれます。この段階で、疲労から回復します。

適度なランニングは、疲労回復の効果がありますが、がんばりすぎてはいけません。走り終わってから、さらにひどい疲労感に襲われることになります。

エンドルフィンには、どのような効果がありますか。

解析
- エンドルフィン（腦內啡）
- ホルモン（荷爾蒙）
- 麻薬のような働きをして（發揮像麻藥一樣的作用）
- …わけではありません（並非…）
- 取り除かれます（被消除）

7 番──4

テレビで女の人が、トマトダイエットについて話しています。リコピンにはどのような効果があると言っていますか。

女 バナナダイエットの次は、トマトダイエットがはやっています。バナナダイエットは、朝にバナナを食べることでダイエットできるというものでした。しかし、トマトダイエットは、夜なんです。

トマトに含まれるリコピンという栄養素は、血液をさらさらにする効果があります。血液の中の不要なものが減り、健康的になります。そして、代謝がよくなり、やせやすい体質になります。

方法は簡単です。夕食と一緒に、トマトを食べてください。特に決まった食べ方はありません。普通のトマトなら2個、ミニトマトならその10倍を、食べてくださ

い。生でも煮てもかまいません。トマトを使って料理をするのが、食べやすくていいでしょう。

また、トマトダイエットをすると、肌もきれいになるということです。化粧しやすい肌になり、にきびも少なくなります。

リコピンにはどのような効果があると言っていますか。

解析

- リコピン（茄紅素）
- はやっています（正在流行）
- 血液をさらさらにする（使血液變乾淨）
- やせやすい体質（易痩體質）
- 決まった食べ方（固定的吃法）
- 生でも煮てもかまいません（生吃或煮熟都可以）
- 要注意題目是問茄紅素的效果，不是番茄減肥法的效果。

3

1番—2

男の人が、店員にコンピューターのことを聞いています。

男　コンピューターがほしいんですが、どんなタイプがお薦めですか。

女　お客様がどんなご使用をされるかにもよ

りますね。どこでお使いになるつもりですか。

男　うちで使うつもりです。

女　決まった場所でお使いになりますか。それとも、うちの中を持ち歩かれますか。

男　うちの中を持ち歩きたいですね。

女　でしたら、ノートパソコンがよいかと思います。ノートパソコンでしたら、こちらの製品が、よく売れております。価格は18万8000円になります。

男　高いですね。

女　ノートパソコンは、どうしても性能の割りに高くなってしまうんですよ。デスクトップパソコンは、性能のいいものが、安い値段で買えるんですよ。その代わり、デスクトップパソコンは、決まった場所でしか使えませんが。

男　なるほど。でしたら、決まった場所で使うようにするので、デスクトップパソコンにします。

女　デスクトップパソコンでしたら、こちらのタイプが先ほどのノートパソコンの性能とほぼ同じで、価格は5万2千円になります。

男　価格が全く違うんですね。

聴解

女 ええ。

この人は、なぜデスクトップパソコンにしましたか。

1 同じ性能のものなら、どちらも値段はあまり変わらないから。

2 同じ性能のものなら、デスクトップパソコンのほうが安いから。

3 デスクトップパソコンは高いがその分性能がいいから。

4 コンパクトで置き場所に困らないから。

[解析]

● 決まった場所（固定的場所）
● 性能の割りに高くなってしまうんです（以性能來看算是貴的）
● デスクトップパソコン（桌上型電腦）
● その代わり（相對的）
● 先ほど（剛剛）
● その分（因為…相對的也…）

2番—1

男の人が電気屋の店員と話しています。

男 このデスクトップパソコンには、どんなOSが付いているんですか。

女 Windows 7が付いております。

男 Windows XPとは、どこが違うんですか。

女 Windows 7のほうが、立ち上がりが速いんですよ。

男 スイッチを入れて、すぐに使えるということですか。

女 そこまでは速くないんですが、Windows XPに比べて、待ち時間が短いということです。

男 基本的な操作方法は、同じなんですか。

女 まあ、基本的な操作は同じなんですが。

男 じゃ、XPが使えれば、7も使えますね。

女 でも、慣れないうちは、少し難しいかもしれません。でも、すぐ慣れるでしょうから、あまり心配は要らないと思います。

男 そうですね。

二つの製品の比較として、正しいものはどれですか。

1 XPに慣れている人は、慣れるまでは7の操作は難しい。

2 XPと7の操作方法は、全く同じだ。

3 XPは、スイッチを入れてからの待ち時間が短い。

4 7は、スイッチを入れたと同時に使える。

[解析]

- ＯＳ（作業系統）
- 立ち上がり（開機）
- 慣れないうち（還沒習慣時）

3 番—3

講演会で、男の人が話しています。

男　私は、老後もずっと東京に住みたいと
　　思っていました。東京に住むと、毎日の
　　生活に刺激があり、楽しいからです。しか
　　し最近、田舎に住むのはどうだろうかと、
　　ふと思いました。東京に住むと、お金が
　　かかります。しかし、田舎では、安いお金
　　で楽しく過ごすことができます。東京と
　　は違った楽しみ方があります。最近は、
　　どちらかというと、田舎に住むほうに気持
　　ちが傾いています。

この男の人は、どんな気持ちですか。

1　将来は東京に住みたいとは全然思わなく
　　なった。

2　将来は東京に住みたいという気持ちのほ
　　うが強い。

3　将来は田舎に住みたいという気持ちのほ
　　うが強くなった。

4　将来もずっと東京に住みたいという気持

ちが強い。

解析

- 老後（晩年）
- ふと思いました（突然想到）
- …ほうに気持ちが傾いています（心情比較傾向於…）

難題原因

- 男性的想法有轉折，容易使人誤解
- 例如，一開始提到原本想要晚年都住在東京。但後來
  又説最近突然想要住在鄉下。
- 最後出現的「心情比較傾向於住在鄉下」更是此題的
  答題關鍵。

4 番—3

弟が姉に、筑波大学に行く方法を聞いてい
ます。

男　筑波大学に行くバスは、どこから乗るの？

女　バスで行くの？一本で行けるバスはあるけ
　　ど、けっこう時間がかかって不便よ。それ
　　だったら電車のほうがいいと思うわ。

男　電車だったら、どこの駅から何線に乗れ
　　ばいいの。

女　そうね。ここからだと、上野駅から千代田
　　線に乗って、北千住駅で筑波エクスプレ
　　スに乗り換えて終点まで行くか、バスで
　　秋葉原駅まで行って、そこから筑波エクス

聴解

プレスに乗るかだわ。上野駅から行っても秋葉原駅から行っても、１３００円ぐらいで行けるわ。

男 けっこう面倒だね。時間がかかってもバス一本で行けるほうが便利だと思う。

女 そう。だったら、東京駅からバスが出てるよ。料金は片道１１５０円。

男 うん、じゃそれで行く。

姉の説明に合うものはどれですか。

1 電車で行くほうが、バスで行くより安い。
2 上野駅から電車で行くより、バスのほうが速い。
3 バスで行くのが一番簡単だ。
4 秋葉原駅から電車で行くより、バスのほうが速い。

解析

● けっこう面倒だね（相當麻煩耶）

難題原因

● 文中有許多電車路線和車站名稱，容易讓人以為這是答題關鍵，不要被誤導。
● 可利用刪去法找出正解。
● 選項1錯誤：搭電車比搭公車貴。
● 選項2錯誤：沒有提到從上野站搭公車比較快。
● 選項4錯誤：沒有提到從秋葉原站搭公車比較快。

5 番—4

医者と患者が話しています。

男 コレステロールが高いものを食べずに運動もしているのに、コレステロールが下がりません。

女 中性脂肪も高いので、そちらが原因の可能性があります。

男 というのは…

女 中性脂肪が高くなりすぎると、コレステロールが高くなる場合があるんですよ。

男 そうですか。

女 中性脂肪は、直接的には動脈硬化の原因にはなりませんが、コレステロールを上昇させるので、間接的に動脈硬化の原因になるんです。

男 それはまずいですね。どうすればいいんでしょうか。

女 普通食事の量が多すぎる人が、中性脂肪が高くなるんですよ。おなかいっぱい食べていませんか。

男 ええ、おなかいっぱい食べています。じゃ、食事を減らしたほうがいいんですか。

女 そうですね。そうするしかありません。それから、お酒も飲みすぎないようにしてく

ださい。

男 わかりました。

医者の言っていることに合うものはどれですか。

1 この人は、コレステロールが高いものを食べてはいけない。

2 中性脂肪は、動脈硬化の直接的原因になる。

3 この人は、もっと運動しなければならない。

4 この人は、中性脂肪を下げなければならない。

解析
- コレステロール（膽固醇）
- 中性脂肪會讓膽固醇上升，是動脈硬化的間接因素。

6 番—2

化粧品会社の人が話しています。

女 化粧品は、違うメーカーのものを一緒に使ってもいいんでしょうか。同じメーカーの同じシリーズをそろえて使うほうがいいという人もいます。でも、実際はそうとは限りません。それぞれのメーカーの製品によって、効果は違っています。一つのメー

カーのものでは、複合的な効果を得にくいといえます。しかし、メーカーによっては、そのメーカーの数種類のものを合わせて使わないと効果が出ないと言っていることもあります。そのような場合は、それらの化粧品をそろえて使うのもいいでしょう。

この人は、化粧品はどのように使うべきだと言っていますか。

1 複数のメーカーの化粧品を一緒に使ってはいけない。

2 違うメーカーの化粧品を一緒に使っても問題はない。

3 化粧品は必ず同じシリーズのものを使わなければならない。

4 どのメーカーの化粧品でも、効果は似たようなものだ。

解析
- メーカー（製造商）
- シリーズ（系列）
- そろえて使う（湊齊一起使用）

聴解

4

1 番(ばん)—2

女 さっきも彼女(かのじょ)に電話(でんわ)してなかった？

男 1　彼女(かのじょ)は人気者(にんきもの)だからね。

　　2　そんなに頻繁(ひんぱん)かな。

　　3　うん、してあったよ。

中譯

女 你剛才不是也有打給女朋友嗎？

男 1　因為女朋友很受歡迎。

　　2　有這麼頻繁嗎？

　　3　嗯，我打了喔。

2 番(ばん)—2

男 上司(じょうし)に電話(でんわ)したら、「調子(ちょうし)が悪(わる)いなら休(やす)め」って。

女 1　上司(じょうし)は今日(きょう)、休(やす)むつもりなんじゃない。

　　2　上司(じょうし)が言(い)うんなら、休(やす)んでいいんじゃない。

　　3　上司(じょうし)に電話(でんわ)する暇(ひま)があるなら、休憩(きゅうけい)してもいいんじゃない。

中譯

男 打電話給主管後，主管說「如果不舒服就請假」。

女 1　主管今天不是打算請假嗎？

　　2　如果是主管說的，請假不是很好嗎？

　　3　如果有空打電話給主管，可以休息不是很好嗎？

> 難題原因
>
> ● 句尾的「…って」是發話者引用主管說的話，表示主管說如果不舒服的話就請假，所以回應的一方會說「既然主管這麼說，你就可以請假」。

3 番(ばん)—2

女 ねえ、何(なに)かあったの？

男 1　この俳優(はいゆう)、とてもかっこいいんだよ。

　　2　うん。ちょっと、つらいことがあったんだ。

　　3　うん。ここに自転車(じてんしゃ)があったんだよ。

中譯

女 喂，發生什麼事了？

男 1　這個演員好帥哦。

　　2　嗯…有難過的事情

　　3　嗯，這裡有腳踏車喔。

4 番(ばん)—3

男 すみません。今(いま)の飛行機(ひこうき)に乗(の)るはずだったんですが。

女 1　早(はや)く乗(の)ってください。出発(しゅっぱつ)しますよ。

　　2　すぐ来(き)ますよ。もう少(すこ)しお待(ま)ちください。

3 でも、もう出てしまったから、次の便に
乗るしかありませんよ。

中譯

男 不好意思，我應該要搭現在這班飛機的。
女 1 請趕快登機，要出發了。
  2 馬上就來了。請您稍候。
  3 可是，班機已經起飛了，只能搭乘下一班飛機
喔。

5 番—3

女 昭雄君、由紀子さんのことが？

男 1 うん、とても腹立つんだ。
  2 うん、相手にならないんだ。
  3 うん、とても気になってるんだ。

中譯

女 昭雄，關於由紀子小姐的事情？
男 1 嗯，我覺得很生氣。
  2 嗯，無法當成對象。
  3 嗯，我很喜歡。

難題原因

• 「由紀子さんのことが？」是間接詢問對方「是不是
喜歡由紀子？」的意思。

6 番—1

男 それって人のことじゃない。君がそこまで
して、やる必要あるの？

女 1 そうだね。もっと適当でいいかもね。
  2 ここまでやったら大丈夫だよね。
  3 そうだよね。私がやらないとね。

中譯

男 那不是別人的事嗎？你需要做到那種地步嗎？
女 1 是啊，也許可以再隨便一點。
  2 做到這種地步的話應該沒問題吧。
  3 説的也是，我必須要做。

解析

• 適当（隨便）

7 番—3

女 あの会議は、２３日だっけ。

男 1 ２３日にあったんだよ。
  2 そうか、２３日か。
  3 そうだったはずだよ。

中譯

女 我記得那場會議是23號對吧？
男 1 是已經在23號舉行過的啊。
  2 是嗎？是23號嗎？
  3 應該是那樣吧。

解析

• …っけ（是…這樣對吧？）

難題原因

• 句尾的「っけ」是説話者對自己的記憶有疑慮，向對
方提出確認的語氣。

聴解

8 番―1

男 あの、本社の電話番号知らないんだけど…
女 1 あ、本社の電話番号なら、この紙に書いてあるわ。
　　2 知らないから、調べるよ。
　　3 知らないから、電話しないの？

中譯

男 對不起，我不知道總公司的電話號碼…
女 1 啊，總公司的電話號碼就寫在這張紙上喔。
　　2 因為不知道，所以我要去調查喔。
　　3 因為不知道，就不打電話嗎？

9 番―2

女 こんなに練習がんばっても、明日雨で中止になったりして。
男 1 そうか。中止になるのか。
　　2 そうなったら、最悪だな。はは。
　　3 本当？明日雨が降るの？

中譯

女 這麼努力練習，搞不好明天下雨會終止比賽。
男 1 是嗎？會停賽嗎？
　　2 如果真是這樣，那真是太糟糕了。哈哈。
　　3 真的嗎？明天會下雨嗎？

難題原因

- 「たりして」帶有開玩笑、隨便亂説的語氣。
- 因為知道對方是在開玩笑，所以回應時也會回應「はは」。表示「我懂你在開玩笑」的意思。

10 番―3

男 先生には、君が当分休むって言ってあるから。
女 1 そう、休むって言ってくれるの？ありがとう。
　　2 そう、じゃ今日は休めるね。
　　3 そう、じゃ長く休んでいても大丈夫だね。

中譯

男 我跟老師説了，你要請假一陣子。
女 1 是嗎？你幫我請假了？謝謝。
　　2 是嗎？那我今天可以請假對吧？
　　3 是嗎？那我請長假也沒關係吧？

解析

- 当分（一陣子、一段時間）

11 番―2

女 あ！ちょっと待ってください！
男 1 ここで待っていればいいんですか。
　　2 どうしたんですか。
　　3 ええ、ここでずっと待っていますよ。

中譯

女 啊！請等一下！
男 1 在這裡等就可以了嗎？
　　2 怎麼了？
　　3 嗯，我會一直在這裡等喔。

12 番—2

女 洋介から、電話とかあった？

男 1 ないね。メールの連絡ならあったけど。

2 うん。メールの連絡があったよ。

3 電話が来たよ。

中譯

女 洋介有打電話什麼的嗎？

男 1 沒有耶。倒是有用電子郵件聯絡。

2 嗯，有用電子郵件聯絡。

3 有電話喔。

13 番—3

女 この前の会議で話し合ったことを、詳しく話してもらってもいいですか。

男 1 ええ、じゃ、お願いします。

2 いいですよ。じゃ、一つ一つ話してください。

3 ええ、じゃ一つ一つ話しますね。

中譯

女 可以請你把之前在會議上討論的事情詳細地說給我聽嗎？

男 1 嗯，那麼就有勞你了。

2 好啊。那麼，請一件一件說。

3 嗯，那麼，我就一件一件說喔。

5

【1 番、2 番】

1 番—2

三人の大学生が、夏休みの計画について話しています。

女1 キャンプに何もって行く？

女2 鍋、炭、懐中電灯…

男 テントはいらないの？

女2 あそこテントは貸してくれるそうだよ。

男 人の使った毛布寝るのは気持ち悪いから、毛布は自分たちの持ってこうよ。

女2 うん。ご飯どうする？

女1 適当に魚でも釣って食べたら？

女2 魚だけじゃね。

女1 じゃ、みんなそれぞれ 1 人分ずつ肉と野菜と米持ってきて。

女2 それと、コンピューター持ってかなきゃ。

男 自然を楽しみに行くのに、そんな現代的なものいらないよ。自然の中で自然と一体化して遊ばなきゃ。海辺だし、裏には山

聴解

もあるし、いろいろすることあるんじゃないの？

女2 そっか。

女1 じゃ、水着と潜水用具と釣具持ってかなきゃ。

女2 うん。

三人がキャンプに持って行くものでない組み合わせは、どれですか。

1 毛布、テント、肉

2 テント、魚、コンピューター

3 コンピューター、毛布、潜水用具

4 魚、肉、野菜

解析

- 懐中電灯（手電筒）
- テント（帳篷）
- 適当に（隨便）
- 自然と一体化して（和大自然合為一體）

難題原因

- 聽解全文有很多零碎的內容，例如對話人物各自分析了哪些需要帶的東西？哪些不需要帶的東西。要隨時記下所有細節。
- 要注意題目問的是不需要帶去的組合，小心不要被誤導。

2番—3

三人の高校生が話しています。

男1 あ、隆から電話だ。

女 何って言ってるの？

男1 なんで塾の授業来ないのかだって。早く来いって。

女 なんか先生みたいなこと言ってるね。

男2 まあ、今日授業でやったところ、隆にノート見せてもらえばいいんだから。

男1 隆の野郎、すぐに来ないと今日のノート見せてやらないなんて言ってるよ。

女 まったく。しょーがない、じゃ、すぐに行くかな。

男1 うん、俺も行く。お前どうするの？一人で帰る？

男2 じゃ、俺も行く。

三人は、今何をしていますか。

1 学校にいる。

2 塾で勉強している。

3 塾の授業をサボっている。

4 塾の先生と話している。

解析

- 隆の野郎（隆那個傢伙）
- 見せてやらない（不給別人看）
- 授業をサボっている（翹課中）

【3番】

3番——4、2

テレビで、タレントが話しています。

男1 整理で大事なのは、捨てられなくても売ることに抵抗がないものは、オークションなどを利用して、どんどん売ってしまうことです。でも、独身時代に旅をしたアメリカの地図や、もう破れてしまってるけど愛着のある靴など、捨てたくても捨てられないし、売ることもできないものってありますよね。こういうものは、どうすればいいんでしょうか。私は、こういうものは無理やり収納する、あるいは飾るのが一番だと思っています。捨てられない服などは、収納できるところを探します。また、捨てられないお皿などは、小物を入れるトレーにして飾ります。収納できるものは収納して、収納する場所がないものは飾り物にするわけです。皆さんも、この方法で、部屋を整理してみましょう。

男2 祥子の部屋、要らないものばかりだよな

あ。ごみ捨て場みたい。整理手伝ってあげるよ。

女 ありがとう。

男2 このおもちゃまだいるの？

女 捨てられないし、整理するところもないし。でも、手放したくないなあ。

男2 だったら、今ラジオで言ってたようにするのがいいかもね。

女 そうだね。

男2 この教科書、まだ使うの？

女 使わないんだけどね。捨てるのは抵抗あるけど、売るのならいいと思うよ。

質問1 このおもちゃは、どうするといいですか。

質問2 この教科書は、どうするといいですか。

解析
- オークション（拍賣競標）
- 愛着のある（很有感情的）
- 無理やり（強迫）
- トレー（淺的收納箱）
- ごみ捨て場（垃圾場）
- 手放したくない（不想丟棄）

言語知識（文字・語彙・文法）● 読解

1

① 3 孕んだ——はらんだ

② 4 絡む——からむ

③ 2 漱いで——すすいで

④ 3 嫁いで——とついで

⑤ 2 嫉妬——しっと

⑥ 4 本名——ほんみょう

> **難題原因**
>
> ③：「口を濯ぐ」（くちをゆすぐ）和「口を漱ぐ」（くちをすすぐ）都是「用水漱口」，可能很多人會混淆發音。
>
> ④：屬於高級日語的字彙，可能很多人不知道如何發音，但這是一定要會的字。

2

⑦ 3　1 肌肉被捏軟
　　　2 被遮掩
　　　3 聲音被蓋過去
　　　4 被吹熄

⑧ 4　1 愛着がある：對某物有感情一直使用著
　　　2 感情
　　　3 和別人接觸時的態度
　　　4 和別人接觸時的態度

⑨ 4　1 精神
　　　2 毅力
　　　3 情況
　　　4 心地よい：舒適

⑩ 2　1 新的手段
　　　2 新人
　　　3 新品

　　　4 新鮮

⑪ 2　1 年少氣盛
　　　2 不顧一切往前衝
　　　3 只顧自己，為自己利益著想
　　　4 盛極必衰

⑫ 4　1 集大成
　　　2 以下犯上
　　　3 （無此字）
　　　4 大支柱

⑬ 1　1 人格
　　　2 人影
　　　3 自以為是
　　　4 情形

> **難題原因**
>
> ⑧：
> - 選項 3「愛想」（あいそ）和選項 4「愛嬌」（あいきょう）都是指「和別人接觸時的態度」。但兩者的用法有差異。
> - 「愛想」＋いい／悪い：
>   「愛想がいい」（和藹可親）
>   「愛想が悪い」（惹人厭）
> - 「愛嬌」＋ある／ない：
>   「愛嬌がある」（討人喜歡）
>   「愛嬌がない」（惹人厭）
> - （ ）的後面是「～があって」，所以正解是「愛嬌」。
>
> ⑩：
> - 容易誤以為選項 1「新手」（あらて）是「新人」的意思。
> - 不容易想到「新米」（しんまい）才是指「新人」。

3

⑭ 1　立て替えた —— 替別人墊錢
　　　1 已經先付清
　　　2 已經拿到

3　還沒拿到
4　不用付錢

⑮　2　うつぶせで ── 臉朝下趴著的姿勢
1　向上
2　向下
3　朝向旁邊
4　坐著不動

⑯　3　適当 ── 隨便的、敷衍的
1　很有禮貌的
2　擅長的
3　敷衍的
4　剛剛好

⑰　1　理不尽な ── 不合理的
1　不合理
2　不合法
3　不合口味
4　不符合預測

⑱　3　実家 ── 老家
1　買下來的房子
2　擁有的房子
3　有父母親居住的家
4　真正的家

⑲　4　しきたり ── 慣例、常規
1　吃飯、用餐
2　房間
3　坐墊
4　規則

難題原因

⑭：「立て替える」這個動詞，並非「立てる」＋「替える」形成的複合動詞，必須特別記起來。

⑯：
● 「適当」（てきとう）有兩種意思：適當的、敷衍的。

● 但是「すごく適当」是指「非常敷衍的」。「適当」當「適當的」使用時，前面通常不會再加上「すごく」來形容。

4

⑳　3　恐れ多い ── 誠惶誠恐
有勞社長親自迎接，讓人很惶恐。

㉑　2　気立て ── 性情
想和性情溫順的小姐結婚。

㉒　2　画一 ── 一致、統一
從整齊畫一的教育方式無法發掘天才。

㉓　1　旧知 ── 老朋友
我跟他是老朋友的交情。

㉔　3　窮地 ── 困境
由於銀行停止融資，我們公司陷入困境。

㉕　2　食い違う ── 不一致、分岐
被害人和加害人的證詞不一致。

難題原因

㉒：屬於高級日語的字彙，日本生活常見。

㉒：
● 只知道「画一」（かくいつ）的意思未必能夠答對，還需知道「画一」的用法。
● 「画一」接續名詞時，要用：画一的（かくいつてき）＋な＋名詞。

言語知識（文字・語彙・文法）• 読解

5

㉖ 2 人是需要休息的。老是一直工作，反而會使效率降低。
1 …をしていたいから：因為想要一直做…
2 …をしてばかりでは：老是一直做…的話
3 …をしていないので：因為沒有做…
4 …をしていなくては：沒有做…的話…

㉗ 4 氣象局預測這個颱風會漸漸轉弱，勢力不怎麼樣，可是颱風不要說轉弱，還增強威力。
1 …だけで：只是…
2 …だけでなく：不只是…
3 動詞た形＋ところで：就算是…也…
4 …どころか：不要說…還…

㉘ 3 如果有人說「這是防止暈車的特效藥」，然後拿給你，就算裡面不含任何成分，因為自己以為有效就會發揮效果。這稱為安慰效果。
1 思ったとおり：按照所想的
2 思いがけず：預料不到的
3 思い込みで：因為自己以為
4 思い切り：盡情地

㉙ 4 他雖然已屆高齡，但還是每天精力充沛地工作。
1 …なので：因為…
2 …となったので：因為成為…
3 …のくせに：明明是…卻…
4 …であるにもかかわらず：雖然…但是…

㉚ 4 從證人的供述來看，嫌疑犯的不在場證明有點詭異。
1 …だけあって：足以…
2 …をいえば：提到…的話
3 …どころか：不要說…還…

4 …からすると：從…來看

㉛ 2 讓我驚訝的是，我第一次碰面的雙胞胎所穿的衣服從頭到腳都一模一樣。
1 不只是驚訝，還…
2 讓我驚訝的是
3 雖然驚訝但是…
4 既然驚訝就要…

㉜ 3 這樣的雪勢，交通雖然不至於到完全停擺的地步，但是可以預期會受到相當大的影響。
1 …ということで：因為是…的事情
2 …とはいっても：雖然說…也…
3 …ということはないにしても：雖然不至於是…但是…
4 …するはずなので：因為應該會發生…

㉝ 1 從一開始到現在為止的過程來看，我覺得勝敗的主導權好像握在投手手上。
1 握りそうだ：好像會握住
2 握るだけだ：只是要握住
3 握るべきだ：必須要握住
4 握るのだ：握住

㉞ 3 雖說是無農藥，但並非完全無害，多少都會受到雨水或土壤等污染的影響。
1 …ですから：因為是…
2 …であるため：因為是…
3 …ではなく：並非…
4 …であるわけで：是…狀況

㉟ 1 雖然是公司裡最美、又受歡迎的女孩，但是我認為她只有美麗的外表，卻沒有內涵。
1 …だけで：只是…
2 …だけでなく：不只是…

3　…ので：因為…
4　…どころか：不要説…還…

難題原因

㉗：
● 「…どころか」的意思較抽象，不容易掌握正確用法。
● 「…どころか」前後的內容，通常是相反的訊息。

6

㊱ 4 女「部長、何か用ですか？」
男「とりあえず 1 今やってる 3 仕事は 2 後回し 4 にして　これを先にやってほしい。」

女 「部長，請問您有什麼事？」
男 「暫時先把現在正在做的工作往後延，希望你先做這個。」

解析
● とりあえず（暫時先）
● 今やってる仕事（現在正在做的工作）
● 後回しにする（往後延遲）

㊲ 3 過ちを 2 改めるのに 3 遅すぎる 4 と言う 1 ことは ない。

改過不嫌晚。

解析
● 過ちを改める（改正過失）
● …のに（在…方面）
● …と言うことはない（沒有…這樣的事情）

㊳ 4 この 1 レストランは 3 予約を 2 してから 4 でないと 入れない。

這家餐廳如果沒有先預約是進不去的。

解析
● 予約をする（預約）
● 動詞て形＋からでないと（如果不做…就…）

㊴ 3 あせらずに 3 落ち着いて 1 やれば 2 必ず 4 時間 は充分だ。

不要著急，冷靜下來去做的話，一定有充裕的時間。

解析
● 動詞て形＋やれば（…去做的話）

㊵ 3 早ければ 1 一月 3 遅くとも 2 二月 4 には 完成できる。

快則一月，最晚在二月就可以完成。

解析
● 遅くとも＋時間＋には（最晚在…時間）

難題原因

㊲：
● 必須先確認句尾「ない」前面可以接續的內容，才容易作答。「ない」前面只能接續「ことは」。

言語知識（文字・語彙・文法）• 読解

- 要知道「動詞＋ことはない」（不需要做…）的用法，才能推斷「ことはない」前面可以填入有動詞的「と言う」。
- 「…と言うことはない」的意思是「沒有…這樣的事情」。
- ㊵：必須知道「遅くとも」（最晚也是）這個詞彙。而且要知道「遅くとも…には」這個常用法。

難題原因

㊶：

- 「駆け引き」屬於高級日語的字彙，也常在口語會話中使用。
- 「駆け引き」的另一個意思是「討價還價」，要了解正確意思才能作答。

㊺：「丁々発止」屬於高級日語的字彙，要了解正確意思才能作答。

7

㊶ 2
1. 取り引き：交易
2. 駆け引き：策略
3. 駆けっこ：賽跑
4. つな引き：拔河

㊷ 3
1. 聞いただけ：只是聽到 / 寒気がする：覺得冷
2. 参加するだけ：只是要參加 / イライラする：覺得不爽
3. 想像しただけ：只是想像 / ワクワクする：高興雀躍
4. 拝見するだけ：只是要看 / 緊張する：緊張

㊸ 1
1. 横取りする：搶奪 / 犯罪
2. 貯金する：存錢 / 善行
3. 計算する：計算 / 簡單
4. 受け渡しする：交付 / 一般

㊹ 1
1. 話は別だ：另外一回事
2. 同じだ：一樣的
3. 他だ：其他
4. 決まる：決定

㊺ 4
1. 有象無象：烏合之眾
2. 青息吐息：無奈令人嘆氣
3. 海千山千：老奸巨猾
4. 丁々発止：激烈地對戰

8

(1)
㊻ 2 **有誇獎或有期待時，就會有效果顯現。**
（題目中譯）教育和心理作用的關係，以下何者是正確的？

(2)
㊼ 4 **即便是凡人，透過情報收集，也可以凌駕天才。**
（題目中譯）以下何者和作者的論調相符？

(3)
㊽ 2 **大家都會成為名人，不再有傑出的人存在。**
（題目中譯）作者説名人將會消失，這是什麼意思？

難題原因

㊽：

- 要能理解「天才行きの高速道路」這種抽象形容所要表達的意思。
- 要能看出作者想要表達的是：透過情報收集和操作，平凡人也能晉身天才。但是當大家都進入通往天才方向的高速道路後，所有人都會跟著平均化，表現突出的名人也會跟著消失。

9

(1)

㊾ 2 **提供舊食材給老客人。**

[題目中譯] 以下何者是①越是常客越輕視他的行為？

㊿ 1 **反正還會再來，提供舊食材對店家比較有利。**

[題目中譯] 提供舊食材給常客是出自哪種心態？

51 3 **不重視信用的店家是不會有真正的好客人上門的。**

[題目中譯] 作者對於輕忽常客的店家有什麼看法？

(2)

52 4 **好強不肯認輸。**

[題目中譯]「鼻っ柱が強い」是什麼意思？

53 3 **因為不懂得別人的誠意有多重要。**

[題目中譯] 其他孩子沒有吃蘋果的理由是什麼？

54 2 **反省自己應該憑著良心去面對別人的誠意。**

[題目中譯] 這件事對作者的人生造成什麼影響？

(3)

55 3 **從非自己專業的領域當中獲得意外的知識或意見。**

[題目中譯] 作者透過網路瀏覽跟自己完全無關的領域會得到什麼效果？

56 4 **成為支撐心靈的隱形力量。**

[題目中譯] 作者認為溫暖的家庭對拳擊選手會有什麼樣的影響？

57 4 **家庭與人的能力有很大的關連。**

[題目中譯] 作者想說的事情是什麼？

難題原因

50 :

● 要能了解作者最想表達的重要主張在於「店には二種類あります～にする店です。」這個部分。

● 要能理解「お得意さんほど大切にする店」和「お得意さんほどないがしろにする店」之間的差異。

● 另一個不能忽略的線索是「後者は、、「どう～遇するのです。」」。

53 : 要能夠理解「当時は敵の親だ～食べなかった。」這段話，才能判斷正確答案。

56 :

● 文章長，必須從長文中完全理解作者想要表達的主張。

● 答題關鍵在於「「ここ一番と言う～う記述だった。」和「結果はどうあれ～明の理である。」這兩個部分。

10

58 4 **因為最想留下來的東西並不是小孩。**

[題目中譯] 作者為何說不想結婚也不想生小孩？

59 3 **對書本有共鳴的人們。**

[題目中譯] 所謂的①那些人們是指哪些人？

60 1 **傳承自己的遺傳基因的作品。**

[題目中譯] 所謂的②這個是指什麼？

61 3 **因為總把自己想做的事情列為最優先考量。**

言語知識（文字・語彙・文法）● 読解

題目中譯 作者覺得自己是利己主義者的理由是什麼？

11 ⑥② 4 **因為長不出新頭髮。**

題目中譯 根據A和B的說法，禿頭的原因是什麼？

⑥③ 2 **保持頭皮清潔，好讓掉髮之後還能長出新頭髮來。**

題目中譯 透過A和B的論述，要保持頭髮健康應該怎麼做比較好？

12 ⑥④ 4 **因為使用的思考方式有效率上的差異。**

題目中譯 作者為什麼認為幼兒學習語言的速度比成人快？

⑥⑤ 1 **大致上說來，就是在一瞬間感受到對方的感情變化。**

題目中譯 關於①透過感覺來掌握「對方的整體意思」這樣的方法，以下哪一種描述是正確的？

⑥⑥ 3 **一開始先掌握對方的感情動向，再去應用語言。**

題目中譯 關於②所謂的整體思考是指因為「先懂後知」，所以也能懂本來不認識的單字的論述，以下哪一個具體描述是正確的？

⑥⑦ 4 **部分思考是理數學科的學習方法，不適用於語言的學習。**

題目中譯 作者認為許多人學習外語不順利的原因是什麼？

13 ⑥⑧ 4 **也許無法溶入其他員工的圈子。**

題目中譯 50歲的英國人—龐德先生想在日本企業就職。以公司的立場來看，他讓人感到不安的因素是什麼？

⑥⑨ 1 **各種條件只是某種程度的標準，不是絕對的。**

題目中譯 整體來看，這個諮詢師想說的事情是什麼？

聴解

1

1番——4

<u>男</u>の<u>人</u>が、<u>美容師</u>と<u>髪型</u>について<u>話</u>しています。<u>男</u>の<u>人</u>は、<u>髪</u>をどうしてもらいますか。

男 <u>顔</u>が<u>丸</u>いので、<u>髪型</u>でカバーできませんかね。

女 でしたら、<u>伸</u>ばして<u>頬</u>を<u>隠</u>すという<u>方法</u>がありますよ。

男 でも、<u>暑</u>そうですね。

女 でしたら、<u>短</u>く<u>刈</u>り<u>上</u>げるのがいいかと<u>思</u>います。

男 <u>短</u>いのはあまり<u>好</u>みではないんですが。

女 でしたら、<u>下</u>を<u>短</u>く<u>切</u>って、<u>上</u>を<u>伸</u>ばして<u>短</u>く<u>切</u>った<u>部分</u>を<u>覆</u>ってしまえばいいんですよ。

男 じゃ、それにしてください。でも、<u>前髪</u>だけは<u>短</u>めにしてください。

女 わかりました。<u>伸</u>ばすと<u>重</u>そうに<u>見</u>えるので、ちょっとブリーチもしますか。

男 ええ。じゃ、<u>明</u>るい<u>茶色</u>にしてください。

<u>男</u>の<u>人</u>は、<u>髪</u>をどうしてもらいますか。

解析
- 髪型でカバーできませんかね（無法用髮型掩飾吧）
- 短く刈り上げる（推短）
- あまり好みではないんですが（不是喜歡的類型）
- 重そうに見える（看起來厚重）
- ブリーチ（漂色）

2番——3

<u>お客</u>が<u>店員</u>に、ステレオについて<u>聞</u>いています。<u>お客</u>は、どうすることに<u>決</u>めましたか。

女 このCONYのスーパーサウンドシリーズに、このサブウーファーは<u>使</u>えるんですか。

男 いいえ、このサブウーファーは、BUIONEERのキュービックステレオ<u>専用</u>となっております。CONYのスーパーサウンドシリーズには、CONYの<u>専用</u>のサブウーファーがあるんですよ。

女 じゃ、このCONYのは、DVDは<u>読</u>み<u>取</u>れるんですか。

男 いいえ、できません。

女 BUIONEERのは、できますか。

男 そのままではできませんが、<u>別売</u>りの<u>専用</u>プレーヤーを<u>追加</u>すればできます。でも、それでしたら、JVDのピュアシリーズの<u>方</u>

聴解

がいいと思いますよ。DVDプレーヤーも付いてますし、サブウーファーなしでけっこう重低音も出ますし。

女 でも、今持ってるサラウンドスピーカーもBUIONEERのものなので、BUIONEERのほうが相性がいいと思うんですよ。

男 でしたら、BUIONEERのは低音が物足りないんで、サブウーファーをつけることをお勧めしますよ。

女 そうですね。じゃ、専用のサブウーファーとDVDプレーヤーも一緒にお願いします。

お客は、どうすることに決めましたか。

解析
● サブウーファー（低音喇叭）
● サラウンドスピーカー（環繞喇叭）
● 相性がいい（適合）

3番—3

夫婦が、どの物件がいいか話しています。この夫婦は、どの物件にしましたか。

男 メゾン東と東建ハイツとハイツ希望と清風荘、どれがいいと思う？

女 東建ハイツが一番駅に近いけど、一番高いよ。清風荘は古すぎるよね。ハイツ

希望とメゾン東のどっちかがいいと思うよ。

男 どっちも2DKだし、駐車場が付いてるし、同じようなもんだね。

女 でも、メゾン東のほうが、1000円安いね。

男 でも、ハイツ希望のほうが、駅に近いよ。

女 歩いて5分ぐらいの差があるかもね。毎朝5分ほど長く寝てられるわね。

男 どっちも同じくらいの大きさの部屋だし、どっちもきれいだし、決めがたいなあ。

女 じゃ、純粋に1000円と5分長く寝るのとどっちが価値があるかで決めるのがいいわけね。

男 でも、時間は金では買えないからね。たとえ少しの時間でも、いくら払ってでも買いたいよ。やっぱりすこしでも長く寝られるところにしよう。

女 じゃ、もう決まりだね。

この夫婦は、どの物件にしましたか。

解析
● メゾン（住宅）
● ハイツ（住宅區）
● 2DK（兩個房間加上有餐廳空間的廚房）
● 決めがたい（難以決定）

4 番—3

二人の大学生が、これからのことを話し合っています。男の人は、どうするつもりですか。

女 大学卒業したら、このまま東京で就職するの?それとも故郷の熊本に帰って就職するの?

男 ほんとは東京にいたいんだけど、親が帰って来いってうるさくて。だから、熊本の会社に履歴書を送ろうと思うんだ。

女 じゃ、帰って来るんだね。

男 でも、実を言うと、まだ就職しないかもしれないんだ。ここで大学院に行くことも考えてるんだ。来週試験なんだ。

女 そっか。まあ、大学院の試験の結果が出てから、就職するかどうか考えたらいいと思うよ。

男 でも、大学院の試験の結果が出てから就職活動するんじゃ間に合わないから、両方同時進行でやろうと思ってる。

男の人は、どうするつもりですか。

解析

● 実を言うと（老實説）
● …かどうか（是否要…）

5 番—1

夫婦がお店で話しています。二人は、何を買うことに決めましたか。

男 この黒いテーブルがほしい。でも、この白いテーブルもいいなあ。

女 白のにしようよ。この赤いクローゼットもほしい。

男 でも、色のバランスも考えないと。

女 じゃ、この白いクローゼットはどうかな。

男 汚れやすそうだね。

女 じゃ、黒のにする?

男 白と黒の2色の家具があるのもねえ。色はテーブルと揃えたほうがいいよ。

女 うん。

二人は、何を買うことに決めましたか。

解析

● クローゼット（衣櫥）
● 色のバランスも考えないと（也必須考慮顔色的平衡搭配）
● …と揃えたほうがいいよ（和…一致比較好喔）

難題原因

● 答題線索沒有講得很清楚，必須要理解全文才能作答。
● 此題的答題線索是「色のバランスを考えないと」、「色はテーブルと揃えたほうがいいよ」。

聴解

6番—2

ふたり かいしゃいん でんきがい てんとう はな
二人の会社員が、電気街の店頭で話していま
おんな ひと なに か
す。女の人は、何を買えばいいですか。

女 カメラほしいんだよね。どのくらい画素が
おも
あればいいと思う?

男 そんなにたくさんいらないよ。1000万
がそ じゅうぶん
画素もあれば十分だよ。

女 でも、今はほとんど1500万画素以上
になってるけど…

男 ポスターでも作るんなら、1500万画素
ひつよう ふつう つか かた
は必要。でも、普通の使い方をするんな
ひつよう
ら必要ないよ。

女 私はポスターくらいの写真を作って部屋
は しゅみ
に張るのが趣味だから…

男 でも、画素が大きくなればなるほど、ファ
おお
イルが大きくなるよ。ハードディスクも大
か
きいものに換えないといけなくなるよ。

女 私はいつも、そのつどDVD-Rに焼いて保
ぞん だいじょうぶ
存しているから大丈夫よ。

男 そうか。

おんな ひと なに か
女の人は、何を買えばいいですか。

解析
● ハードディスク(硬碟)
● そのつど(毎次)

2

1番—4

テレビで医者が、不眠症について話していま
す。不眠症になったときには、どうするのが
いけないと言っていますか。

男 不眠症とは、「なかなか寝られない」、
「夜中に何度も目が覚める」、「熟睡で
きない」などの症状が、慢性的に続く
状態のことです。最近は、不眠症に悩
む人は、増加する傾向があり、5人に1
人が睡眠に関する悩みを持っていると言わ
れています。
ちゃんと眠れない日が続くと、昼間に体
がだるくなったり、居眠りをしてしまった
りします。本人にとっては深刻な問題で
すが、周りの人はやる気のない人間だと

思ってしまうでしょう。眠れないことを悩んで必死に寝ようとするとますます眠れなくなるという悪循環に陥る人も多いです。

不眠症になっても、悩まないことです。悩むと、問題はもっと大きくなることが多いです。また、自分で解決しようと思わず、専門の医者にみてもらうことが大切です。

不眠症になったときには、どうするのがいけないと言っていますか。

解析
- 不眠症（失眠症）
- 体がだるくなったり、居眠りをしてしまったりします（會全身發懶、又會打瞌睡）
- やる気のない（沒有幹勁）
- 悪循環に陥る（陷入惡性循環）

2 番—4

ラジオで女の人が、リラックスする方法について話しています。うちでリラックスするためには、何をすればいいですか。

女　仕事の後は、うちでリラックスしたいものですよね。今日は、リラックスする方法を紹介します。リラックスできるように、いろいろな工夫をしてみましょう。香りのろうそくなどを使って、部屋をいい香りで満たすといいです。うちにいるときは、リラックスできる服を着ましょう。きつい服を着ると、リラックスできません。また、薄着をしたほうがリラックスできます。それから、リラックスできる音楽を聴きましょう。静かな音楽がいいです。部屋の照明は、明るすぎるものはよくありません。

うちでリラックスできないのは、リラックスできる環境がないからです。リラックスできる環境を作りましょう。

リラックスしてきたところで、お風呂に入ります。ぬるいお湯に、ゆっくりつかるといいでしょう。ラジオを聴きながら入るのもいいでしょう。

お風呂の後は、早めに布団に入って、楽しいことを考えながら寝ましょう。

うちでリラックスするためには、何をすればいいですか。

解析
- リラックス（放鬆）
- 薄着をしたほうが…（穿少一點比較…）
- つかる（浸泡）
- 早めに（早一點）

聴解

3番—1

姉と弟が、お父さんの使うコンピューターを選んでいます。二人は、どのタイプのコンピューターを買いますか。

男 お父さんが使うのにいいコンピューターを、選んでくれる？

女 これなんかどう？最新型よ。

男 そのタイプのCPUは、けっこう電気代かかるんじゃない？インターネットに使うだけなんだから、そんなにいいの買わなくても…

女 これなんかどう。メモリー4ギガよ。

男 メモリーそんなにいらないよ。お金かかるだけ。

女 じゃ、そこにある中古のか型遅れ品にしたら？

男 中古も型遅れ品も、ちょっと…

女 やっぱりさっきのにしておけば。CPUなんて、電気代知れてると思うし。

男 うん、そうしようか。

二人は、どのタイプのコンピューターを買いますか。

解析

● ギガ（十億位元）

● メモリー（記憶體）
● 型遅れ品（型號過時的商品）
● 電気代知れてる（電費貴也貴不了多少）

難題原因

● 文中姐姐的四個提議起初都被弟弟否決，但最後語意卻出現轉折從四個提議中選擇其一，而且僅以「CPU」來表示所選擇的類型，如果聆聽過程不夠仔細，是很容易遺漏關鍵線索的。

● 此題的答題線索是姐姐最後提到的「電気代知れてる」。

4番—1

ネットオークションの出品者と落札者が、いつ商品を取りに行くかについて話しています。落札者は、いつ商品を取りに行きますか。

男 落札した商品は、郵送にしますか。

女 あのう、近くに住んでいるので、直接取りに行ってもいいですか。

男 ただ、昼間は仕事で忙しいので、夜でいいのでしたら。

女 何時ぐらいがいいですか。

男 午後6時ごろから9時ごろまででお願いします。

女 火曜日はどうですか。

男 火曜日ですか。火曜日まで含めて3日間留

守にする予定なんです。4日目に帰ってきますから、その日の午後6時ごろでいいですか。

女　その日は、用事があるので。その次の日の午後6時でお願いできますか。

男　あ、全然かまいませんよ。じゃ、その日にお待ちしてますね。

落札者は、いつ商品を取りに行きますか。

(解析)
- ネットオークション（網路拍賣）
- 出品者（賣家）
- 落札者（得標者）
- 賣家到星期二為止的三天都不在家，第四天（星期二）才會回來。
- 得標者星期三有事，希望可以改到隔天（星期四）下午。

5 番—4

ラジオで歯科医が、歯の健康について話しています。歯垢を放っておくと何になると言っていますか。

女　歯垢とは、歯の表面や歯の根の部分に付いている白いものです。口の中で繁殖した細菌が、プラークとよばれるねばねばした物質と一緒になって歯に付くと、歯垢になります。歯に歯垢が付いたままにして

おくと、唾に含まれるカルシウムによって、だんだん硬くなります。硬くなったものを、歯石といいます。歯石になると、歯磨きをしても取れにくいです。歯垢が歯石になるには、2日かかりません。きれいに歯磨きができていないと、歯垢がすぐに歯石になってしまいます。歯石を放っておくと、歯茎が腫れて、歯磨きをするときに出血するようになります。さらに放っておくと、歯茎の病気になります。

歯垢を放っておくと何になると言っていますか。

(解析)
- プラーク（牙菌斑）
- ねばねばした（發黏的）
- カルシウム（鈣）
- 歯石（牙結石）
- 歯茎（牙齦）
- 放っておくと（放著不管的話）
- 歯垢放著不管會變成牙結石；牙結石放著不管的話，牙齦會變腫，刷牙時會流血，甚至造成牙齦的疾病。

6 番—2

日本料理店の店長が、ニューヨークの日本料理店について話しています。この人がニューヨークに来たとき、どんな状況でしたか。

95

聴解

男 ニューヨークには、日本料理店が５００
軒以上あります。オーナーは、日本人ば
かりではありません。さまざまな国の人が
います。料理を作る板前も日本人ばかり
ではなく、独特な日本料理を作る人もい
ます。私がニューヨークに移住してき
たころは、日本料理ブームでした。当時
は、日本料理店が２００軒ぐらいありま
した。どの店も、列ができていて、なかな
か入れないほどの人気でした。それから、
日本料理店は、どんどん増え続けまし
た。

健康志向の高まりもあって、魚を中心
としたヘルシーなメニューは、アメリカ人
に受けました。そして、日本食は、とて
も一般的になりました。

この人がニューヨークに来たとき、どんな状
況でしたか。

解析
- 板前（廚師）
- ブーム（熱潮）
- 列ができていて（排隊）
- なかなか入れないほどの人気でした（店家受歡迎到很難
進得去）

7番―3

女の人が美容師と、髪型について話していま
す。女の人は、どんな髪型にしますか。

男 どのような髪型にいたしましょうか。

女 グラボブのような髪型にしてください。前
髪は、グラボブよりも少し長めにしてくだ
さい。

男 感じとしては、この写真の人のようになり
ますが、よろしいでしょうか。

女 うーん、このモデルよりは、もうちょっと
前が短くなるのがいいかな。後ろは、こ
のモデルよりも長くしてください。

男 かしこまりました。上のほうは、この写真
と同じでよろしいでしょうか。

女 もうちょっと厚くしてください。

男 あ、お客様の髪質ですと、厚くすると、
整わなくなりますよ。

女 そうですか。じゃ、同じでいいです。

女の人は、どんな髪型にしますか。

解析
- グラボブ（有層次的鮑伯頭）
- 整わなくなります（變得不好整理）

難題原因

- 文章內容較複雜，要仔細聽各細節。
- 除了要注意聽女性的要求之外，也要知道女性接受了設計師的哪些建議。
- 一開始是要剪有層次的鮑伯頭，但瀏海要稍微長一點。
- 後來是要跟照片中的人一樣，但是前面要更短一點，後面要更長一點，並聽從髮型師的建議，上面不要變厚。

3

1番—2

ラジオでミュージシャンが話しています。

男 ミュージシャンである私にとって、インタビューは、音楽の演奏以外の自己表現です。音楽を演奏して観客に見せることも大切ですが、その他にも、自分がどのような考え方を持っているのかを話すことも大切です。それは、私がどんな人間であるかを知ることによって、私の音楽に興味を持ってくれる人もたくさんいるからです。ミュージシャンにとって、インタビューは、自分を宣伝する営業活動の一つなんです。

この人の話では、ミュージシャンはどんなことをしていれば、ファンが増えますか。

1 音楽の演奏の場を広げるために営業活動をする。

2 音楽の演奏だけでなく、その他の自分の宣伝もする。

3 人間性ではなく音楽性を磨くように努力する。

4 音楽で観客に対して自己表現できるようにする。

解析

- ミュージシャン（音樂家）
- インタビュー（訪問）
- …に興味を持ってくれる（對…有興趣）

2番—3

化粧品会社の人が話しています。

女 ほとんどの人が、日に焼けると肌が老化します。しかし、一部には、日に焼けてもほとんど老化しない人もいます。でも、それを調べるのには、とてもお金と時間がかかります。それを調べるのは、実質的に無理です。ですから、自分が日焼けしやすいかどうかにかかわらず、普段から日焼け止め

聴解

を塗っておくことが大切です。親が日焼け
に弱い肌の場合、自分にも遺伝している
と考えたほうがいいでしょう。親が日焼
けに弱い肌の人は、特に日焼けに気をつけ
なければなりません。

日焼け止めは、どのように使うのがいいです
か。

1 日に焼けても老化しない人がほとんどなの
で、あまり使わなくてもいい。
2 自分が日焼けしやすい肌だとわかってか
ら、日焼け止めをすればいい。
3 みんな日焼け止めをしたほうがいい。
4 親が日焼けしにくい人は、使う必要がない。

解析

● 日焼けしやすい（容易曬黑）
● …にかかわらず（不論…）
● 日焼け止め（防曬乳）

3番—2

女の人がメガネ屋の店員と話しています。

男 お客様の視力でしたら、このレンズがち
ょうどいいと思います。どうでしょうか。
この字もこの字も見えますね。

女 見えますよ。

男 これだけ見えれば、不自由はありませんね。

女 確かにこのレンズで不自由はないんですが、
あの遠くの看板の小さな字は見えません
ね。

男 でしたら、もう一つ度が強いレンズを試し
て見ますか。

女 はい。

男 どうですか。目が疲れませんか。

女 疲れますね。でも遠くの小さな字までよく
見えます。

男 遠くのものまでしっかり見える度数より、
一つ弱い度数にするのが一番いいんです
よ。しっかり見えるようにすると、目が疲
れやすくて、更に度が進んでしまうんで
す。

女 なるほど。でしたら、遠くの小さな字が見
えないのは妥協して、一つ弱いのにしま
す。

店員が言っている内容に合うものはどれです
か。

1 度が弱めのレンズを使うと、目が疲れる。
2 度が弱めのレンズが一番いい。
3 遠くの小さな字までよく見えるレンズが一
番いい。

4 度が強めのレンズが一番いい。

解析

● レンズ（鏡片）
● 不自由はありませんね（不會有不方便的地方吧？）

4 番—1

テレビで男の人が、白髪について話しています。

男 白髪を抜くと、増えるでしょうか。それについて実験をした人がいます。結果は、増えなかったそうです。では、白髪は抜いたほうがいいのでしょうか。白髪は抜いても増えません。しかし、白髪を抜くと、何も生えてこなくなることがよくあります。また、髪は、同じ穴から何本も生えているのが普通です。白髪を1本抜くと、同じ穴の毛が一緒に何本も抜けることがあります。そして、その穴からは全く毛が生えなくなり、その穴が毛のない穴になってしまうこともあります。白髪は抜かず、根元から切るようにするのがいいでしょう。

この男の人が言っているのは、どんなことですか。

1 白髪を抜くと、髪が減る。
2 白髪は、抜いたほうがいい。
3 白髪は、抜くと増える。
4 白髪を抜いても、髪が減ることはない。

解析

● 根元（這裡指髮根）

難題原因

● 文中圍繞白頭髮提出各種觀點，臨場要馬上邊聽邊記錄重點。
● 此題的答題線索是「一拔掉白頭髮，經常會發生什麼也長不出來的情形」。

5 番—3

男の人が、駅員に切符について聞いています。

男 ここから東京都内まで行って、都内で何度も乗り降りできる切符があるみたいなんですが、その切符は、どのボタンを押せばいいんですか。

女 その切符でしたら、このボタンを押してください。

男 あの、切符が2枚も出てきたんですが。これでいいんですか。

女 ええ。この1枚目のが行き用の切符です。

聴解

ここから東京までの行きの切符になります。そして、この2枚目のが東京都内に着いてから、またここに戻ってくるまで使う切符になります。

男 ちょっとよくわからないんですが。

女 行き用の切符は、東京都内に着くと、自動改札機で回収されます。都内では、このもう1枚の切符を使って、何度も乗り降りできます。そして、東京都内から戻ってきますと、この駅の自動改札機で回収されます。

男 わかりました。

駅員の言っていることに合うのはどれですか。

1 1枚目の切符は何度も乗り降りができ、この駅を出発するときに回収される。

2 1枚目の切符は何度も乗り降りができ、東京都内を出発するときに回収される。

3 2枚目の切符は何度も乗り降りができ、出発点の駅に戻ってくると回収される。

4 2枚目の切符は何度も乗り降りができ、東京都内を出発するときに回収される。

解析

● 何度も乗り降りできる切符（可以無限次搭乗的車票）

難題原因

● 文中提到的兩張車票用途不同，回收點也不同，要隨時記錄聽到的資訊，才不會被誤導。
● 第一張車票是前往東京的去程車票，抵達東京車站後會被收走。
● 第二張車票可以在抵達東京後使用，也可以使用該車票回到原站，可以無限次使用，但回到原站時會被收走。

6番—1

テレビで女の人が、幼児の教育について話しています。

女 子供は、空想の世界と現実の世界の区別がつかないことがあります。それで、現実にはないことを、本当にあったということがあります。たとえば、人形がおしゃべりしたとか、犬が話したというようなかわいい内容の物が多いです。成長すると、空想と現実の区別ができるようになり、このようなことはだんだんと言わなくなりますので、あまり心配はいらないでしょう。

この女の人は、どのようなことを言っていますか。

1 子供は、空想の中の出来事を、実際に起こ

った出来事と勘違いすることがある。

2 子供が変なことを言うときは、病院に連れて行ったほうがいい。

3 子供は、理想と現実の区別ができなくて、理想ばかり言っている。

4 子供に人形を与えると、子供は空想を始める。

解析
- 空想（幻想）
- 勘違いする（誤解）

4

1番—1

男 台風は今どこにいるの？

女 1 高雄のほうだよ。
　 2 台北には来ないよ。
　 3 心配しなくてもいいよ。

中譯
男 颱風現在在什麼地方？
女 1 在高雄那邊喔。
　 2 不會來台北喔。
　 3 可以不用擔心喔。

難題原因
- 對方詢問「颱風在哪裡」，應該回應對方颱風的位置。
- 如果回應對方「颱風不會來台北」或是「不用擔心」，不符合日文的邏輯。

2番—3

女 自分がやってくれって頼んだくせに、うまく行かなかったら人のせいにするの？

男 1 うん、そうだよ。これは俺のせいだよ。ごめん。
　 2 いや、自分のせいにはしてないよ。
　 3 確かにやってって言ったけど、これじゃ全然だめだよ。

中譯
女 明明是你要求要我幫忙做的，一旦不順利，就要怪到別人身上嗎？
男 1 嗯，對啊。這是我的問題，對不起。
　 2 不，不是我的問題啊。
　 3 我確實說過要你做，可是這樣子是完全不行的。

解析
- うまく行かなかったら（一旦進展不順利）

3番—1

男 ああ、僕もケーキにすればよかった。

女 1 後悔したってもう遅いよ。

聴解

2 ケーキにしといてよかったね。

3 よかった。気に入ってくれて。

中譯

男 啊，要是我也點蛋糕就好了。

女 1 現在說後悔已經來不及囉。

2 還好要了蛋糕啊。

3 真高興你喜歡。

4 番―1

女 大事な会議に来なかったくせに、よくそんなこと言えるよね。

男 1 会議には来なかったけど、それとこれとは関係ないよ。

2 会議に来なかったんなら、そんなこと言うのはとても立派だよ。

3 会議に来なかったから、言えるってことだよ。

中譯

女 明明就沒有來參加重要的會議，還真敢說那種話啊。

男 1 我雖然沒有來參加會議，但這個和那個無關吧。

2 如果沒有來參加會議的話，說出那種話真的太了不起了。

3 因為沒有來參加會議，才能說啦。

難題原因

● 「よくそんなこと言えるよね」帶有責罵對方的意思，是質疑對方「明明沒有來參加重要的會議，怎麼還敢這樣說呢？」的語氣。

5 番―3

女 ちょっとうちに寄っていったら？

男 1 そうかもしれないね。

2 せっかくだから、それがいいよ。

3 せっかくだけど、ちょっと急いでるから…

中譯

女 順便到我家一下如何呢？

男 1 也許是那樣耶。

2 因為很難得，那樣子很好。

3 難得有機會，但是我有一點急事…

難題原因

● 發話者所說的「ちょっとうちに寄っていったら？」是「提出建議」的說法，所以聽的人必須有所回應。

● 選項 2 也是「建議」用法，用建議回應別人的建議，不符合邏輯。

6 番―2

男 雨に降られてしまったよ。

女 1 雨に打たれたの？風邪引くよ。

2 そうだね。ハイキング楽しみにしてたのにね。

3 そう？雨が降ったら走らなくていいから、よかったね。

中譯

男 下雨了，真討厭。

女 1 淋到雨了嗎？會感冒喔。

2 是啊。本來很期待健走活動的。

3 是嗎？如果下雨就不用跑步了，太好了。

解析

● 「雨に降られてしまったよ」是用被動形表示「下雨了，真討厭」的意思。

7 番—3

女 私、一応 車の免許、持ってはいるんだけど…

男 1 運転したいんだね。じゃ、お願いね。

2 じゃ、運転 上手なんだね。運転お願いね。

3 じゃ、他の人に運転頼んだほうがいいかな。

中譯

女 我勉強算是有汽車駕照啦…

男 1 你很想開車吧？那就拜託你囉。

2 那麼，你很會開車囉。就麻煩你開車了。

3 那麼，是不是拜託別人開比較好？

解析

● 一応（算是…）

8 番—2

女 慶介はいつも、誘ってもなんだかんだ言って 断るんだから！もう！

男 1 なんだかんだなんて、もう言ってないよ。

2 そう言うなよ。本当に用事があるんだから。

3 断るからもう誘ってくれないなんて、ひどいよ。

中譯

女 每次約慶介，總是說這說那的找理由拒絕，真是的！

男 1 這個那個什麼的，已經不說了喔。

2 不要這樣說啦，因為我真的有事情。

3 因為要拒絕，就不再來邀約了，好過分喔。

解析

● なんだかんだ（這個那個）

9 番—2

男 今日君に一緒に来てほしかったんだけど…ま、いっか。

女 1 それもいいと思うよ。

2 ごめんね。次は行くから。

3 うん、いいんじゃない。

中譯

男 今天本來希望你能一起來的…算了。

女 1 我覺得那樣也很好喔。

2 對不起啦。下次我會去。

3 嗯，不是很不錯嘛？

難題原因

● 「ま、いっか」的意思是「算了」。

聴解

10 番—1

女 熱い！今、私の手にコーヒーこぼれた
　　よ！気をつけてよ！

男 1 大丈夫？

　　2 ちょっとだけだから、大丈夫だよ。

　　3 大丈夫だよね。

中譯

女 好燙！咖啡濺到我手上了！小心一點！

男 1 還好嗎？

　　2 只濺到一點，沒關係啦。

　　3 沒問題吧？

11 番—1

女 犬のえさ、ちゃんとやってくれてるよね。

男 1 ちゃんとやってるよ。

　　2 ちゃんとやったよ。

　　3 ちゃんとやるよ。

中譯

女 你有每餐都幫我餵狗對吧？

男 1 我確實每餐都有餵喔。

　　2 我確實餵過（一次）了啊。

　　3 我會確實去餵喔。

12 番—2

男 ここで待ってるから…

女 1 じゃ、またね。

　　2 わかった。すぐ行ってくるね。

　　3 うん、待ってもいいと思うよ。

中譯

男 我在這裡等著…

女 1 那麼，再見。

　　2 我知道了。我去了就回來。

　　3 嗯，我覺得可以等喔。

13 番—1

女 この様子だと、間に合いそうにないね。

男 1 そうだね。じゃ、もっと急がないとね。

　　2 そうだね。問題なく間に合いそうだよね

　　3 そうだね。じゃ、もっとゆっくりやって
　　　もいいかもね。

中譯

女 看這個樣子，好像會來不及耶。

男 1 是啊。那麼，就得再快一點了。

　　2 是啊。看起來一定會趕上對吧？

　　3 是啊。那麼，或許可以再慢一點喔。

解析

● 問題なく（一定會）

5

【1番、2番】

1番—2

三人のサラリーマンが、自動販売機の前で話しています。

男1 お金入れたのに、出てこないんだよ。

女 なんだよ、この詐欺自動販売機。

男2 電話番号書いてあるよ。故障したときは、ここに電話しろって。

男1 でも、そんなの待ってる時間ないよ。たかだか１２０円で、１時間待たされたりしたら、お金よりも時間のほうがもったいない。

男2 高志、気にするなよ。俺がおごってやるから。今からマクドナルド行こう。

女 あたしも行っていい？

男2 いいよいいよ。俺今日給料日だから。任せといて。

女 わーい。

男1 信夫、ありがとう。

高志は、今から何をしますか。

1 自動販売機で飲み物を買う。

2 マクドナルドに行く。

3 電話して苦情を言う。

4 給料をもらいに行く。

解析

- たかだか（充其量）
- 給料日（發薪日）
- 任せといて（包在我身上）

2番—2

両親と息子が話しています。

男1 どうしたの、父さん母さん。

男2 雄二が万引きで捕まったって聞いて、急いで来たんだよ。

男1 万引きなんてしてないよ。

男2 警察から電話かかってきて、お宅の息子が万引きで捕まりましたって言うんだ。

女 そうよ。びっくりしたわ。

男1 万引きしたと思われてね。でも、話せばわかってくれて。

男2 そうか。万引きなんかして何考えてんだって叱ってやろうと思って来たんだけど。

両親は、今どんな気持ちですか。

聴解

1 息子を叱りたい気持ち。

2 安心した気持ち。

3 びっくりした気持ち。

4 楽しい気持ち。

[解析]

● 万引き（偷竊商品）

● 万引きしたと思われてね（被認為偷竊商品）

● 話せばわかってくれて（説了之後就明白了）

● 叱ってやろうと思って（打算要來教訓）

[難題原因]

● 題目問的是父母親現在的心情。要從對話內容了解説話者的心情，必須掌握很細微的日語語感。

● 此的答題線索有兩個：
  (1)「万引きしたと思われて」和「話せばわかってくれて」。從這句話可得知先前兒子是被警察誤解。
  (2)父親最後所説的「そうか」（這樣子啊！）也是解題關鍵。此處的「そうか」是一種放心的感覺。在此情況下可解讀為父親放下心來。

【3 番】

3 番—4、3

テレビで、医者がインプラントについて話しています。

男1 インプラントについてですが、インプラ

トとは、抜けた歯の代わりに、人工的に作った歯を植えることです。インプラントの人工の歯の材質には、セラミックと、ハイブリッドセラミック、金属、メタルボンドがあります。それぞれに長所と短所があります。セラミックは、硬くてアレルギーが起こらず、人間の歯に似ていますが、人間の歯よりも固いので、他の歯に傷を付けることがあります。ハイブリッドセラミックは、人間の歯と同じ硬さなので、歯に傷をつけませんが、セラミックほど人間の歯に似ていません。金属は、人間の歯と同じ硬さですが、金属ですので人間の歯に似ていません。でも、費用は一番安いです。メタルボンドは、人間の歯と同じ硬さで色も人間の歯に似ていますが、費用は一番高いです。

女 前歯をインプラントにしたいのよ。お金はいくらかかってもいいから、本物の歯にそっくりなのがいいなあ。でも、本物の歯に傷をつけるような材質のにはしたくないな。

男2 俺は奥歯をインプラントにしたい。人間の歯と同じ硬さだったら、材質は何でもいいなあ。奥歯だから、見た目は気にしな

い。お金ないから、安ければ安いほどい

いんだけど。

質問1 この女の人には、どの材質のインプラ
ントがいいですか。

質問2 この男の人には、どの材質のインプラ
ントがいいですか。

解析
- インプラント（植牙）
- アレルギー（過敏）
- そっくり（一模一樣）
- セラミック（陶瓷）的特質：堅固不會造成過敏，和真牙很像，硬度比真牙硬會傷害其他牙齒。
- ハイブリッドセラミック（陶瓷混和物）的特質：硬度和真牙相同，不會傷害其他牙齒，和真牙不像。
- 金属（金屬）的特質：硬度和真牙相同，和真牙不像，費用最便宜。
- メタルボンド（金屬和陶瓷的複合材質）的特質：硬度和真牙相同，顏色也和真牙相似，費用最昂貴。

言語知識（文字・語彙・文法）• 読解

1

① 4 虚しい──むなしい

② 3 弾んで──はずんで

③ 4 勇んで──いさんで

④ 3 衰える──おとろえる

⑤ 1 妬ましく──ねたましく

⑥ 4 発足──ほっそく

> **難題原因**
>
> ①：「虛しい」雖然是還沒到高級之前就學過的字彙，但都是用平假名表現，可能很多人不知道漢字的寫法。
>
> ③：屬於高級日語的字彙，可能很多人不知道如何發音，但這是一定要會的字。

2

⑦ 2　1 改過自新
　　　2 自大傲慢
　　　3 心情愉快
　　　4 小心

⑧ 4　1 嚴苛
　　　2 優秀
　　　3 感動
　　　4 激進

⑨ 3　1 寬廣的
　　　2 久遠的
　　　3 奧が深い：深奧的
　　　4 狹小的

⑩ 2　1 罕見
　　　2 不成文的規定
　　　3 不注意健康
　　　4 不合適

⑪ 1　1 不講理
　　　2 歡天喜地
　　　3 史無前例
　　　4 不成文的規定

⑫ 2　1 歸還
　　　2 回擊、報復
　　　3 打擾
　　　4 消磨時間

⑬ 1　1 專心致志
　　　2 沒收
　　　3 歿年、享年
　　　4 沉沒

> **難題原因**
>
> ⑦：
> - 題目只出現兩個字彙：「彼」和「売れすぎて」（うれすぎて），如果不知道「売れすぎて」（大賣）的意思，就很難答對。
> - 四個選項非常相像，都是「～心」，如果依賴漢字來猜測意思，就容易誤答。
>
> ⑫：
> - 選項 1「返却」（へんきゃく）和選項 2「仕返し」（しかえし）都有「返す」（かえす）（返回、回報）的意思。
> - 選項 1 是干擾作答的陷阱。

3

⑭ 1 滅多に ── 幾乎（不～）
　　1 大部分
　　2 絕對
　　3 強烈的
　　4 一下減少一下增加

⑮ 2　仕切りたがる —— 想要掌控
1　想要偷懶
2　想要指揮
3　想要回家
4　想要說教

⑯ 3　指図 —— 指示
1　圖解
2　解說
3　指示
4　共同努力

⑰ 1　冴えている ——（頭腦）清晰
1　腦袋很靈活
2　休息
3　遲鈍
4　糊塗

⑱ 4　さえずっている ——
（小鳥）啼叫
1　玩樂
2　飛翔
3　走路
4　啼叫

⑲ 1　煙たい —— 難以親近的
1　想遠離
2　一直在抽菸
3　值得感激的
4　必須…

> **難題原因**
>
> ⑭：「滅多に」（めったに）是較難的漢字詞彙。
>
> ⑯：依賴漢字猜測意思，會誤以為「指図」（さしず）的意思和「圖」有關。

4　⑳ 1　思い入れ —— 眷戀
對長年使用的這張桌子有著無限眷

戀。

㉑ 3　几帳面 ——
正經八百、一板一眼
他的性格是正經八百的。

㉒ 4　きっぱり —— 斷然地
斷然地拒絕保險的遊説。

㉓ 1　脚色 —— 改編
「電車男」是改編事實的作品。

㉔ 2　窮屈 —— 狹窄、受拘束
我的身材坐這張椅子太窄了。

㉕ 1　凝らす —— 集中
集中所有的心力製作蛋糕。

> **難題原因**
>
> ㉑㉕：屬於高級日語的字彙，日本生活常見。
>
> ㉔：屬於高級日語的字彙，而且依賴漢字猜測意思，容易誤解。

5　㉖ 2　關於結論方面，已經決定了。事到如今就不用再說什麼了。
1　沒有説過
2　不用説
3　（無此用法）
4　想要説看看

㉗ 4　就算感染了，也不見得就一定會發病。有人一輩子也不會發病。
1　感染したくても：即使想要感染…
2　感染しなくても：即使沒有感染…
3　感染したからには：既然感染了…就要…

言語知識（文字・語彙・文法）● 読解

4　感染したとしても：即使感染
了…也…

28　2　學習外語有訣竅，跟智商沒有
關係。所以對我來說，學外語
並不算特別困難。

1　…にしては：以…程度而言
2　…にとっては：對…而言
3　…にいえば：（無此用法）
4　…にみれば：（無此用法）

29　2　他的歌聲實在很糟糕，可是大
家都想要說卻不敢說，耐著性
子聽著。

1　應該要説…偏偏…
2　想要説卻不敢説
3　不用説…
4　即使説了…也…

30　3　既然都斷言沒問題了，那一定
不會有事的。就耐心地等著
吧。

1　…クセに：明明…卻…
2　…だけで：只是…
3　…からには：既然…就…
4　…としても：就算…也…

31　4　雖然不是特別想抽煙，但是因
為長年的習慣，不知不覺就把
手伸出去了。

1　…と思い：覺得…
2　…としても：就算…也…
3　…からと言って：因為…就…
4　…わけでもないのだが：雖然
並不是…

32　4　雖然這本小說並不算有趣，不
知道為什麼卻想一讀再讀。

1　…にもかかわらず：雖然…但
是…
2　…だけなので：因為只是…
3　…ものではないので：因為不
是…東西

4　…というわけではないのだ
が：雖然並不是…

33　2　我知道了以前日語所說的「よ
うじ」，就是現在說的「歯ブ
ラシ」這件事。

1　…ものだという：説是…的東
西
2　…ことだという：是指…這件
事
3　…ひとだという：（無此用
法）
4　…わけではない：並不是…

34　1　從外表來看，感覺他像是個犯
人，可是調查之後發現與他完
全無關。

1　…からして：從…來看
2　…までして：甚至做到…地步
3　…でも：即使…
4　…なら：如果…

35　2　這道料理雖然不算是100分，但
是以初次做料理的人而言，算
是可圈可點了。

1　…だと思う：覺得是…
2　…とはいえない：雖然不算
是…
3　…かもしれない：可能…
4　…に違いない：一定是…

難題原因

㉙：正確選項「言うに言われず」
是日語中的固定用法，不知道就可
能答錯。

㉚：

● 「…からには」是日語中的固定
用法，不知道就可能答錯。

● 「…からには」常見的接續形式
為：「動詞た形＋からには」表示
「既然做了某種行為，就…」。

㉞：「…からして」是固定用法，必須理解正確意思才能作答。

6

㊱　2　辛抱　4　強く　1　待って　3　い
れば　2　春は　必ず訪れる。
★

耐心等待的話，春天一定會到來。

解析
- 辛抱強い（有耐心的）
- 待っていれば（等待的話…）

㊲　4　この番組は　1　いかにも　2　や
らせなので　3　見ていて　4　わ
★
ざと　らしくてイヤになる。

這個節目完全是作假，看起來很不
自然，使人厭煩。

解析
- いかにもやらせなので（因為完全是作假）
- わざとらしい（不自然的）

㊳　2　今年度は　3　前年度を　1　上回
る　2　営業成績で　4　赤字を
★
挽回した。

因為今年度的營業成績超越上一年度，拯救了赤字。

解析
- 名詞＋を＋上回る（超越…）
- 赤字を挽回した（拯救了赤字）

㊴　4　一度　4　ならず　1　二度　3　ま
★

でも　2　信用を　裏切った彼は
相手にできない。

不只一次，甚至是背叛兩次的他不
值得交往。

解析
- 一度ならず（不只一次）
- 二度までも（甚至是兩次）
- 信用を裏切る（背叛）

㊵　4　キチンと　1　予算内に　4　収ま
★
るように　3　経費を　2　やりく
り　する。

為了精準控制在預算內，調整經費。

解析
- 名詞＋に＋収まるように（為了控制在…）
- 経費をやりくりする（調整經費）

難題原因

㊲：必須知道「わざとらしい」
（不自然的）這個詞彙，才能知道
「らしくて…」前面一定是「わざ
と」。

㊴：必須知道「…ならず…まで
も」（不只…甚至還…）這個用
法。

7

㊶　2　1　…のせいで：都是因為…（用
於不好的結果）
2　…により：根據…
3　…のことで：關於…
4　…なので：因為…

㊷　3　1　などの：等等的
2　でない：不是

言語知識（文字・語彙・文法）• 読解

  3　…らしき存在：好像是…的存在
  4　でも：即使…也

④③　4　1　沒有異議 / 被無視
  2　有趣的 / 被影響
  3　不可思議的 / 被考慮
  4　正常的 / 被注目

④④　3　1　決断：決斷
  2　決定：決定
  3　…と判断したようだ：好像判斷是…
  4　判定：判定

④⑤　1　1　…でしかない：只不過是… / 可以説
  2　…とも言われない：不會被説成… / 不知道
  3　…とは言えない：不能説是… / 不認為
  4　…とはちがう：和…不一樣 / 説

> **難題原因**
>
> ④②：「らしき」是推量助動詞的「らしい」的文語形式，要知道「らしき」的前後都要接續名詞。

8　(1)

④⑥　4　因為發現父母親跟自己一樣，都是普通人。
  題目中譯　發現父母親不是超人後，會感謝並尊敬他們的原因是什麼？

(2)

④⑦　2　以分期付款的方式新蓋了獨棟房屋。
  題目中譯　關於接受這份祝福的人的事情，以下何者是正確的？

(3)

④⑧　4　上司應該受到尊重，但是每個人都有平等的發言權。
  題目中譯　以下何者接近作者的意見？

9　(1)

④⑨　4　明明是自己造成的，卻推到別人身上。
  題目中譯　這裡指的①認知上的錯誤是什麼意思？

⑤⓪　3　形同承認自己是沒有個性的人。
  題目中譯　作者看到染金髮的人有什麼感想？

⑤①　1　外表普通但是有個性的人看起來就是不一樣。
  題目中譯　作者説「不能光看外表來判斷」，這樣説的用意是什麼？

(2)

⑤②　1　咖哩醬和米飯
  題目中譯　第二天的咖哩變好吃的要素是什麼？

⑤③　4　在冷飯上淋上熱咖哩醬。
  題目中譯　作者覺得第二天的咖哩好吃的吃法是哪一種？

⑤④　3　因為不是高級的吃法。
  題目中譯　為什麼説在一流飯店裡的餐廳絕對不會提供（這樣的餐點）？

(3)

⑤⑤　4　因為還不知道那個問題是可以解決的。
  題目中譯　連續劇的主角為什麼覺得人生沒道理，怨恨命運？

⑤⑥　3　不管是什麼樣的狀況，從旁人眼中看來都還是有希望的。

（題目中譯）想要説出像是「志村，後面後面」這種話，是指什麼樣的內容？

⑤⑦ 1 **看起來嚴峻無比的人生從神明眼中看來也是充滿希望的。**

（題目中譯）作者想説的重點是什麼？

難題原因

⑭⑨：
- 文章長，必須從長文中完全理解作者想要表達的主張。
- 答題關鍵在於「「人を見かけで〜いだけの話だ。」這段話。

⑤③：
- 長篇文章中可能會夾雜許多作者的想法，要能看出其中哪一個才是作者最想表達的主張。
- 此題的答題線索是「普通は「冷や飯〜れるのである。」」。

⑤⑤：
- 長篇文章中可能會夾雜許多作者的想法，要能看出其中哪一個才是作者最想表達的主張。
- 要能理解觀眾為什麼會不由自主地想到「「志村、うしろうしろ（注）」みたいに言ってやりたくなる。」」。

10 ⑤⑧ 2 **因為會變成以孩子和家庭為中心活下去。**

（題目中譯）作者説，美人不能永遠是美人，主要原因是什麼？

⑤⑨ 4 **因為只要琢磨內在，表情就會變好看。**

（題目中譯）①醜八怪不再是醜八怪的原因是什麼？

⑥⑩ 3 **擁有吸引喜歡上自己的異性的魅力。**

（題目中譯）所謂②為了那樣，是指什麼事情？

⑥① 1 **因為不管成功與否，愛人的心情會讓人變美麗。**

（題目中譯）作者為什麼積極建議要趁年輕時多談戀愛？

難題原因

⑤⑧：
- 文章長，難以從文章中直接找到可以判斷正確答案的內容。
- 要能理解「そうして年月を〜離を近づける。」要表達的重點。

11 ⑥② 1 **光從標示，消費者不知道商品是人工的還是天然的。**

（題目中譯）透過A和B的論述，可以清楚以下哪一件事？

⑥③ 2 **淋上熱水後不會變白變混濁的是人工鮭魚子。**

（題目中譯）從A和B來判斷，應該要如何分辨人工鮭魚子？

難題原因

⑥②：
- 很難從文章中找到與題目直接相關、或直接可作為答題線索的內容，必須透過閱讀後的理解力來作答。
- 要能理解「問題は、「人工〜ことのようだ。」這段內容的重點。

言語知識（文字・語彙・文法）• 読解

12

⑥⑭ 2 **因為太多無法預測的事情。**

題目中譯 作者為什麼説人生是無法計畫的？

⑥⑤ 3 **對自己所做的選擇沒有負起責任。**

題目中譯 所謂的①形同放棄自己的選擇權，具體而言是什麼樣的行為？

⑥⑥ 4 **保有自己的意見，要做以自己負責任的原則做出選擇的事情。**

題目中譯 所謂的②確實地完成眼前的選擇，是要如何去做？

⑥⑦ 1 **人生可以自由選擇，但是所有責任都要自己負責。**

題目中譯 以下何者最接近作者對人生的想法？

13

⑥⑧ 2 **以前在學校內做過的課題不能展出。**

題目中譯 關於報告，以下何者錯誤？

⑥⑨ 3 **在任何情況下都不會公佈學校或個人名稱。**

題目中譯 關於情報管理方面，以下何者錯誤？

聴解

1

1 番——4

二人の会社員が、どこで食事をするか話しています。二人はどこに行くことに決めましたか。

女　何食べる？

男　イタリア料理。

女　イタリア料理なら先週食べたじゃないの。

男　じゃ、何がいいの？

女　フランス料理。

男　フランス料理だって先々週食べたじゃない。

女　先々週だから、そろそろ食べたいわ。

男　じゃ、店はどこにするの。

女　シャメリア。

男　あの店だったら、モランのほうがいいよ。

女　そうかな？モランおいしい？

男　まあ、好みの違いかな。じゃ、エリベン。

女　行ったことないなあ。じゃ、冒険してみるかな。

男　そうしよう。

二人はどこに行くことに決めましたか。

解析

● そろそろ食べたいわ（差不多想要吃了）

● 好みの違い（喜好不同）

2 番——3

二人の会社員が、旅行の計画を立てています。二人は何県に何日行くことにしましたか。

男　今度の九州旅行の計画立てようよ。何日まで休み取れるの？

女　一週間。

男　俺と同じだね。じゃ、旅行期間は一週間にしよう。まずは、福岡と鹿児島だね。それぞれ3日ずつでどうかな。

女　そしたら、残りが1日しかないじゃない。

男　だったら、見るところが一番多い福岡はそのまま、鹿児島を1日減らしたら？

女　そうしようか。それで、そのあと長崎、大分それぞれ1日でどうかな。

男　でも、一週間めいっぱい旅行するのもね。

女　うん。旅行から帰った次の日にまた会社じゃしんどいよね。

男　やっぱり鹿児島をもう1日減らして、1日

115

聴解

早く帰ろうか。

女 うん、そうしよう。

二人は何県に何日行くことにしましたか。

解析
- それぞれ３日ずつ（各別都三天）
- 一週間めいっぱい旅行する（完全的利用這一星期去旅行）
- しんどい（疲累）

3番—1

二人の学生が、アルバイトのシフトのことを話しています。男の人は、どうすることに決めましたか。

女 コンビニのアルバイト、どうすることにしたの？昼から夜にかわるの？

男 コンビニ強盗のことを考えたら、昼のほうがいいよなあ。夜は変なお客も多いし。

女 でも、昼はお客が多くて疲れるでしょ。夜は給料２５％増しだよ。男だから大丈夫だよ。心配しすぎだよ。

男 でも夜にバイトしてたら、昼と夜が逆になってつらいよ。

女 よく言えるわね、そんなこと。いつも逆

じゃない。

男 言われてみれば、確かにそうだな。じゃ、最初は半分半分で、だんだん増やしていくってことで。

女 うん。

男の人は、どうすることに決めましたか。

解析
- シフト（班表）
- 昼と夜が逆になってつらいよ（日夜顛倒很辛苦耶）
- 言われてみれば（如此説來）
- そのうち（過幾天）

4番—3

二人の高校新入生が、クラブについて話しています。男の人は、何部に入ることにしましたか。

男 何部に入ろうかな。

女 卓球部はどうかな。

男 嫌だよ。あんな室内で机に向かってやるスポーツ。僕は青空の下で広々としたところでスポーツしたいんだ。

女 じゃ、サッカー部はどうかな。

男 サッカーやってると短足になるって話があるけど、本当かな。

女 大丈夫だよ。そんなのうそだよ。だった

ら、野球部は？

男 野球部は毎日遅くまで練習してるから、勉強できないよ。

女 だったら、テニス部は？

男 不良が多くて入るの怖いよ。

女 だったら、入るとこないじゃん。

男 だったら、遅くなってもいいかな。決めた。

男の人は、何部に入ることにしましたか。

解析

- 広々としたところ（寬廣的地方）
- 短足（腿短）

5番—3

姉が弟に、カメラのレンズのクリーニングの方法を教えています。必要なものを買うために、弟は今からどこに行きますか。

男 カメラのレンズに触っちゃった。指紋が付いちゃったよ。

女 拭かないと、カビの栄養になってしまうよ。指紋は指の油脂の汚れだから、無水アルコールをつけるのがいいよ。でも、普通の汚れだったら、カメラ屋で売ってるレンズ専用のクリーニング液で十分。

男 無水アルコールはどこで買えるの。

女 薬局に行けば売ってるよ。ちょっと見せて。このぐらいだったら、何もつけずに拭いてもいいと思う。

男 何で拭くのがいいかな。

女 カメラのレンズを拭くためのクリーニングペーパーがあるの。

男 どこで売ってるの？

女 大きな電気店に行けばあるよ。それから、このカメラ、ボタンの隙間とかに埃がたまってるけど、ブロアーで空気を吹いて掃除すればいいのよ。ブロアーは、駅前の写真屋に特価のがあったわ。

男 まあ、それはまた今度ね。じゃ、買いに行ってくるよ。

必要なものを買うために、弟は今からどこに行きますか。

解析

- カビ（黴菌）
- 隙間（縫隙）
- ブロアー（橡皮吹球）

難題原因

- 姐姐針對汙垢程度分別提出三種東西和販賣地點，如果不弄清楚弟弟目前最需要做的事情，就無法順利作答。
- 指紋汙垢：無水酒精（藥局）
- 一般汙垢：鏡頭專用清洗液（照相館）

聴解

6 番—3

夫婦が、いくらお金が必要か話しています。
この夫婦は、いくらおろしますか。

男　いくらおろそうか。

女　計算してみるね。明日払う娘のピアノ教室の月謝と車の修理代、あわせて60000円。

男　車の修理代、あれから追加で修理をお願いしたんだ。バックミラー4000円。

女　それはもうこの計算に入ってるわ。

男　あ、それとエンジンオイルも追加したんだ。2000円。

女　もう！私の知らないうちに…

男　仕方ないじゃん。そろそろ交換時期なんだから。

女　わかったわ。他に何かある？

男　エンジンオイルの消費税分、125円もね。

女　それは、内税になってるから、足して計算する必要は…

男　そっか。

この夫婦は、いくらおろしますか。

解析
- 月謝（學費）
- 私の知らないうちに（在我不知道的時候）
- 内税（消費税已包含在定價內）

難題原因

- 涉及簡單的數學加法，但最重要的還是得知道哪些錢已包含在女性原本就預定要提領的金額內。
- 也必須理解女性所説的「内税」是什麼意思。

2

1 番—1

ラジオで男の人が、アメリカでの日本酒ブームについて話しています。なぜ日本酒がアメリカで人気がありますか。

男　最近のアメリカでの日本酒ブームには、驚くばかりです。ニューヨークの日本料理店では、最近は日本各地の有名なお酒を置くようになってきました。中には、100種類以上の日本酒を置いている店もあるようです。近所の酒屋にも、10種

類以上の日本酒があります。アメリカ人も、ワインと同じような感覚で日本酒を飲むようになりました。でも、ワインと違うのは、日本酒は温めて飲むことです。世界でもこのようなお酒は珍しいので、このような感覚が、アメリカ人に受けたのです。

日本でなかなか手に入らない幻の銘酒も、アメリカではけっこう簡単に手に入ります。数に限りがあるお酒は、国内のほうが手に入りにくいのです。

アメリカでは最近、日本酒でつくるカクテルも、よく飲まれています。梅酒と日本酒から作るサムライ、日本酒とライムジュースで作るカミカゼというカクテルがよく飲まれています。

なぜ日本酒がアメリカで人気がありますか。

解析
- ブーム（熱潮）
- 手に入らない（無法入手）
- 幻の銘酒（夢幻名酒）
- 数に限りがある（數量有限）
- カクテル（雞尾酒）
- ライムジュース（萊姆汁）

2番—4

お母さんが、子供に買い物の指示をしています。子供は何を買ってきますか。

女 ちょっとスーパー行ってきてくれる？鶏肉と鯛の刺身と卵と片栗粉とスイカを買ってきてほしいの。

男 スイカは、八百屋のほうが安いよ。

女 そうね。じゃあ、いいわ。

男 それから、卵はこの前は１０個入りのを買ったけど、多すぎて腐っちゃったよね。

女 じゃ、今回は半分のサイズでいいよ。

男 鶏肉は、どの部分の肉を何人分？刺身は何人分？

女 鶏肉は腿肉。おじいちゃんは食べないから５人分、刺身はおじいちゃんが２人分食べるから、１人分多く買って。

男 片栗粉は、１袋でいいの？

女 やっぱり、もう１袋追加。

男 うん、わかった。

子供は何を買ってきますか。

解析
- 片栗粉（太白粉）
- 腐っちゃった（臭掉、壊掉）

聴解

- 要先聽懂媽媽希望小孩買哪些東西，以及小孩建議哪些東西可以不用買。
- 此題最主要的答題線索是「因為爺爺不吃雞腿肉，所以買五份」，可以藉此推算家裡有六個人。
- 知道總人數後，因為爺爺要多吃一份生魚片，所以生魚片要買七份。

（解析）
- 知らないよ（我才不管你）
- 始末して（處理善後）
- 知らないったら、知らない（我說不管你就是不管你）

3 番—3
<ruby>番<rt>ばん</rt></ruby>

姉と弟が話しています。弟は、どうして犬を洗いませんか。

女 ねえ、犬を風呂に入れて洗ってくれる？

男 知らないよ。自分でやれば。

女 なんで手伝ってくれないのよ。

男 今忙しいんだ。自分が犬連れて川原に散歩行って汚したのに、何で僕が洗わないといけないの？

女 いいじゃない。手伝ってよ。

男 困ったときはいつでも手伝うよ。でも、自分で汚したのは自分で始末してよ。何でも人に頼むのはよくないよ。

女 今回だけだから。お願い。

男 知らないったら、知らない。

弟は、どうして犬を洗いませんか。

4 番—4
<ruby>番<rt>ばん</rt></ruby>

夫婦が、ステレオを買うことについて話し合っています。女の人は、お金をいくらおろせばいいですか。

女 うちも、ステレオぐらい買いましょうよ。広告でいい商品見つけたんだけど。セットで１３万円、今なら１万円オフよ。

男 セットのよりは、全部ばらばらで買ったほうが音がいいんだよ。

女 セットで買ったほうがいいと思うわ。そのほうが、見た目がいいじゃない。

男 ステレオは、見た目じゃないよ。音だよ。

女 じゃ、ばらばらで買ったら、いくらぐらいになるか、計算してみて。

男 スピーカーが６００００円で、アンプが５００００円、ＣＤプレーヤーが５００００円。予算オーバーだな。でも、せっかく買うなら、音質がいいのがほしいし…

女 じゃ、今回は、アンプとスピーカーだけにするかな。

男　うーん。そんなことするぐらいなら、君の
　　いったとおりにしたほうがいいなあ。

女　そうでしょう。じゃ、お金おろしておくわ
　　ね。

女の人は、お金をいくらおろせばいいです
か。

解析
- セット（一組）
- 1万円オフ（便宜1萬日圓）
- 見た目（外觀）
- スピーカー（喇叭）
- アンプ（揚聲器）
- 予算オーバー（超過預算）
- 原先打算單買各個設備，但因為超過預算，所以老公還是決定照老婆一開始説的購買一整組。
- 購買一整組可以便宜1萬日圓，所以要提領12萬日圓。

5番—4

男の人が、電話で店員に苦情を言っていま
す。男の人は、何を怒っていますか。

男　昨日送ったステレオ、買ったばかりなんで、
　　修理は無料ですよね。

女　いいえ、これは特価品なので、保証期間
　　が短いんですよ。保証期間はもう切れち
　　ゃってますよ。

男　修理は、お金がどのくらいかかりそうで
すか。

女　基板の取替えで、29800円になります。

男　高すぎるよ。このステレオ12000円で
　　買ったのに。修理しなくていいから、返
　　してよ。

女　では、そちらに送り返しますので、送料
　　は、お客様の負担になります。

男　ちぇ、しょうがないなあ、全く。

女　じゃ、こちらで無料で処分いたしましょ
　　うか。

男　冗談じゃないよ、返してよ。…無料で
　　処分とかうまいこと言って、部品を取る
　　ために使おうと考えてるんじゃないの？ず
　　るいことばっかり考えて。もうお宅で製
　　品買いたくなくなっちゃったよ。

男の人は、何を怒っていますか。

解析
- 切れちゃってます（到期了）
- 基板（電路板）
- 冗談じゃないよ（開什麼玩笑）
- 無料で処分とかうまいこと言って（説什麼免費處理之類的好聽話）
- ずるいこと（狡猾的事情）

難題原因
- 男性的心情因為店員的回應越來越糟，必須注意哪一個才是讓男性真正動怒的主要因素。
- 男性一聽到維修費超過購買價錢就已經決定不修理。
- 店員提出可以幫男性寄回壞掉的音響，但需要運費，讓男性很不高興。

聴解

● 男性最生氣的一點是聽到店家說可以免費處理壞掉的音響，開始質疑其實店家是想要取得可用於維修的零件，覺得店家很狡猾，所以真的動怒。

6番—4

<ruby>男<rt>おとこ</rt></ruby>の<ruby>人<rt>ひと</rt></ruby>が、<ruby>店員<rt>てんいん</rt></ruby>と<ruby>話<rt>はな</rt></ruby>しています。<ruby>男<rt>おとこ</rt></ruby>の<ruby>人<rt>ひと</rt></ruby>は、どのサイズのを<ruby>買<rt>か</rt></ruby>いますか。

男　Ｓサイズとｌサイズのを<ruby>着<rt>き</rt></ruby>てみたいんですが。

女　こちらがＳで、こちらがＭになります。どうぞ。

男　どちらもきついですね。Ｌサイズのを<ruby>着<rt>き</rt></ruby>てみたいんですが。

女　こちらがＬになります。どうぞ。

男　<ruby>最近<rt>さいきん</rt></ruby><ruby>太<rt>ふと</rt></ruby>り<ruby>気味<rt>ぎみ</rt></ruby>なので、お<ruby>腹<rt>なか</rt></ruby>のところが、もうちょっと<ruby>余裕<rt>よゆう</rt></ruby>があればいいんですが。

女　でしたら、<ruby>一<rt>ひと</rt></ruby>つ<ruby>大<rt>おお</rt></ruby>きいサイズにするしかないですよ。お<ruby>腹<rt>なか</rt></ruby>の<ruby>部分<rt>ぶぶん</rt></ruby>だけ<ruby>大<rt>おお</rt></ruby>きいのはありませんので。こちらがＬＬサイズになります。

男　ちょっと、<ruby>首周<rt>くびまわ</rt></ruby>りがぶかぶかですね…でも、それは、もう<ruby>少<rt>すこ</rt></ruby>しおなかが<ruby>出<rt>で</rt></ruby>れば、<ruby>着<rt>き</rt></ruby>れなくなってしまうので、やっぱりこれで

いいです。

女　そうですね。このほうが<ruby>長<rt>なが</rt></ruby>く<ruby>着<rt>き</rt></ruby>れるかもしれません。

男　じゃ、これをください。

女　かしこまりました。

<ruby>男<rt>おとこ</rt></ruby>の<ruby>人<rt>ひと</rt></ruby>は、どのサイズのを<ruby>買<rt>か</rt></ruby>いますか。

解析
● きついですね（很緊耶）
● 太り気味（有點發福）
● もうちょっと余裕があれば（再更寬鬆一點的話）
● 首周り（脖圍）
● ぶかぶか（鬆垮）

7番—1

<ruby>男<rt>おとこ</rt></ruby>の<ruby>人<rt>ひと</rt></ruby>が、カメラ<ruby>屋<rt>や</rt></ruby>の<ruby>店員<rt>てんいん</rt></ruby>と<ruby>話<rt>はな</rt></ruby>しています。<ruby>店員<rt>てんいん</rt></ruby>は、どのカメラがいいと<ruby>言<rt>い</rt></ruby>っていますか。

男　このサニーのカメラは、どんなカメラなんですか。

女　このカメラは、<ruby>風景<rt>ふうけい</rt></ruby>を<ruby>撮<rt>と</rt></ruby>るのに<ruby>向<rt>む</rt></ruby>いています。でも、<ruby>人<rt>ひと</rt></ruby>を<ruby>取<rt>と</rt></ruby>るのには<ruby>向<rt>む</rt></ruby>いていません。

男　じゃ、このパンタックスのは、どんなカメラなんですか。

女　これは、<ruby>人<rt>ひと</rt></ruby>の<ruby>肌<rt>はだ</rt></ruby>がきれいに<ruby>写<rt>うつ</rt></ruby>るように<ruby>設<rt>せっ</rt></ruby>

計されたカメラなんです。風景はあまりきれいには撮れません。

男 じゃ、このパンソナックの大きいカメラは？

女 これは、かなり大きいサイズの写真がきれいに撮れるカメラです。ポスターのような大きな写真でも、きれいに撮れます。でも、このカメラはかなり大きいので、普段からカメラを持ち歩きたい人には向いてません。

男 このアリンタスのカメラはどうですかね。

女 風景も人もきれいに撮れます。でも、操作が難しいので、年配の方には不人気です。

男 私はよく山や海に出かけるんですよ。できれば、いつでも持ち歩けるようなコンパクトなカメラがほしいですね。人の写真もきれいに撮れればいいんですが、操作が難しいようでしたら、風景だけきれいに撮れればそれでいいです。

女 でしたら、これしかないですよ。

店員は、どのカメラがいいと言っていますか。

解析
● 持ち歩きたい 想要隨身攜帶)

● 年配の方（年長者）
● コンパクト（小型）

難題原因

● 要聽懂每台相機的特色。
● サニー：適合拍攝風景。
● パンタックス：適合拍人。
● パンソナック：可以把大張照片拍得很漂亮，缺點是體積很大台。
● アリンタス：可以將風景和人都拍得很漂亮，缺點是不易操作。
● 可以根據男性的要求刪除不適合的錯誤選項。

3

1番―1

男の人が駅員と話しています。

男 一ヶ月の定期を買いたいんですが。

女 では、この紙に必要事項を記入してください。

男 はい。これでいいですか。

女 では、こちらが定期券になります。改札口を通るときに、改札機に触れるところがありますので、そこにピッと音がするまで触れてください。触れる時間が短いと、エラーになり、ピーピーピーとエラーの音が

123

聴解

鳴ります。この定期は、使い終わったらＩ
Ｃ乗車カードとしてお使いになれます。

男 ＩＣ乗車カードとは何ですか。

女 お金を入金すると、その金額がなくなる
まで乗車できるカードのことです。

男 プリペイドカードみたいなものですね。

女 そうですね。

駅員は、どのようなことを言っていますか。

1 この定期券は、期間が過ぎても他の使い方
で使える。

2 この定期券は、改札機に長く触れてはいけ
ない。

3 定期券を、ピーピーピーと音がするまで改
札機にタッチしなければならない。

4 ＩＣ乗車カードは、一ヶ月だけ使えるカー
ドだ。

解析

- ピッと音がするまで触れてください（請一直碰觸，直到
  出現逼一聲）
- エラーになり（出現故障）
- プリペイドカード（儲值卡）

2番—4

テレビで化粧品会社の人が話しています。

女 コラーゲンが不足すると、肌の弾力がな
くなります。コラーゲンは、肌の表面か
ら肌の奥に浸透させるのが難しい成分で
す。しかし、コラーゲンには保湿効果があ
るので、肌の表面に塗ってもある程度の
美肌効果は期待できます。でも、もし肌の
弾力を回復させたいのであれば、体の
中でコラーゲンが作られるようにすること
が大切で、塗るだけではだめです。

この人が言っているのは、どんなことです
か。

1 コラーゲンは、何の効果もない。

2 コラーゲンは、肌に塗るだけでは、何の効
果もない。

3 コラーゲンを肌に塗るだけで、肌の弾力を
回復することができる。

4 コラーゲンを肌に塗っても美肌効果はある
が、肌の弾力を回復させたい場合は、塗
るだけではだめだ。

解析

- コラーゲン（膠原蛋白）
- 膠原蛋白塗在肌膚表面只有一定程度的美肌效果。
- 要恢復肌膚彈性必須透過身體內製造出來的膠原蛋白，不
  能只靠塗抹的。

3番—3

男の人と派遣会社の事務員が話しています。

男 ここに登録すれば、仕事が紹介してもらえるんですか。

女 向いている仕事があれば、紹介いたします。お仕事は、1日だけの単発の場合もありますし、1週間ぐらいの期間の場合もあります。あまりありませんが、3ヶ月以上の長期の場合もあります。まず当社のサイトに登録していただきます。それで、向いていそうな仕事があれば、e-mailで通知いたします。

男 でも、私がどのような仕事がいいのか、わかるんですか。

女 ええ。サイトのほうに、希望する職種とか特殊技能などを登録するようになっていて、条件の合う方に通知いたします。

男 通知を受け取ってから、受けるかどうか考えればいいんですね。

女 ええ。でもすぐにいっぱいになってしまいますので、ご希望の場合は返事は速やかにお願いします。

男 わかりました。

派遣会社の事務員は、どんなことを言っていますか。

1 仕事の紹介のe-mailを受け取ったら、1週間以内に返事をしなければならない。

2 通知をもらってすぐに返事をすれば、仕事がたくさん紹介してもらえる。

3 自分の希望や特殊技能に合った仕事が紹介してもらえる。

4 通知をもらってからは、断ることはできない。

解析

● 速やか（盡快）

難題原因

● 文中介紹在網站登錄後的各種可能發生的情形，每一個資訊都有可能成為答題線索，要隨時記錄聽到的資訊。

● 也可利用刪去法找出正解。

● 選項1錯誤：沒有提到收到工作介紹後要在一個星期內回覆。

● 選項2錯誤：沒有提到收到通知後馬上回覆，會獲得更多的工作介紹。

● 選項4錯誤：沒有提到收到通知後不能拒絕。

4番—2

男の人とアスレチッククラブの受付の人が話しています。

聴解

男 会員の種類が多すぎてよくわからないので、説明してもらえませんか。

女 レギュラーと付くものは、制限なしにいつでもご利用いただけます。ナイトと付くものは、午後6時から閉館時間までのみお使いいただけます。ホリデーと付くものは、休日のみお使いいただけます。スイミングと付いていないものは、どの施設でもお好きな施設をご利用になれる会員で、スイミングと付くものは、プールのみご利用になれる会員です。

男 でしたら、ホリデースイミング会員に申し込みたいんですが。

女 でも、今でしたらキャンペーン中なので、レギュラースイミング会員のほうがホリデースイミング会員よりも安くなっています。

男 そうですか。そのほうが得ですね。でしたら、そちらでお願いします。

女 わかりました。

この人は、どんなプランに申し込みましたか。

1 この人は、いつでも好きな施設を利用できるプランに申し込んだ。

2 この人は、いつでもプールを利用できるプランに申し込んだ。

3 この人は、休日のみプールを利用できるプランに申し込んだ。

4 この人は、休日のみ好きな施設を利用できるプランに申し込んだ。

解析

- アスレチッククラブ（運動倶樂部）
- レギュラー（正規的）
- ナイト（夜間）
- ホリデー（假日）

難題原因

- 文中有許多外來語，如對外來語不夠熟悉，作答時會較吃力。
- 每個方案都有不同的限制，要仔細聆聽所有資訊。
- 男性最後聽從對方的建議申請了可以在任何時間使用游泳池的方案。

5番—1

テレビで男の人が選挙の状況について説明しています。

男 最初に熊本県知事の西村氏が、選挙に出ることを表明しました。現在の府知事の平田氏は、もともと今回の大阪府知事選挙に出ないつもりでした。民主党は、平

田氏がでないのなら、民主党の江川氏が出れば、必ず当選できるだろうと思っていました。しかし、後になって、平田氏が、選挙に出るかもしれないと言いました。昨日、大手飲食チェーンの社長川原氏も、選挙に出ることを表明しました。しかし、平田氏が出れば、西村氏、江川氏、川原氏の当選は、難しくなると思われています。

この人が言っていることに合うのはどれですか。

1 誰が当選するかは、予想できない状態だ。

2 平田氏が当選するだろうと予想されている。

3 江川氏が当選するだろうと予想されている。

4 西村氏が出れば、平田氏は不利になるだろう。

解析
- 表明しました（表明了）
- 出れば（真的出來參選的話）
- 大手飲食チェーン（大型飲食連鎖店）

6番—1

大学教授が講演をしています。

男 今の３０代の人たちを、トリレンマの世代といいます。トリレンマとは、将来３つの苦しいことを同時に抱えるという意味です。３つの苦しいこととは、「親の介護」「子供の教育費」「無年金」です。このごろ日本の老人は、長生きをするので、今の３０代の人たちが退職してからも、親の介護で大変です。今の３０代の人たちは、子供を生むのが遅いので、退職してからも教育費がかかるでしょう。また、現在は、年金は６０歳からもらえますが、将来は６５歳からになるでしょう。今の３０代の人たちが退職しても、すぐには年金がもらえないわけです。

教授はどんなことを言っていますか。

1 今の３０代の人たちは、３つの大変なことを抱えている。

2 今の３０代の人たちが老人になったころ、年金制度がなくなる。

3 今の３０代の人たちは、長生きしても、介護してくれる人がいない。

聴解

4 子供の教育費は、年々増えているので、今の３０代の人たちは大変だ。

（解析）

● トリレンマ（三重困境）

4

1 番—3

男 前と同じのがよかったのに…

女 1 同じので間違いないよ。
  2 これでしょ。同じだよね。
  3 同じのは、もうなかったのよ。

（中譯）

男 要是跟之前一樣的就好了…

女 1 因為是一樣的，所以沒錯喔。
  2 是這個吧？是一樣的對吧？
  3 要一樣的話，已經沒有囉。

2 番—2

女 明日のドライブ、近藤も行くと思うんだ。最悪。

男 1 そうだね。行くように言っておくよ。
  2 行かないと思うよ。明日は用事がある

みたい。
  3 そうだね。近藤が行かないとつまんない。

（中譯）

女 我覺得明天的兜風近藤也會去。真糟糕。

男 1 是啊。我會跟他說要他去。
  2 我想他不會去喔。他明天好像有事。
  3 是啊。近藤不去就不好玩了。

3 番—3

女 この間は、うちの息子が申し訳ありませんでした。

男 1 おたくの息子さんは、申し訳がありません。
  2 そうですね。大丈夫ですよ。
  3 いいえ、たいしたことではありませんから。

（中譯）

女 上次我兒子真是抱歉了。

男 1 府上的公子真的很抱歉。
  2 對啊，沒關係啦。
  3 哪裡，沒什麼大不了的。

（解析）

● たいしたことではありません（沒什麼大不了）

4番—2

女 福原 徹って人、確かライフサポートって
会社の社 長 だよね。

男 1 知らなかったなあ。

2 うん、そうだよ。

3 確かじゃないよ。

(中譯)

女 福原徹是那家叫做「生命支援」的公司的社長對吧？

男 1 我不知道啊。

2 嗯，對啊。

3 （這件事情）不是一定的。

難題原因

● 發話者所説的話是對自己的記憶有疑慮，向對方提出確認的語氣。

5番—2

男 これ、部 長 に明日までに直すように言われると思うよ。

女 1 私 も部 長 はそう言ったと思うな。

2 じゃ、言われる前に直そうかな。

3 直せって言ったのか。せっかく書いたのに。

(中譯)

男 我想部長會交代明天之前要把這個修改好喔。

女 1 我也認為部長已經那樣説了。

2 那麼，要在他還沒開口前先修改好嗎？

3 有説過要修改嗎？好不容易寫好了。

(解析)

● せっかく（好不容易）

6番—2

女 あ、それは人のだよ。

男 1 そうか。ペット用じゃないのか。

2 間違えた。僕のはこっちだった。

3 そうだよね。これが僕のだよね。

(中譯)

女 啊，那個是別人的喔。

男 1 是嗎？這是寵物用的不是嗎？

2 我弄錯了。我的是這個。

3 是這樣對吧？這個是我的吧？

7番—1

女 この書類の出来具合は、ちょっと…。

男 1 じゃ、書き直すよ。

2 そう言われると、ちょっと照れるなあ。

3 遅かったかな。ごめん。

(中譯)

女 這份資料的完成度有點…

男 1 那麼，我會重新寫。

2 被你這麼一説，覺得有點害羞啊。

3 太慢了嗎？對不起。

聴解

解析

● 出来具合（完成度）

8 番—2

女　私がその女の子の親なら、そんなやつと付き合ってほしくないなあ。

男　1　うん。そんなやつと家族で付き合うのは嫌だな。
　　2　うん。そんなやつが自分の娘と付き合うのは嫌だな。
　　3　うん。親として、そんなやつと付き合いたくないな。

中譯

女　如果我是那個女孩子的父母，不會希望她和那種人交往。

男　1　嗯，不喜歡全家人和那種人交往。
　　2　嗯，我不喜歡那種人和自己的女兒交往。
　　3　嗯，身為父母，不會想跟那種人交往。

9 番—1

男　今日は台風で電車もバスも止まってるでしょう。だから、どうやって帰ろうか考えているんですよ。

女　1　会社の自転車借りて帰るといいんじゃないですか。

　　2　理由を話して早退したらいいと思いますよ。
　　3　国道一号線をまっすぐ行くのが簡単ですよ。

中譯

男　今天因為颱風的關係，電車和公車應該都停駛了吧？所以，我正在思考要怎麼回家？

女　1　借公司的腳踏車騎回去不就好了？
　　2　我覺得説明理由再提早離開的話不錯喔。
　　3　沿著國道一號線一直走是最簡單的。

解析

● …をまっすぐ行く（沿著…走）
● 日本的「国道」等於我們的省道。

10 番—3

女　よくもこんなことしてくれたね。

男　1　いえいえ。それほどでもないよ。
　　2　よかった。まあまあかな。
　　3　ごめん。わざとじゃないんだ。

中譯

女　你竟然給我做出這種事。

男　1　哪裡哪裡，沒那麼厲害啦。
　　2　太好了。還可以吧？
　　3　對不起。我不是故意的。

難題原因

● 「よくもこんなことしてくれたね」是責罵對方「你竟然給我做出這種事」的意思。
● 被責罵的一方，回應時通常要表達自己的歉意。

11 番—1

女 よくそんな顔で出てこれるね。

男 1 そんなに責めないで。

2 そんなにほめないで。

3 そんなに考えないで。

(中譯)

女 你竟然還敢露出那種表情啊。

男 1 不要那樣苛責他。

2 不要那樣誇獎他。

3 不要那樣想。

難題原因

● 「よくそんな顔で出てこれるね」是責罵對方「你竟然還敢露出那種表情啊」的意思。

● 旁觀者的回應方式，要用選項 1 的說法。

12 番—1

男 そんなこと言ったら、心配するに決まってるだろう！

女 1 心配かけたね。ごめん。

2 そうか。決まっていたのか。

3 決まったの？

(中譯)

男 如果講這種話，肯定會讓人擔心吧！

女 1 讓你擔心了，對不起。

2 是喔？是（原本就）決定好的嗎？

3 已經決定了嗎？

(解析)

● …に決まってる（肯定…）

13 番—1

女 今日は、できるまで練習してもらうからね。

男 1 厳しいなあ。

2 やさしいなあ。

3 さすが先生。

(中譯)

女 你今天要給我練習到成功為止。

男 1 好嚴格喔。

2 好體貼喔。

3 真不愧是老師。

難題原因

● 「できるまで練習してもらう」的意思是「要求對方練習到成功為止」。這是很嚴格的說話方式。

131

聴解

5

【1番、2番】

1番——3

息子と両親が話しています。

男1 靖男、お前どうして高校行かないなんて言い出したんだよ。

男2 うちの仕事を手伝いたいんだよ。うちの仕事手伝うのに、勉強なんてしなくていいと思うんだ。僕、別に勉強好きじゃないし。高校行く目的もないのに、お金出してもらって行くのは嫌なんだ。

女 高校ぐらい出ておきなさい。別に勉強好きだから高校行くんじゃなくて、みんな高校行くのが当たり前だから行くだけだよ。

男1 そうだよ。まだ中学生なんだから、高校へ行く目的なんてわからなくていいんだよ。高校に行って、初めて自分が何のために高校に来たかわかるよ。

女 高校に行ってから、将来何をしようか

考えてもいいのよ。うちの仕事の手伝いよりもいい仕事があるかもしれないし。

男1 そうだよ。世の中にはいろんな仕事があるんだから。

男2 じゃ、考えてみるよ。

両親は、息子がどうしてほしいですか。

1 両親とも、息子が高校に行くお金を出すのは嫌だと思っている。

2 両親とも、息子がうちの仕事を手伝ってほしいと思っている。

3 両親とも、息子が将来いい仕事を見つけてほしいと思っている。

4 両親とも、息子が高校に行ってほしくないと思っている。

解析

● 高校ぐらい出ておきなさい（至少要念到高中畢業）

2番——4

工場で、三人のアルバイトが話しています。

男1 みんな、こちらは今日から仕事を手伝ってくれる、広末君だ。この仕事は初めてなんで、みんなよろしく頼むよ。

女 ねえ、あいさつは？

男2 よろしくお願いします…

男1 わからないことがあったら、何でも聞いて
くれ。

男2 あの、この材料、一人で運ぶんですか。

男1 ああ、そうだ。

男2 腰が壊れますよ。

女 大丈夫だわよ。私だってできるから。
こつがあるのよ。そのこつも、教えてあげ
るわ。

男2 この3台の機械、一人で同時に操作する
んですか。

男1 あったりまえよ。できないうちは、みんな
が手伝ってくれるから。本来なら、もう
1台、後のも操作しないといけないんだ
けど、当分は俺がやるからさ。

広末君は、今は何をしなくてもいいですか。

1　3台の機械を操作すること。

2　みんなの手伝いをすること。

3　重いものを持つこと。

4　後の機械を操作すること。

解析

● 私だってできるから（因為即便是我也可以做到）

● こつがあるのよ（有訣竅的喔）

● あったりまえよ（當然囉）

● 当分（一陣子）

【3番】

3番──2、4

テレビで芸能人が話しています。

女1 私は、男の人の車に乗ると、いろいろ
なところを見ます。まずは、車の中の飾
り付けです。車の中の飾り付けは、そ
の人の心の中を表しているのではない
かと思います。人気キャラクターのグッ
ズなどが置かれていると、とてもちゃら
ちゃらした人ではないかと思ってしまい
ます。芳香剤のにおいがすると、とても
性欲の強く、女性にもてたいと思ってい
る人なのかなと思います。ぬいぐるみが
置かれていると、母親への依存心が強い
男なのかと思います。

女2 車の中の飾り付けには、その持ち主の人
となりが出るよね。私もこの人とおんな
じこと考えるわ。車の中にぬいぐるみ
あると、そう思うわ。

男 それって考えすぎだと思うけど。

女2 そうかなあ。芳香剤の話はちょっと考
えすぎだと思うけど。

聴解

男 そうだよね。車の中のにおいが嫌いなだ
けかもしれないし。それから、男でキャ
ラクターグッズって気持ち悪いなあ。

女2 そうかな。ぬいぐるみのほうがよっぽど気
持ち悪いわ。

質問1 この男の人は、どう思っていますか。

質問2 この女の人は、どう思っていますか。

解析

- 人気キャラクター（人氣虛擬角色）
- グッズ（商品）
- ちゃらちゃらした人（輕浮的人）
- その持ち主の人となりが出るよね（會表現出那個持有者
的個性耶）
- よっぽど（更加）

難題原因

- 除了要仔細聆聽單一發言者所説的內容，還要注意對
話中男女的意見。
- 例如，對話中的女性認同藝人所説的「在車上懸掛玩
偶是很依賴母親的男性」。但是對話中的男性覺得這
種説法是想太多的。
- 對話中的男女皆認為藝人提出的「懸掛芳香劑的人是
性慾很強的人」的這種説法是想太多的。
- 對話中的男性認為懸掛人氣虛擬角色的商品很噁心；
女性則認為懸掛玩偶更噁心。

勝系列 22

突破等化計分！新日檢N1標準模擬試題
【雙書裝：全科目 5 回 ＋ 解析本 ＋ 聽解 MP 3】

初版 1 刷　2013 年 8 月 29 日
初版10刷　2022 年 4 月 18 日

作者	高島匡弘・福長浩二
封面設計	陳文德
版型設計	陳文德
插畫	南山
責任主編	邱顯惠
協力編輯	方靖淳

發行人	江媛珍
社長・總編輯	何聖心
出版發行	檸檬樹國際書版有限公司
	lemontree@treebooks.com.tw
	電話：02-29271121　傳真：02-29272336
	地址：新北市235中和區中安街80號3樓
法律顧問	第一國際法律事務所 余淑杏律師

全球總經銷	知遠文化事業有限公司
	電話：02-26648800　傳真：02-26648801
	地址：新北市222深坑區北深路三段155巷25號5樓

港澳地區經銷	和平圖書有限公司
	電話：852-28046687　傳真：850-28046409
	地址：香港柴灣嘉業街12號百樂門大廈17樓

定價	台幣499元／港幣166元
劃撥帳號	戶名：19726702・檸檬樹國際書版有限公司
	・單次購書金額未達400元，請另付60元郵資
	・ATM・劃撥購書需7-10個工作天

突破等化計分！新日檢N1標準模擬試題 /
高島匡弘・福長浩二合著. -- 初版. -- 新北
市：檸檬樹, 2013.08
面；　公分. -- (勝系列；22)
ISBN 978-986-6703-69-0 (平裝附光碟片)